Maximilian Steinbeis

# Pascolini

Roman

aufbau

ISBN 978-3-351-03296-8

Aufbau ist eine Marke
der Aufbau Verlag GmbH & Co. KG

1. Auflage 2010

Einbandgestaltung heilmann/hißmann, Hamburg
Druck und Binden CPI – Moravia Books, Pohořelice
Printed in Czech Rebublic

www.aufbau-verlag.de

Ich bin Camilla Friedmann von der Kanzlei Friedmann Huhn Kapellenberger. Ich bin Strafverteidigerin. Ich bin ausgesprochen teuer: Meine Stundensätze können sich in der Regel nur Wirtschaftsbosse leisten, die Steuersorgen plagen oder die Angst, wegen eines schiefgegangenen Milliardendeals Ärger mit der Staatsanwaltschaft zu bekommen. Ich habe eine Honorarprofessur an der Düsseldorfer Universität inne. Ich sitze im Vorstand des Strafrechtsausschusses des Deutschen Anwaltvereins und im Herausgebergremium zweier strafrechtlicher Fachzeitschriften. Vor zwei Jahren habe ich auf dem Deutschen Juristentag in Bremen das Leitreferat zum Thema Reform des Ermittlungsverfahrens gehalten. Ich bin die einzige Frau weit und breit, die es so weit gebracht hat in der Strafverteidigerbranche. Jemals.

Mein Lebenslauf, den alle, die es interessiert, auf der Website meiner Kanzlei finden, verrät schon lange nicht mehr, dass ich aus Ettengrub stamme. Doch in der Branche hält sich diese Information hartnäckig: Wissen Sie, wo die Friedmann ursprünglich herkommt, tuschelt Staatsanwalt Meier in der Verhandlungspause dem Richter Müller ins Ohr, haben Sie das gewusst? Alle paar Monate werde ich von einem Kollegen oder von einem Richter darauf angesprochen. Die Frager hüllen ihre Neugier meist in einen dünnen Tonfall der Bekümmernis, wie ein Kondolent bei der Beerdigung eines Selbstmörders. Ich antworte mit Ja und Nein und warte, bis es vorbei ist.

Ich bin am südlichen Rand Oberbayerns geboren und aufgewachsen, im rückständigsten, ärmsten und verwildertsten Teil Deutschlands, voller verlassener Gehöfte und entvölkerter Dörfer, in seiner in Elend und Gewalt ausfransenden, äußersten Peripherie. Ich habe dort die ersten zwei Jahrzehnte meines Lebens zugebracht. Viel mehr als mein Leben habe ich von dort nicht mitgenommen. Meine Angehörigen haben das ihre auf gewaltsame Weise verloren.

Das weiß kein Mensch. Jedenfalls werde ich darauf nie angesprochen, auch auf noch so verdruckste Weise nicht. Wobei ich nicht weiß, was die wissen oder zu wissen glauben über mich, die die Köpfe zusammenstecken und meine Ettengruber Herkunft betuscheln.

Dort lebt wahrscheinlich niemand mehr, den ich kenne oder der mich noch kennt. Ich stelle mir Ettengrub als ein schäbiges Militärnest vor, voller Unkraut und Ruinen und blinder Fensterscheiben, voller bleicher junger Männer in gefleckten Overalls, die ungeheuer viel rauchen und mal zu still sind, mal zu laut. In den Wäldern, heißt es, wird immer noch gelegentlich geschossen.

Das Ettengrub, aus dem ich komme, gehört zu einer anderen Welt. Es ist eine flüchtige Welt, bevölkert von Rauchgestalten und Nebelschemen, die mich gelegentlich ganz unversehens anwehen: Ich fahre U-Bahn, stemme mich an meiner Halteschlaufe gegen den bremsenden Waggon, und plötzlich sitzt Marinas ausgelassen lachendes Gespenst auf einer Schaukel im Schatten des großen Nussbaums, und wenn sie an den Seilen zieht, um sich Schwung zu geben, sehe ich an ihrer braunen kräftigen Gespensterschulter die Muskeln hervortreten. Ich sitze im Landgericht und höre den Staatsanwalt plädieren, kaue auf meinem Stift herum, und plötzlich sitzt Adams Gespenst, beschienen vom Licht einer Tischlampe, abends am Fenster, dreht sich eine Gespensterzigarette und hustet dabei beiläufig in seine Gespensterfaust. Ich gehe über die winterlichen Rheinwiesen, lärmende Spatzen fliegen auf, und plötzlich überquert Zaiserls Gespenst den Hof, in Gummistiefeln, ein blassrosa

Tuch um den Kopf, und an ihrem dünnen Gespensterarm zieht schwer das Gewicht des Blecheimers, in dem das Schweinefutter fault. Ich liege abends im Bett und habe gerade das Licht gelöscht, da blickt das Gespenst meiner Mutter von ihrer Blumenrabatte auf, in der sie kniet und Zwiebeln vergräbt, und streicht dabei mit erdigem Handschuh eine Strähne aus der Gespensterstirn. Das sind freundliche Geister. Es gibt auch böse.

Um ihr Bestand zu geben, dieser Welt aus Rauchgestalten und Nebelschemen, um sie zu bannen und zu bändigen, da bin ich mir ganz sicher: um das zu tun, muss man sie erzählen.

# 1. Kapitel

## I

Der Ettengruber Mühlbach entspringt an den Hängen des Staufkogels und fließt in seinem Oberlauf durch eine bewaldete Schlucht, die sich auf einer Länge von einigen hundert Metern zu einer kleinen Klamm verengt. Bei dieser Klamm handelt es sich um eine lokale Sehenswürdigkeit, ein Ausflugsziel: Sie ist zwar keineswegs besonders eng oder besonders tief, aber ein Teil von ihr ist gleichsam von oben zugepfropft durch einen großen, mit Moos und kleinen Tännchen bewachsenen Felsbrocken, der irgendwann in die Klamm hineingerollt war und seither dort feststeckt. Die Ungewöhnlichkeit und Sehenswürdigkeit ergibt sich daraus, dass der Brocken in der Mitte geborsten ist: sauber in zwei Hälften geteilt wie eine Orange. Das Entstehen dieses Spaltes wäre geologisch vermutlich leicht zu erklären. Aber im 19. Jahrhundert hatte man es vorgezogen, eine folkloristisch verwertbare Geschichte dazu zu erfinden, in der der Teufel vorkam und der heilige Petrus und eine Wette zwischen beiden, die der Teufel natürlich verlor, woraufhin er ausgerechnet in dieser entlegenen Schlucht seinem Zorn Luft machte, indem er den unschuldigen Felsbrocken in der Mitte spaltete und mit Blitz und Schwefel zur Hölle fuhr. Ausgedacht hatte sich das Ganze ein mit erheblichem Einfallsreichtum ausgestatteter Tiroler Holzknecht namens Anton Schachermüller, der beim Bäumefällen in der Schlucht das Naturphänomen entdeckt hatte und mit einem Sparkassenkredit in der Tasche den Bauern, dem die Schlucht gehörte, überzeugen konnte, ihm das steile und unwegsame Waldstück für geringes Geld zu überlassen. Schachermüller befestigte den Holzweg durch die Schlucht und baute einen Steg bis unmittelbar an den

Rand des Spaltes, so dass man sich über das steinerne Geländer beugen konnte, um auf schwindelerregende Weise zwischen Moospolstern und Farnstängeln hindurch auf den lichtlosen Grund der Klamm und das schwarz aufkochende Gebrodel des Gebirgsbachs dort unten zu schauen und sich kühlen Donner ins Gesicht wehen zu lassen, was dem Besucher dieser Stätte das angenehme und eindrucksvolle Gefühl bescherte, etwas außerordentlich Gewalttätigem nahe und gleichwohl vollkommen in Sicherheit zu sein.

Auf einem Plateau unweit der Schlucht errichtete Schachermüller ein Hüttchen, um an die Spaziergänger und Touristen, die der neuen Sehenswürdigkeit bald zahlreich zuströmten, Bier, Buttermilch und hartgekochte Eier zu verkaufen. Mit dem Ertrag baute er das Hüttchen nach und nach zu einem Gasthof aus, den er »Zum Teufelsschlupf« nannte. Dieser Name und die mit ihm verknüpfte Erfolgsgeschichte kamen in engem Zusammenwirken zwischen dem Wirt und den Malern und Dichtern aus der Ettengruber Künstlerkolonie zustande, wovon diese allerdings nichts ahnten: Einer von ihnen hatte den Wirt beiläufig gefragt, was denn die örtliche Volksweisheit zu diesem Phänomen zu sagen habe. Darauf hatte dieser, um den Gast nicht zu enttäuschen, ein wenig improvisiert. Die Dichter dichteten, die Maler malten, und schließlich erschien im Münchner Bilderbogen eine gereimte und mit kolorierten Kupferstichen versehene Fassung jener angeblichen Sage, was den Ruhm des Gasthauses erheblich mehrte. Dank der nun jedes Wochenende vom Bahnhof heraufsteigenden Münchner Gesellschaften konnte Schachermüller schon bald auf der anderen Seite der Schlucht ein Gästehaus mit drei Dutzend Betten errichten.

Schachermüllers Nachfahren erbten ein wohlgefügtes lokales Tourismusunternehmen. Der Reiz der Sage litt zwar ein wenig unter den kritischer prüfenden Blicken des 20. Jahrhunderts, überdauerte aber doch lang genug, bis die gerahmte

Seite des Münchner Bilderbogens in der Wirtsstube hinreichend vergilbt war und die Geschichte mit den romantischen Ettengruber Künstlern hinreichend Patina angesetzt hatte, um als Spender von Lokalkolorit an ihre Stelle treten zu können. Während des Zweiten Weltkriegs, der den Touristenstrom weitestgehend versiegen ließ, gelang es Balbina Schachermüller, Urenkelin des Gründers und ebenso geschäftstüchtig wie dieser, den Gastronomiebetrieb in ein Erholungsheim für verwundete Ritterkreuzträger umzuwandeln und so den Fortbestand des Unternehmens auf das Erfreulichste zu sichern.

Einen ihrer Gäste, einen SS-Rottenführer aus dem Dachauer Land namens Matthias Pascolini, der an der Balkan-Front sein linkes Bein eingebüßt hatte, nahm sich die junge Wirtin zum Mann. Pascolini war auf furchteinflößende Weise gutaussehend: Er war groß, schlank und schwarzhaarig, sprach nur das Allernötigste und suchte durch ein starres Zusammenziehen der Brauen seinen blauen Augen etwas Raubvogelartiges zu verleihen. Er war vor seiner Verletzung ein großer Bergsteiger gewesen, Erstbegeher und Namensgeber eines halben Dutzends Kletterrouten in den klassischen Fels- und Eiswänden der Ostalpen, und er litt sehr unter dem Verlust dieser heroisch-asketischen Daseinsform. Nach dem Krieg holten ihn die Amerikaner und steckten ihn wegen Beteiligung an mehreren Massakern in Montenegro ins Gefängnis. Dort begann er zu trinken, und als er Ende der fünfziger Jahre aus der Haft entlassen wurde, war aus dem einstigen Raubvogel ein zerzauster alter Krüppel geworden, der im Suff böse und heimtückisch vor sich hin zeterte, auf Krücken durch die Wälder humpelte und eines Wintermorgens erfroren an einer Wegbiegung aufgefunden wurde.

Seinem Sohn, ebenfalls Matthias oder kurz Hias geheißen, fiel schon in sehr jungen Jahren die Aufgabe zu, die Nachfrage der Gäste nach alpiner Kernigkeit weitgehend alleine zu befriedigen. Er tat dies auf entschieden andere Weise als sein Vater. Zum einen fehlte ihm dessen Raubvogelphysiognomie. Sein Haar war nicht schwarz, sondern sandfarben, ein dichtes lockiges Kälberfell. Seine Nase war ein freundliches, durchaus kräftiges, dabei aber eher abgeplattetes Organ. Vor allem aber waren seine Augen, wenngleich nicht weniger blau als beim Vater, zum eisig-kühnen Starren überhaupt nicht gemacht. Sie saßen etwas angeschrägt in seinem Gesicht, und wenn er lachte, verengten sie sich zu Schlitzen, und darüber befanden sich zwei bewegliche Brauen, mit denen er den verschiedenen Schattierungen seines Vergnügens Ausdruck verlieh. Er empfand auch keinerlei Drang, im Gebirge Heldenruhm zu erwerben. Zwar sprang er gern und oft in den heimischen Bergen herum, doch handelte es sich dabei um mäßige, meist bis an den Gipfel mit Wäldern oder Almwiesen bedeckte Erhebungen, die mehr zum Spaziergang denn zum alpinistischen Kampf lockten. Er erwarb sich auch einiges Geschick im Felsklettern, das er aber nicht in den Wänden des Kaiser- und Karwendelgebirges, sondern in seiner heimischen Teufelsschlupfklamm ausübte, denn nichts riss eine rheinische Matrone auf Gebirgsurlaub mehr hin, als von einem eingeborenen Alpensohn auf eine irgendwo im Unzugänglichen wurzelnde Blume aufmerksam gemacht und nach einer waghalsigen Kraxelei sogleich mit der frisch gepflückten Pflanze beschenkt zu werden. Gefahren setzte er sich wohl aus – sofern genügend Leute zusahen –, nicht aber Entbehrungen: Aus freiem Willen zu frieren, zu dürsten und sich zu schinden, nur um von irgendeinem Gipfel einen schönen Ausblick zu genießen, das fiel ihm gar nicht ein.

## II

Fast jeder hat wohl schon von Hias Pascolini und seinem wilden Leben gehört. Selbst jenseits der bayerischen Landesgrenzen hat seine Geschichte, oder das, was man dafür hält, so viele Leser gefunden, dass man die Kenntnis ihrer Grundzüge bei erwachsenen Zeitungslesern im Großen und Ganzen voraussetzen kann. Was umso bemerkenswerter ist, als kaum einer auch nur seinen Namen weiß. Das liegt daran, dass man sich gewöhnlich, wenn man von ihm spricht, seines vermeintlichen Nom de Guerre »Bayerischer Hiasl« bedient. Tatsächlich hat ihn aber sein ganzes Leben lang niemand jemals so angesprochen, noch hat Pascolini selbst sich je so bezeichnet. Es handelt sich, wie nahezu alles, was die Öffentlichkeit über ihn zu wissen glaubt, um eine Frucht der Phantasie seines Biographen, des vortrefflichen Freiherrn von Ergoldsbach, eines Mannes von großer Seelentiefe und leidenschaftlicher Beredsamkeit, dessen Wahrheitsliebe leider nicht in gleichem Maße ausgeprägt ist wie seine Freude an kräftigen haarigen Wildererwaden, auf deren bewundernde Schilderung er in seinem Werk so viel Sorgfalt verwendet.

Wie ich dazu komme, es besser wissen zu wollen als der Freiherr von Ergoldsbach? Ich räume unumwunden ein: Das tue ich nicht.

Zwar habe ich als kleines Mädchen und junge Frau Hias Pascolini persönlich gekannt und könnte somit die Autorität einer Zeitzeugin für meine Sicht der Dinge in Anspruch nehmen, zumal es ein paar Fakten in Ergoldsbachs Werk gibt, die nachweislich nicht stimmen. Aber darauf kommt es mir gar nicht so sehr an. Im Wesentlichen haben wir beide, Ergoldsbach und ich, es mit dem gleichen flimmernden, gewichtslosen Pulverstaub der Ereignisse zu tun, der sich unter jedem Atemhauch, und sei er noch so vorsichtig und leise, verweht und verflüchtigt. Um haft- und formbar zu werden, bedarf es stets der Zugabe von Flüssigkeit. Jeder Geschichtenerzähler hat seine eigenen Essenzen, mit denen er das aufwölkende Puder bindet. Mancher glaubt vielleicht, dass in seinem besonderen Fall das Öl aus nichts als lauterster, kristallklarer Folgerichtigkeit besteht. Der täuscht sich. Und das kann böse enden. Diese Art von Täuschung, der man gar nicht unbedingt selber erliegen muss, um ihr zum Opfer zu fallen, hat meine Familie um ihr Leben, meine Heimat um Wohlstand und Frieden und mich um einen großen Teil meines Glückes gebracht.

An diesem Maßstab gemessen, glaube ich behaupten zu können, dass der Leim, den der Freiherr von Ergoldsbach verwendet, nichts taugt. Ob meiner bekömmlicher ist, soll der Leser selbst entscheiden.

## III

Richtig ist, dass Pascolini als sehr junger Mann im Ruch des Wilderertums stand – ein Verdacht, der ihm und noch mehr dem Gastronomiebetrieb seiner Mutter sehr zum Vorteil gereichte. Dahinter verbarg sich ein Handel, den Pascolini mit dem örtlichen Revierforstmeister abgeschlossen hatte. Dieser, ein bleicher schwarzhaariger Mann namens Jakob Böhm, bewohnte ein nicht weit vom Teufelsschlupf gelegenes Forsthaus und war von allerhand düsteren Leidenschaften beseelt, zu deren hervorstechendsten seine verzehrende Marienverehrung zählte. Er war im Krieg an der Ostfront gewesen und hatte, als sich der Ring um Stalingrad schloss, ein Gelübde getan: Er wollte der Jungfrau eine Kapelle errichten, wenn sie ihn überleben ließe. Das tat sie: Vier Jahre nach Kriegsende kehrte Böhm mit bleibenden Nierenschäden und erfrorenen Zehen, aber lebendig in seine Heimat zurück. Eine Familie hatte er nicht mehr. Seine Frau war nach einer Liebesaffäre mit einem ukrainischen Zwangsarbeiter vom NSDAP-Ortsgruppenleiter nach Ravensbrück verschafft worden, von wo sie nicht wiederkam. Sein Sohn war in der Obhut von Pflegeeltern im letzten Kriegsjahr an der Diphtherie gestorben. Böhm beschloss, dass es die Christenpflicht von ihm verlange, Vergebung walten zu lassen, und dass sich diese Pflicht auch auf die Himmelskönigin erstrecke, und um sein Verzweifeln an diesem Beschluss besser niederringen zu können, verdoppelte er seine Verehrungsanstrengungen und erweiterte die aus Feldsteinen eigenhändig errichtete Kapelle um eine Art sakralen Hain, indem er im Wald ringsum zu Füßen großer alter Fichten und Buchen zwei Dutzend Marienstatuen aus Gips aufstellte.

Dass Böhm nach Vollendung des frommen Werks nicht die Arbeit ausging, dafür sorgten zweierlei Widersacher: Zum einen führte er hartnäckig Krieg gegen den Ettengruber Pfarrer, weil der sich weigerte, die unautorisierte Andachtsstätte zu weihen. Grund war, dass Böhm ihn einen Dreckspfaffen genannt und vor ihm ausgespuckt hatte, nachdem der auf amerikanisches Geheiß aus dem öffentlichen Dienst entfernte Ortsgruppenleiter bei ihm barmherzigerweise als Mesner in Lohn und Brot kam und so vor Schande und Elend bewahrt wurde. Zum anderen und noch mehr erbitterten den Forstmann aber die nächtlichen Verwüstungen der Wildsäue in seinem Marienhain. Sie wühlten mit ihren hornigen Rüsseln den Boden unter den Statuen auf und brachten sie zu Fall, wobei einige in Scherben gingen, und obendrein fraßen sie die Lilienschösslinge, die er zu Füßen der Jungfrauen in den Waldboden gesetzt hatte.

Böhm legte sich in der Abenddämmerung auf die Lauer und richtete in der quiekenden Rotte ein Massaker an, und hier kam Hias ins Spiel: Er übernahm es, die niedergemachten Tiere im Morgengrauen still und ohne Aufsehen beiseitezuschaffen. Das tat er, um Böhm aus der Verlegenheit zu helfen, die Abschüsse an die Jagdbehörde melden zu müssen, aber auch aus eigenem Interesse: In der Folge wurden in der Wirtsstube hungrige Gäste, an deren Wiederkehr der Familie Pascolini gelegen war, diskret darauf hingewiesen, worum es sich bei dem unschuldigen Rahmgulasch mit Knödel und Salat auf der Speisekarte in Wahrheit handelte. Der wohlkalkulierte Effekt trat ein: Wer beim Teufelsschlupf seinen Urlaub buchte, hatte zu Hause etwas zu erzählen. Wenn Hias abends heimkam, den Rucksack gefüllt, die Büchse über der Schulter und einen Latschenkieferzweig am Hut, wenn er dabei im Takt seiner genagelten Schuhe das Lied »Heut gibt's ein Rehragout, ein Rehragout auf'd Nacht« krähte und seine Augenbrauen dabei lustig auf und nieder hüpfen ließ, dann kam unter den staunenden und anerkennend lachenden Gästen an den Terrassentischen Applaus auf. Den nahm er mit zum Gruß erhobener Hand entgegen und verschwand unter Gerumpel ins Haus, um es gleich darauf durch den rückwärtigen Lieferanteneingang wieder zu verlassen, wo man bereits mit geöffnetem Kofferraum auf ihn wartete.

## IV

In diesen Kofferraum leerte Hias unter den Augen des stumm und finster vor sich hin rauchenden Wagenbesitzers seinen Rucksack. Hias wusste weder, wie der Mann hieß, woher er kam, noch, wohin er fuhr mit all den Kaffeepackungen und Parfümflakons, doch er wusste, dass er sein Portemonnaie aus der Reverstasche ziehen und ihm zwanzig Mark aushändigen würde, seinen Lohn dafür, dass er an diesem Tag auf entlegenen Pfaden über die Staatsgrenze nach Tirol gewandert war und sich dort von einem ebenso wortkargen Magazinisten den Rucksack hatte füllen lassen.

Es gab so manches, was man im Nachkriegsdeutschland gut

brauchen konnte, was aber die bayerisch-tirolerische Grenze auf legalem Wege nicht oder nur mit erheblichem Zollaufschlag passieren durfte. Wer mit solcher Ware handelte, der konnte viel Geld verdienen, und in diesem Geschäft war der Besitzer jenes staubgrauen Opel Kapitän tätig, dessen Kofferraum Hias zu befüllen hatte. Eines Tages hatte er in der Gaststube gesessen und den Jungen, als er ihm sein Weißbier brachte, zum Hinsetzen aufgefordert. Hias hatte sich nach mehrfacher schlechter Erfahrung angewöhnt, solche Ansinnen durch unbegleitete männliche Gäste mit einem Lachen abzulehnen. Aber dieser hier sah nicht aus, als wolle er Freundschaft mit ihm schließen. Sein Gesicht war hart wie ein Spaten, rot und rau, sein graues Haar raspelkurz geschoren. In wenigen Worten hatte er ihm mitgeteilt, wie er sich zwanzig Mark verdienen könne. Sie waren sich schnell einig geworden, und gleich am nächsten Morgen hatte sich Hias ins Gebirge aufgemacht.

Seiner Mutter blieb nicht lange verborgen, was ihr Sohn da für eine Einnahmequelle aufgetan hatte. Dreimal hatte sie durch das Küchenfenster zugesehen, was sich da abspielte am Hintereingang ihres Gastronomiebetriebes. Als Hias zum vierten Mal frühmorgens und ohne ein Wort verschwand und abends auf die besagte Weise zurückkehrte, griff sie ein. Sie trat vor die Tür, trocknete sich dabei ihre dicken weißen Unterarme mit einem Tuch ab und wartete, bis der ihr unbekannte Kahlkopf aufsah. Sie winkte ihn heran. Der Mann sah wieder weg und zündete sich eine Zigarette an, woraufhin sie ihn anrief, etwas lauter und mit etwas mehr Schärfe in der Stimme, als zu erwarten. Er möge hergehen, sie hätte zu reden mit ihm. Der Mann sog an seiner Zigarette, warf das Streichholz seitwärts weg und setzte sich in Bewegung. Als er vor ihr stand, musterte sie ihn einen Moment lang, dann sagte sie, ihr Sohn werde in der Wirtschaft gebraucht. Zwanzig Mark seien zu wenig, es müssten schon dreißig sein, wenn er den ganzen

Tag wegbleibe. Und die seien bitteschön an sie direkt zu zahlen. Der Mann zog die Stirn in Falten, während er an der Zigarette sog, und hielt den Blick auf die Matrone gerichtet, die seinen Augen standhielt. Er ließ den Rauch aus Mund und Nase wölken. Die Frau fuhr fort, ihre Unterarme mit dem Tuch abzureiben. Der Mann sah kurz zur Seite. Dann nickte er, und Balbina Pascolini hatte ihren Willen.

Die Wirtin hatte nach dem Ende ihres Ehemanns bei ihrem Hausknecht Trost gefunden, einem rothaarigen Menschen namens Otto Prokopetz, der vor dem Krieg Gemeindediener in einem Dorf nahe Mährisch-Ostrau gewesen war und jetzt für sie die Kartoffelsäcke in den Keller schleppte. Seit er Zutritt zum Schlafzimmer der »Chefin« hatte, wie er sie zu bezeichnen fortfuhr, war er zum Säckeschleppen, Holzhacken und Schneeschaufeln nicht mehr zu gebrauchen. Da ihm für die Küche das Geschick und für die Gaststube der Dialekt fehlten, fand man ihn meistens auf der Hausbank sitzen, wo er die Landschaft betrachtete und die Katze streichelte, ab dem späteren Vormittag eine geöffnete Flasche Bier zu seinen Füßen. Hias mied diesen Platz neben der Haustür, denn wann immer er dort vorbeikam, hielt Otto ihn an, fragte ihn aus nach dem Woher und Wohin, wollte wissen, wie es in der Schule war, und wenn Hias vor diesem Mann stand und ihn betrachtete, seinen runden, rot behaarten Kopf, seinen bittenden Blick, seine geäderte Nase, seine Lippen, die sich zu einem halben Lächeln vorgeschlichen hatten, zitternd und zum Rückzug bereit wie ein Hund, der Schläge fürchtet, sein kariertes Hemd, oben am Hals faltig und lapp wie ein Geschirrtuch, unten am Bauch dafür umso mächtiger aufgespannt und sich leise hebend und senkend im Rhythmus seines Schnaufens – wenn Hias so vor ihm stand, durchschauert von Abscheu, dann verließ ihn jede Entschlusskraft, das Vernünftige zu tun und auf die gestellten Fragen einfach eine knappe Antwort zu geben. Solange Hias noch kleiner war, endete diese Szene stets damit, dass Prokopetz einen Fluch ausstieß, aufsprang, den Jungen beim Genick packte und ihn hinter den Werkzeugschuppen zerrte. Dort zwang er den Kopf des Zappelnden zwischen seine Beine, zog ihm die Hose runter und griff nach einem Kälberstrick, der schon bereithing. Den nahm er doppelt und schlug zu.

## V

Dem Freiherrn von Ergoldsbach schien es dramaturgisch notwendig, seinem bayerischen Hiasl eine Kindheit in Not und Elend anzudichten. Balbina Pascolini schildert er als wehrloses Opfer protestantischer Niedertracht, den Verlust der Teufelsschlupf-Wirtschaft als Komplott raffgieriger Kapitalisten, die sich verschworen hatten, arglose katholische Witwen und Waisen aus Haus und Hof zu vertreiben. Nichts davon ist wahr.

Tatsache ist, dass es der Familie Pascolini bis zu Hias' neunzehntem Lebensjahr materiell sogar ungewöhnlich gut ging. Die Not der ersten Nachkriegsjahre halfen die enormen Vorräte an Fleisch- und Fettkonserven lindern, die Balbina während des Krieges zum Aufpäppeln ihrer Ritterkreuzträger geliefert bekommen, in ihrer Küche aber nicht aufgebraucht hatte, da sie es für ökonomischer hielt, den ausgemergelten Kriegshelden mit einer von ihr erdachten Spezialität, einem nahrhaften Rübenschnitzel-und-Bucheckernbrei, wieder auf die fronteinsatztauglichen Beine zu helfen. Wobei es um die Nachkriegsnot in Ettengrub ohnehin weit weniger dramatisch bestellt war als die Geschichten, die man nachfolgenden Generationen später über die angeblichen Hungerjahre so gern erzählte, glauben ließen. Ettengrub war und ist ein in erster Linie von Viehwirtschaft geprägter Ort, und wie jedes Jahr, so legten auch 1945 die

Ettengruber Hühner genügend Eier, die Kühe gaben genügend Milch, die Schweine warfen genügend Ferkel, um nach der Sättigung der Erzeuger und der restlichen Dorfbewohner noch in größerem Umfang Schwarzmarktgeschäfte zu unerhörten Preisen zu ermöglichen. Die Ettengruber waren froh, dass es in der Nähe ein Wirtshaus gab, das sich der Lebensmittelbewirtschaftung genauso geschickt entzog wie sie selbst und wo sie ihr Geld in gewohnter Weise beim Kartenspielen und Biertrinken verprassen konnten.

Für Hias und seine Position in Ettengrub spielte all das freilich nur noch eine relativ untergeordnete Rolle. Der Krieg war vorbei. In seiner Volksschulklasse führten, anders als in früheren Jahrgängen, die Rangordnung nicht mehr die Söhne und Erben der Großbauern und Handwerksmeister an, die sonntags dem Pfarrer als Ministranten dienten und als künftige Trachten- und Schützenvereinsvorstände, Feuerwehrkommandanten und Gemeinderatsmitglieder von früh auf das Übernehmen von Verantwortung einübten, samt der dazugehörigen Miene wortkarger Festigkeit in ihren sommersprossigen Gesichtern. Die Großbauern und Handwerksmeister waren, ebenso wie die Kleinbauern, Häusler, Knechte, Ladenbesitzer und sonstigen Familienväter, in großer Zahl im Krieg gefallen. Ihre Söhne mussten, genau wie alle anderen Buben, zusehen, wo sie blieben. Zu der Zeit, als Hias begann, jeden Tag den weiten Weg in die Ettengruber Volksschule anzutreten, waren – soweit katholisch – alle gleich. Den Ton gab an, wer sich am besten Gehör verschaffte. Das war etwas, worauf sich Hias besonders gut verstand, und so herrschte er schon in der ersten Volksschulklasse über eine veritable kleine Bande. Der Begriff ist mit Bedacht gewählt, denn ich behaupte, dass dieses Trüppchen barfüßiger, in dreckverkrusteten Lederhosen einherlaufender Buben der Nukleus der späteren Pascolini-Bande war.

Man sah allerdings dem Anwesen den Wohlstand seiner Besitzer nicht an. Wie im pausbäckigen Gesicht des Urenkels auf geisterhafte Weise die Züge des längst verstorbenen Ahns aufscheinen, so lebte auch in der Gaststätte zum Teufelsschlupf das Abbild jenes Bretterverschlags weiter, mit dem hier alles seinen Anfang genommen hatte. Schon der Urvater Schachermüller hatte nicht gern in Stein gebaut und diese Abneigung gegen allzu viel Dauerhaftigkeit all seinen Nachkommen vererbt. Bevorzugtes Baumaterial blieb das roh zugeschnittene Fichtenbrett, das man in großer Zahl vernagelte, und weil kein Schachermüller gerne etwas wegwarf, war auf dem Grundstück eine Vielzahl von Verschlägen, Hüttchen, Schuppen und Unterständen gewachsen, teils mit Teerpappe, teils mit Segeltuch, teils gar nicht gegen die Witterung geschützt und gefüllt mit Schätzen unterschiedlichen Werts und Verwendungszwecks, die zu inventarisieren sich nie jemand die Mühe machte.

In Ettengrub hatte man die Schachermüller'sche Sippe mit ihrer Wirtschaft oben in den Bergen seit jeher als etwas auf unbestimmte Weise Fremdes empfunden. Ihr hing in der Wahrnehmung der Dorfhonoratioren etwas Windiges und Zigeunerisches an, wie ein fader Geruch in den Kleidern, kaum wahrnehmbar, aber ausreichend, um die Menschen ringsum ein Stückchen abrücken zu lassen. Die schlampigen Verhältnisse der Wirtin taten ein Übriges, zumal man nicht vergessen hatte, dass sie die Frau eines Zuchthäuslers war. Freilich keines gewöhnlichen Zuchthäuslers – Pascolini senior war ein »Politischer«, also eine Art minder schwerer Fall, durch die Tatsache entlastet, dass er sich nicht einfach bereichert oder seinen Spaß gehabt, sondern vermutlich beim Morden irgendeine vage Idee, weshalb seine Opfer ermordenswert seien, im Kopf gehabt hatte. Wenn es politisch wurde, das hatte man gelernt in den letzten fünfzig Jahren, konnten die niedrigsten Scheußlichkeiten schnell in das allergrößte Heldentum umschlagen, und umgekehrt. Und dann waren diese Dinge ja auch gefährlich. Die meisten Leute in Ettengrub waren darauf bedacht, sich in solchen Fällen nicht mit einer klaren Meinung erwischen zu lassen.

Dies alles zu erwähnen, scheint dem Freiherrn von Ergoldsbach vor lauter ergötzlichen, Pascolinis kindlichen Gerechtigkeitssinn auf das liebenswürdigste herausarbeitenden Lausbubenanekdoten gar nicht in den Sinn gekommen zu sein – Anekdoten, für deren Wahrheitsgehalt es, wie etwa im Fall der vom achtjährigen Pascolini beim heiligen Abendmahl dem Pfarrer mit einer Zwille aus der Hand geschossenen Hostie, keinerlei Beleg gibt. Wahr ist dagegen folgende Begebenheit: Den Kleinsten und Schwächsten der Bande, einen aus Schlesien stammenden Flüchtlingsbuben namens Ernst Swiatkowski, verkauften sie jeden Freitag nach der Schule an einen zahnlosen alten Mann, der Hias und einige seiner Kameraden eines Sommertags mit Süßigkeiten in seinen Bretterschuppen gelockt und dort anzufassen versucht hatte und daraufhin von ihnen mit Holzknüppeln zusammengeschlagen worden war. Der Alte zahlte mit barem Geld, davon konnten sie sich so viel Süßigkeiten kaufen, wie sie wollten. Den schreienden und zappelnden Ernst machten sie mit Prügeln gefügig, und da er unmäßig stotterte, mussten sie wenig Angst haben, dass die Sache aufflog.

## VI

Pascolinis engster Freund und Bewunderer seit der ersten Volksschulklasse war Egid Duftinger, damals noch ein schmächtiges blondes Bürschchen, dessen ewig gerötete Nasenflügel und Augenlider eine unglückliche Neigung zu Infektionskrankheiten verrieten. Er war der jüngste der drei Söhne des Dorfbriefträgers Kurt Duftinger, eines ausgesprochen bemerkenswerten Mannes. Duftinger senior war weit über Ettengrub hinaus als Autorität in Angelegenheiten echten Bayerntums bekannt. Er wurde zu Rate gezogen, wenn der Trachtenvereinsvorstand über die Frage in Streit geriet, ob für die Knöpfe am Latz der schwarzen Feiertagslederhose nur Hirschhorn oder auch das weniger teure Rehbockhorn zugelassen sei (nur Hirschhorn) oder ob das Wort »Jausenstation«, das der Mailbauer auf ein Schild am Weg zur Mailalm hatte schreiben lassen, um Touristen zum Kauf von Buttermilch und Räucherspeck zu verlocken, eine Anbiederung an österreichische Sitten und Gebräuche oder vielmehr ein begrüßenswerter Schritt zur Rehabilitation eines durch preußische Sprachhegemonie außer Gebrauch geratenen altbajuwarischen Wortes sei (österreichisch und pfui). Duftinger war ein schöner Mann: Er war von mehr als stattlichem Körperbau, hielt sich sehr gerade, und seine hochgewachsene Gestalt zierten ein ausladender, rabenschwarzer Patriarchenbart und zwei buschige Augenbrauen, die wie mit Kohle in sein Gesicht gemalt aussahen. Wenn er sprach, dann stets in einem so ausgesuchten und mit solcher Sorgfalt bis in den abenteuerlichsten Diphthong hinein ausartikulierten Dialekt, dass auch die alteingesessenen Ettengruber gelegentlich Mühe hatten, ihm zu folgen. Wer in seiner Gegenwart die Wochentage bei ihren hochdeutschen Namen zu nennen wagte, wurde von ihm sanft belehrt: Irta sage man hierzulande, nicht Dienstag, Pfinsta, nicht Donnerstag.

Er beherrschte ein halbes Dutzend alpenländischer Volksmusikinstrumente. Des populärsten und vielseitigsten darunter, der diatonischen Ziehharmonika, bediente er sich immer dann, wenn er jemandem etwas übelgenommen hatte. Und das kam nicht selten vor: Ein Scherz, eine Geste, eine beiläufige Bemerkung, die für sein Gefühl den nötigen Respekt vermissen ließen, genügten, um seine kleinen braunen Äuglein zum Funkeln zu bringen. Dann schloss er sich einen ganzen Nachmittag in der Stube ein und reimte unter großen Mühen ein Dutzend holpriger Schmähverse, in denen er alle tatsächlichen oder unterstellten Schwächen und Schmerzen seines Feindes auf das grausamste verspottete, seine Kinderlosigkeit, seine Armut, die Hässlichkeit seiner Frau, die Nichtsnutzigkeit seiner Söhne und Schlampigkeit seiner Töchter, Krankheiten, Unglücksfälle und Schicksalsschläge, gestorbenes Vieh und verlorenes Geld, nichts ließ er aus. Anschließend memorierte er die Verse, bis er sie auswendig konnte, und wartete auf die Gelegenheit, seinen Widersacher in einer Wirtsstube oder sonst vor möglichst großem Publikum zu stellen. Dann nahm er sich seine wie zufällig mitgebrachte Diatonische vor und sang unter allerhand fröhlich-grimmigem Gejodel seinen ersten Vers. Anschließend reichte er das Instrument seinem Feind, als wolle er ihm ritterlich Revanche anbieten, worauf dieser natürlich vollkommen unvorbereitet war. Duftinger aber hatte noch einen Vers parat, und dann noch einen, und so immer fort, bis der unglückselige Besungene kopfschüttelnd und gebeugten Haupts unter dem gellenden Gelächter und Gejohle der Menge davonschlich. Dann leuchteten die Augen des Kurt Duftinger, vergnügt zwinkerte er und klopfte mit der Hand den groben Takt seines Gesangs auf den perlmuttbesetzten Resonanzkasten der Harmonika vor seinem Bauch und ließ in seinem schwarzen Bart zwei Reihen starker weißer Zähne sehen. Auf das Publikum war Verlass: Das ergriff stets die Partei des Demütigers, nie die des Gedemütigten.

Vor allem aber war Kurt Duftinger ein Meister des zarten und eindringlichen Zitherspiels, einer Kunst, in der er sich vom großen Kiem Pauli hatte unterweisen lassen und deren Ausübung er wie eine Art heiligen Dienst am Altar des Bayerntums behandelte: Wenn er sich selbst und seine Tochter Loni (von Apollonia) zu abendlicher Stunde auf diesem Zupfinstrument beim Zwiegesang begleitete, dann konnte er in großen Zorn geraten, wenn seine Zuhörer es dabei am nötigen andächtigen Ernst fehlen ließen. Apropos Apollonia: Seine Söhne hießen Achaz, Eustach und, wie gesagt, Egid. Einen Jochen, Herbert oder Klaus-Dieter, wie sie in dieser Zeit anderen Familien geboren wurden, hätte es im Hause Duftinger nie gegeben. Die Kurzformen Azi, Stachi und Gidi (und Loni) hatte er ebenfalls höchstselbst anhand alter Quellen authentifiziert und autorisiert.

## VII

Dass schon Pascolinis Bubenbande nicht völlig harmlos gewesen sein kann, legt die Tatsache nahe, dass die erste wirklich kriminelle Bande, die er um sich scharte, in großen Teilen aus den gleichen Mitgliedern bestand. Das war zu der Zeit, als er im großen Stil ins Schmuggelgeschäft einstieg. Der schweigsame Wagenbesitzer hatte angedeutet, ein Vielfaches der Menge umsetzen zu können, die Hias auf seinem Rücken durch die Berge trug. Die Buben waren leicht zu überzeugen gewesen, ihre Muskelkraft für ein paar Mark und eine warme Mahlzeit zur Verfügung zu stellen. In kurzer Zeit waren es sechs, die mit Hias gemeinsam im Morgengrauen aufbrachen, dünne Späße reißend mit halblauter Stimme, während die scharfe Frische der frühen Stunde ihnen den Schlaf aus den Gliedern und die Tränen in die Augen trieb.

Ärger mit dem Zoll mussten sie kaum fürchten, denn die Grenzer waren schlecht bezahlt und im Grunde nicht auf Streit aus und machten daher auf ihren Kontrollgängen genügend Krach, dass der hellhörige Hias und seine Leute sich stets rechtzeitig in die Büsche schlagen konnten. Zu Schießereien oder sonstigen gefährlichen Situationen kam es nie. Dennoch hatte Hias seine Büchse nicht nur zum Schmuck dabei. Er liebte es, hinter eine Fichtenwurzel geduckt, den wippenden, nickenden Kopf des Grenzers ins Visier zu nehmen, wie er da den Weg herabgeschritten kam, wenn sich in die Krümmung seines Zeigefingers warm und glatt das Abzugszüngel schmiegte, den Kopf mit einer grünen Uniformmütze oben drauf, der wippend und nickend näher kam, unsichtbar verfolgt vom punzierten Büchsenlauf oben am Hang im Schatten hoher Fichtenstämme, so nah, dass man Kiesel hätte darauf werfen können, und er wog seine Angst und seinen Übermut, er fühlte und genoss die Winzigkeit der Wegstrecke, die das Züngel unter dem Zug des Zeigefingers zurückzulegen hatte, um den Schlagmechanismus an seiner Schulter auslösen, das Pulver platzen, die Kugel durch den Lauf schießen und den Bruchteil eines Wimpernschlags später in diesen haarigen Nacken dort unten ein rundes rotes Loch schlagen zu lassen.

Nach einiger Zeit kam ein Siebter dazu, ein Holzknecht von gut vierzig Jahren, den Balbina Pascolini in ihrer Gastwirtschaft angeworben hatte. Augustin Zöhr hieß der Mann, ein gewaltiger Kerl mit rötlichem Walrossbart, der in der Hinterstube, wo die Forstarbeiter abgesondert von den anderen Gästen, die sich sonst womöglich gefürchtet hätten, beisammensaßen, jeden Abend ungeheure Mengen Dunkelbier zu sich nahm, ohne ein Wort zu sprechen. Zöhr hatte wegen diverser Gewaltverbrechen eine längere Zeit im Zuchthaus verbracht. Aus der Haft entlassen, hatte es ihn nach Ettengrub verschlagen. Dort fand er nur sporadisch Arbeit im Forst, daher konnte er seine Zeche oft nicht zahlen. Balbina Pascolini wusste einen Weg, wie er seine Schulden begleichen konnte, und lieh ihm einen Rucksack aus den alpinistischen Beständen ihres verstorbenen Mannes.

Zöhr war es, der eines Spätnachmittags während einer Rast seinen Rucksack öffnete und darinnen ein Dutzend sorgsam verpackter Cognacflaschen fand. Zöhr war es, der eine der Flaschen auspackte und ihr mit den Backenzähnen den Korken aus dem Hals drehte, den Blick starr auf Hias gerichtet, ob er es wagen würde, ihm im Namen seiner geschäftstüchtigen Mutter in den Arm zu fallen. Der Korken löste sich mit einem Plopp. Zöhr spie ihn aus und setzte die Flasche an den Mund. Ohne Hias aus den Augen zu lassen, ließ er den Branntwein in seine Kehle rinnen. Sein Kehlkopf hob und senkte sich, niemand sprach ein Wort, nur das leise, immer heller werdende Glucksen von der sich leerenden Flasche war zu hören, bis einer der Buben das Schweigen mit einem halblauten, anerkennenden Fluch brach. Sie begannen zu lachen und zu lärmen, und einer schlug Zöhr fröhlich auf die Schulter, dass er husten und die Flasche freigeben musste, die zu kreisen begann, während jetzt jeder den eigenen Rucksack inspizierte. Einer fand Zigarrenkisten, was mit viel Geschrei gefeiert wurde, ein anderer beförderte Rindfleischkonserven zutage. Zöhr beugte sich zu seinem Nebenmann und flüsterte ihm etwas zu. Der lachte. Zöhr stand auf, schwang seinen Rucksack auf den Rücken und machte sich auf den Weg. Die anderen folgten. Hias sah die Männer zwischen den Fichtenstämmen verschwinden, in eine andere Richtung, als er eingeschlagen hätte. Ihr heiseres, schon ziemlich trunkenes Gebrüll hörte er noch lange, immer dünner, immer ferner, bis es verebbte. Sein Freund Gidi war auch mitgegangen.

## VIII

In dieser für ihn nicht ungefährlichen Situation bewies Hias einen bemerkenswert kühlen Kopf. Er stieg alleine zum Teufelsschlupf ab und trat dort dem Opelfahrer entgegen, nicht ohne sich zuvor in der Küche mit einem Schürhaken ausgerüstet zu haben, den er im Jackenärmel verbarg. Der Mann wartete wie üblich mit laufendem Motor am Hintereingang auf ihn und machte sich, als Hias aus der Tür trat, gerade im Kofferraum zu schaffen, in der Erwartung, das ihm derselbe nun mit kostbarer Konterbande gefüllt werde. Noch ehe er sich aufrichten und eine Frage an ihn richten konnte, zog Hias den schmiedeeisernen Haken aus dem Ärmel und zertrümmerte dem Ahnungslosen mit einem einzigen Hieb die Schädeldecke.

Der Mann war über dem Kofferraum zusammengesackt, und Hias betrachtete sein Opfer. Er stand, die Hände auf die Knie gestützt, und keuchte, als hätte er einen Wettlauf hinter sich, dabei hatte er nur einen einzigen Schlag geführt. Beim Anblick des Schürhakens, an dessen Ende Blut und Haare klebten, quoll in ihm von unten her schwarze Übelkeit auf. Aber da war auch ein starkes Gefühl kichernden Leichtsinns, denn es war leicht gewesen, lächerlich leicht, und das half gegen die Übelkeit. Die ging fort und kam nicht mehr, nicht einmal, als er den Mann bei den noch warmen Beinen packte, um den leblosen Leib ganz in den Kofferraum zu schieben, und mit einemmal ein Zucken durch die Schenkel des Mannes ging, und noch eins, wie bei einem galvanisierten Frosch, und er im gleichen Augenblick bemerkte, dass er den Urin des Toten, der im Augenblick des Sterbens seine Beine hinabgeronnen war, an den Fingern hatte. Er hob den Schürhaken auf und warf ihn in den Kofferraum zu dem Toten, schlug den Deckel zu und ging sich lachend und kopfschüttelnd die Hände waschen.

Mit dieser Tat war seine Autorität in der Bande uneingeschränkt wiederhergestellt. In dem Opel hatte Hias einen rindsledernen Ranzen gefunden, der etwas unschätzbar Wertvolles enthielt: ein Kontorbuch, in dem der Tote mit Lineal und Tinte auf penible Weise alle seine Einnahmen und Ausgaben, seine Lieferanten und seine Abnehmer, die Namen der bestochenen Zöllner und Grenzschützer auf österreichischer und deutscher Seite, kurzum alles aufgezeichnet hatte, was man in dem Geschäft wissen musste. Dieser Fund beeindruckte zunächst Balbina so stark, dass sie nach dem Schicksal ihres Opel fahrenden Gastes völlig zu fragen vergaß.

Zöhr und den Rest der Bande sahen sie am nächsten Morgen wieder. Die Buben trugen Elendsmienen zur Schau, Zöhr aber war nicht die geringste Beeinträchtigung anzumerken, weder vom vorangegangenen Besäufnis noch gar durch irgendeine Art schlechtes Gewissen. Im Gegenteil, er hatte die Wirtsstube kaum betreten, als er sich schon mit Gepolter niederließ und lärmend nach Kaffee und Frühstück verlangte, er und seine Freunde hätten noch nichts gegessen und ihr Appetit dulde keinen Aufschub. Hias ging darauf nicht ein. Er trat beiläufig an den Tisch, eine Flasche Birnenschnaps in der Hand, die er entkorkte, um Zöhr ein großes und sich ein kleines Glas vollzuschenken. Dann legte er das Buch auf den Tisch, setzte sich zu ihm und begann ihm mit gedämpfter Stimme zu erklären, was es damit auf sich hatte. Er achtete darauf, dass die Buben nichts verstanden und tüchtig ins Rätseln kamen, über welchem Geheimnis er und Zöhr da die Köpfe zusammensteckten. Gidi wagte mit heiserer Flüsterstimme zu fragen, was es denn gebe. Hias sah nur kurz auf, fixierte den Störer und zog, ohne zu lächeln, eine Augenbraue in die Stirn. Er stand auf und bedeutete Zöhr mit einer Kopfbewegung, ihm zu folgen. Der erhob sich, und sie verschwanden, die Schnapsflasche in der Hand, ins Obergeschoss. Die Wirtin war in der Küche verschwunden. Von Kaffee und Spiegeleiern war keine Rede mehr. Die Buben saßen da mit gesenkten Köpfen und leeren Mägen, und niemand sagte ein Wort.

Nach einer Stunde kamen die beiden zurück. Hias ließ dem Älteren den Vortritt, der trat in die Wirtsstube und wies Gidi und zwei andere mit barscher Stimme an, nach Einbruch der

Dunkelheit den Leichnam im Kofferraum mitsamt dem Schürhaken in einen Sack zu stecken, denselben mit Steinen zu beschweren und im Teufelsschlupf zu versenken. Die anderen sollten den Wagen gründlich reinigen und anschließend in den Schuppen schieben. Hias stand mit unbewegter Miene hinter ihm. So hatten sie es im Obergeschoss besprochen. Die Buben nickten, und als die Stunde da war, taten sie, wie geheißen.

## IX

Fortan bestand zwischen den Pascolinis und Zöhr eine Art schweigender Übereinkunft: Hias und Balbina überließen ihm die Ehre, er ihnen den Gewinn. Die Wirtin sorgte dafür, dass sich im Dorf herumsprach, dass Zöhr ungeheuerlicher Dinge verdächtigt werde, ohne aber Genaueres über seine Taten zu verbreiten. Sie brachte den Namen »roter Gustl« für ihn in Umlauf, und als Kennerin der Erfolgsregeln des Tourismusgewerbes trug sie auch Sorge, dass ihre Gäste erfuhren, um wen es sich bei dem finsteren Trinker in der Hinterstube handelte, auf dass sie zu Hause tüchtig etwas zu prahlen hatten. Um den roten Gustl bei den Ettengrubern ins rechte Licht zu rücken, ließ sie Otto auf dem Markt einen Hasen und zwei Fasanen kaufen und das Wildbret der Witwe eines kurz zuvor verunglückten Unterettengruber Zimmergesellen, die mit ihren drei kleinen Kindern nach dem Tod ihres Mannes in finanziellen Schwierigkeiten steckte, nächtens heimlich an die Türklinke hängen, nebst einem Zettel, auf dem mit Bleistift geschrieben stand: Der rote Gustl lässt grüßen.

Für Otto war die Zeit des Herumsitzens auf der Hausbank ohnehin vorüber. Da er einen Führerschein besaß, wurde er von Balbina auserkoren, das Geschäft des Opelfahrers zu übernehmen und die in dem Kontorbuch verzeichneten Abnehmer und Lieferanten nach einem detaillierten, von ihr ausgearbeiteten Plan abzufahren. Auf Fragen nach dem Vorbesitzer des Wagens antwortete Otto, wie es ihm Balbina eingeschärft hatte, auf immergleiche Weise: Der Mann habe sein Geschäft erweitert, er fahre nicht mehr selber, sondern habe sich mit dem roten Gustl zusammengetan. Der rote Gustl stecke hinter allem, der wisse Bescheid und sei für alles verantwortlich, an den solle man sich wenden.

Balbina staunte, welche Summen sich auf diese Weise erwirtschaften ließen. Sie machte klugen Gebrauch von ihren Einnahmen aus dem Schmuggelgeschäft. Sie ließ sich nicht erweichen, den Buben den Lohn zu erhöhen, sondern legte das Geld zurück, und als genug beisammen war, enthüllte sie ihren Plan. Genau genommen war es Ottos Idee gewesen. Der einstige Hausknecht hatte durch seinen geschäftlichen Umgang beträchtlich an Selbstbewusstsein gewonnen. Er hatte sich einen mit weinroter Kunstseide gefütterten Anzug nebst passendem Hut gekauft und eine Reihe von Gewohnheiten zugelegt, die er an seinen vorstädtischen Geschäftspartnern beobachtet und äußerst elegant gefunden hatte: das Rauchen mit Zigarettenspitze etwa, oder eine ganz bestimmte kehlige Art, das R zu rollen. Von ihnen hatte er auch die Anregung empfangen, das Sortiment zu erweitern in eine Richtung, die größere Gewinne versprach als Schnapsflaschen und Konserven. Fortan füllte der Tiroler Magazinist den Buben Säckchen mit weißem Puder in die Rucksäcke, dessen enthusiasmierende Wirkung sie als Mittel gegen die Mühsal des Marschierens bald nicht mehr missen mochten. Ottos Abnehmer zahlten im Vergleich zu vorher pro Kilogramm transportierter Ware das Zehnfache an Geld.

Zöhr machte das nichts aus. Ihm waren andere Dinge wichtig, die tägliche Flasche Birnenschnaps vor allem, und die Art, wie die Leute in Ettengrub, wenn er vorüberging, hinter seinem Rücken die Köpfe zusammensteckten und ihm mit scheuem Respekt hinterhersahen. Die Wirtin versorgte ihn weiterhin mit guten Ratschlägen, die er beherzigte. Sie suchte für ihn Bedürftige aus und besorgte das Wildbret, und sie war es auch, die entschied, dem Mesner und früheren Ortsgruppenleiter, der inzwischen für die FDP im Gemeinderat saß und dort das große Wort führte, mit dem SS-Dolch ihres verblichenen Gatten eine Freude zu machen. Zöhr hatte die Gabe nur zu überbringen und die tränenselige Rührung des Beschenkten gleichgültig nickend zu ertragen. Schwerer fiel ihm die Befolgung eines anderen Ratschlags der Wirtin: Sich zum frommen Kirchgänger zu wandeln und sich jeden Sonntag bei der heiligen Messe einzufinden. Besonderen Wert legte Balbina auf Zöhrs anschließende Beichte. Hias fiel die Aufgabe zu, ihn mit beichtbaren Sünden auszustatten, die um des erwünschten Effektes willen möglichst drastisch und unerhört auszufallen hatten: Der Pfarrer durfte zwar nichts erzählen, sollte aber durch das ihm ins bleiche Gesicht geschriebene Entsetzen die Phantasie der vor dem Beichtstuhl wartenden Gläubigen gehörig in Wallung bringen.

Um sich von der Anstrengung des sonntäglichen Sakraments zu erholen, hieß Zöhr die Buben anschließend in den Opel steigen und befahl Otto ans Steuer, während er auf dem Beifahrersitz Platz nahm, und dann fuhren sie alle miteinander in die Kreisstadt, wo es ein Kino gab. Zöhr war ein großer Kenner des Westernfilms und verstand den Gang John Waynes und das Augenbrauenspiel Robert Mitchums nachzuahmen wie kein Zweiter. Sie sahen »El Dorado«, sie sahen »Die glorreichen Sieben« und den »Ritt zurück«, und wenn Hias während des großen Finales im Dunkel des Lichtspielsaals den Blick auf den neben ihm sitzenden Zöhr richtete, der jeden Satz aus dem Munde Anthony Quinns mitflüsterte, dann sah er im Widerschein der flackernden Bilder auf seiner Wange eine feuchte Spur aufglänzen.

# X

Eines frostigen Spätherbstmorgens knirschten Ledersohlen im frisch gefallenen Schnee auf dem Hof vor dem Wirtshaus zum Teufelsschlupf. Man hörte das Schlagen von Autotüren, das Bellen von Hunden. Man hörte heiseres Geflüster. Das Zischen eines Streichholzes, und nach einem lautlosen Moment des Saugens das Geräusch in die kalte Luft geblasenen Rauches. Man hörte die Tritte sich zerstreuen, die einen links ums Haus, andere rechts. Hias lag mit weit geöffneten Augen in seinem Bett und lauschte. Der Vorhang an seinem Kammerfenster bauschte sich unter dem Luftzug der kalten Frühe, es war gerade hell geworden. Er sprang geräuschlos auf und warf die Decke von sich, der Frost griff nach ihm in seinem dünnen Unterzeug. Hastig schlüpfte er in seine Kleider. Auf Zehenspitzen schlich er, gebückt, um von draußen nicht erspäht zu werden, zum Schrank, öffnete ihn lautlos und entnahm ihm eine Lodenkotze sowie einen schweren Revolver. Die Kotze nahm er um, die Waffe steckte er hinten in den Hosenbund, dann griff er sich seine Stiefel und schlich hinaus. Mit ein paar Sprüngen war er die Treppe hinunter und an der Hintertür. Draußen, das sah er durch den Vorhangspalt, stand ein Uniformierter, seinen breiten Rücken ihm zugewandt. Hias griff nach dem Revolver. Doch dann ließ er die Hand wieder sinken. Draußen lag frisch gefallener Schnee, da gibt es kein Versteck für einen Fliehenden.

Der Rücken stand regungslos da. Die Uniformmütze saß auf rötlich grauen Haaren, die mit dem Kamm in lauter ölige dünne Strähnen gezogen und darunter sehr kurz geschoren waren und ein rotes buckliges Ekzem im Nacken freilegten. Die Schultern seiner Uniformjacke waren mit winzigen weißen Hautflocken übersät. Die Glasscheibe trübte sich unter Hias' Atem, er wischte sich mit zwei Fingern freie Sicht. Der

Nacken ragte aus einem Hemdkragen, dessen Innenseite dort, wo die entzündete Haut an ihm gerieben hatte, gelblich-fettig glänzte. Nur wenige Zentimeter und ein bisschen Glas und Sperrholz trennten ihn von diesem vereiterten Nacken. Was, wenn der da etwas spürte? Ein unmerkliches Aufstellen der Nackenhaare? Und wenn er sich umdrehte – gar nicht bewusst vielleicht, nur in der Bewegung des Kratzens – und wenn er die bedampfte Stelle an der Scheibe sah und sich wunderte? Und während er sich noch wunderte, wäre er, Hias, schon längst weg, weil er …

Was da auf den Knochen hinter seinem Ohr in sein gesträubtes Haar hineindrückte, so hart, so kalt, das war eine Schusswaffe. Er hatte niemanden kommen hören. Und darüber wunderte er sich später noch oft: Ob er sich in einem Moment unglaublicher Geistesgegenwart zuerst diese Täuschungsmethode überlegt und dann in die Tat umgesetzt habe oder ob ihm vor lauter Schreck dieses Wimmern ausgekommen sei und er dann erst, in einer Mischung aus Scham über dieses Schwächezeichen und hastiger Suche nach Rettung, auf den Gedanken verfallen war, den Trottel zu spielen. Er fing jedenfalls an zu wimmern. Ein fiependes, zittriges, armseliges Geräusch. Und spürte schon, wie der stählerne Druck hinter seinem Ohr nachließ. Flocht stammelnde Ausrufe in sein Wimmern: Hiasl brav! Kein Aua! Hiasl brav! Das Stahlrohr löste sich von seiner Schädelbasis, und langsam und mit dem sabbernden, furchtsamen Gesicht eines Idioten drehte er sich um, ohne seine kauernde Haltung zu verlassen und das Wimmern zu unterbrechen. Hiasl brav! Kein Aua!

Warum erschrak er so fürchterlich, als er sich umdrehte? Das wusste er nicht. Das blieb ihm ein Rätsel sein Leben lang. Er wusste nur, dass er für einen sekundenkurzen Moment gemeint hatte: Das ist ein Mädchen. Er sah in große graue Augen. In ein schmales Gesicht. Was schlug ihm diesen

Anblick ins Hirn wie einen Nagel ins Holz? Dass das ein Mädchen war, das ihn da mit durchgeladener Maschinenpistole in Schach hielt, mit grauen Augen und einem schmalen Gesicht? Die kaum später aufspringende Erkenntnis: Kein Mädchen, sondern ein Junge, mit grauen Augen und schmalem, bartlosem Gesicht, kaum älter als er selbst, ein sehr junger Mann, oder vielleicht gar nicht so jung, nur sehr jung aussehend, auf den ersten Blick zumindest? Oder kam der Schreck erst mit der dritten der Erkenntnisschichten, die sich da binnen weniger Wimpernschläge übereinanderschoben, nämlich, dass er diesem Menschen in die Augen blickte, klar und direkt, und dass, wenngleich er sofort wieder anfing zu wimmern und zu blinzeln und zu sabbern, dieser dort jedenfalls einen Blick getan hatte in ihn hinein, dass dieser dort mit noch so geschicktem Mummenschanz nicht mehr zu täuschen war?

Keins von allen dreien. Aber was dann. Das blieb ihm ein Rätsel sein Leben lang.

Was er auch nicht verstand, war, was dann geschah. Der Posten draußen hatte das Wimmern vernommen und mit gezückter Waffe die Tür aufgerissen. Als er Hias da kauern sah, kam der Zorn über ihn, und er holte mit dem Kolben aus und hätte ihn niedergeschlagen, wäre ihm nicht der andere in den Arm gefallen. Dazu war nur ein Heben der behandschuhten Hand notwendig. Der Mann, den er aus mittlerweile ganz unbegreiflichen Gründen für ein Mädchen gehalten hatte, bedeutete dem Posten mit einem Nicken, den Gewehrkolben sinken zu lassen, woraufhin dieser Haltung annahm und rief: Zu Befehl, Herr Kommissar! Daraufhin ließ der so Angesprochene die Schultern fallen, atmete hörbar aus und fing, während er den Revolver ins Halfter zurücksteckte, leise an zu lachen. Kopfschüttelnd betrachtete er Hias aus seinen grauen Augen. Dann zupfte er sich die Handschuhe von den Fingern und reichte Hias eine Hand, um ihm beim Aufstehen zu helfen. Der vermied es, auch nur aufzusehen.

Inzwischen war es oben laut geworden. Sie hatten Zöhr gefunden, und er machte Schwierigkeiten. Der Kommissar holte unterdessen sein Zigarettenetui hervor, zündete sich eine Zigarette an und wartete, bis seine Männer die Wirtin, Otto und den tobenden und von drei Mann im Zaum gehaltenen Zöhr vor ihn gebracht hatten. Er rauchte und wartete, bis Zöhr sein aufbäumendes Gebrüll einstellte, und fragte ruhig: Augustin Zöhr? Der Angesprochene blickte ihn stier an, und als der Kommissar sah, dass er keine Antwort bekam, bedeutete er seinen Leuten mit einer Kinnbewegung, Zöhr hinauszuschaffen, wo ein Lastwagen bereitstand.

Dann wandte er sich Hias zu. Der kauerte immer noch in der Ecke, wimmerte ohne Unterlass, zuckte mit dem Kopf, ließ Speichel aus dem Mundwinkel rinnen und strich dabei mit der flachen Hand über seine Lodenkotze, als wolle er sich selbst beruhigen und Trost zusprechen. Er blickte auch nicht auf, als der Kommissar vor ihm stand und erneut leise zu lachen anfing. Hias setzte sich langsam in Bewegung. Er kroch den Gang hinab. Der Kommissar folgte ihm, immer noch lachend, als fände er das Spektakel zu schön, um ihm ein Ende zu machen. Hias erklomm die Treppe, wimmernd, sabbernd, und oben pochte er an eine Tür. Es war die Tür zu dem Zimmer, in dem Otto schlief. Der war hinter ihnen hergekommen, zunehmend alarmiert, und als er sah, dass der Kommissar die Tür öffnete und Hias hineinkroch, zielstrebig auf seinen Bettkasten zu, da begann er zu zetern, zuerst mit dünner Stimme, als fürchte er die Herren zornig zu machen, dann immer lauter und schriller, das dürften sie nicht, das werde er melden, er wolle einen Durchsuchungsbefehl sehen, und als der Kommissar auf Hias' von miauenden Geräuschen begleiteten Fingerzeig den Bettkasten öffnete und dort eine vollautomatische Mauser, ein Dutzend Päckchen weißes Pulver sowie die mit einem Gummiband säuberlich umgürteten Fahrzeug- und Ausweispapiere des ermordeten Opelfahrers fand, als Hias blitzschnell nach der Waffe griff und mit viel Gekicher und glückstrahlender Miene Bum Bum Bum schrie, sehr zum Gelächter der Uniformierten, die hinter ihnen ins Zimmer drängten, und als der Kommissar die Waffe von Hias forderte und unter sabberndem Lachen in die Hand gedrückt bekam, da wurde Otto käsebleich, verstummte und ließ sich widerstandslos abführen.

## XI

Augustin Zöhr wurde von der großen Strafkammer des Landgerichts München I verschiedener Zollvergehen für schuldig befunden und zu acht Monaten Festungshaft verurteilt. Sie hätten ihn gleich ziehen lassen, wäre das angesichts seiner Vorstrafen und der doch ziemlich eindeutigen Beweislage prozessrechtlich in irgendeiner Weise zu rechtfertigen gewesen. Der Prozess war keine Sternstunde bayerischer Rechtspflege. Die katholische Presse hatte früh Wind von der Geschichte bekommen, ihre Reporter – darunter auch der Freiherr von Ergoldsbach – hatten sich von den Ettengrubern die treuherzigsten Erzählungen über das goldene Herz des roten Gustl in die Notizblöcke diktieren lassen und daraufhin den von Balbina Pascolini gepflanzten Samen mit so viel Weihwasser begossen, dass er ausschlug, wuchs und zu einem wunderschönen Legendenbäumchen gedieh. Der Landarbeiter-und-Kleinbauern-Bund hatte sich der Sache angenommen und seine Mitglieder aufgerufen, zahlreich mit Sensen, Dreschflegeln und anderem rustikalem Handwerksgerät vor dem Justizpalast zu erscheinen und von ihrem Recht auf Versammlungsfreiheit auf recht altbayerische Weise Gebrauch zu machen. Die erzbischöfliche Diözesanverwaltung hatte den Fall in ihrem Hirtenbrief zur christlichen Kontemplation empfohlen, und so predigten von allen Kanzeln Ober- und Niederbayerns die Pfarrer ihren Schäflein, für das Seelenheil und die baldige Freilassung ihres Bruders in Christo Augustin Zöhr zu beten, der seiner Unerschrockenheit im Angesicht der Glaubensfeinde wegen in München von hartherzigen Pharisäern ans Kreuz geschlagen werden solle. Ein Kreis gebildeter Münchner Damen hatte es sich zur Aufgabe gemacht, den rotbärtigen Untersuchungsgefangenen zu pflegen, in seiner Zelle zu besuchen und nach Kräften anzuhimmeln, bis ruchbar wurde, dass mehrere der Damen dem vor lauter Verlegenheit verstummten Zöhr kleine Liebesbotschaften und eine sogar einen elaborierten, in winziger Schrift auf ein Strumpfband geschriebenen Fluchtplan nebst eingenähtem Sägeblatt zugesteckt hatten, woraufhin ihnen der Zutritt zur Haftanstalt verwehrt wurde und der Kreis zerstritten auseinanderbrach. Beim bayerischen Justizministerium waren Tausende von Eingaben eingegangen, was seine Wirkung nicht verfehlte, denn eine weitere Beunruhigung des katholischen Bevölkerungsteils schien zu diesem Zeitpunkt politisch in höchstem Maße unangezeigt, weshalb ein Ministerialrat des Justizministeriums sich auf diskrete Weise mit dem Kammervorsitzenden, dem Oberstaatsanwalt und Zöhrs Verteidiger in einem Bierkeller nahe des Hauptbahnhofs traf und die Sache bei einer Maß Hellem und großen Mengen gebratenem Schweinernen zur allseitigen Zufriedenheit regelte.

Für den Gastronomiebetrieb der Familie Pascolini wären der Prozess und die öffentliche Aufregung darum an sich ein Mordsgeschäft gewesen. Noch nie waren so viele Menschen nach Ettengrub geströmt, alle vom Wunsch getrieben, den Schauplatz der Geschichten aus den Zeitungen zu besichtigen, und von der Hoffnung, dabei in der eigenen Brust Erhabenes zu erahnen und zu erfühlen. Die Touristen mussten sich aber damit zufriedengeben, den berüchtigten Gasthof von außen in Augenschein zu nehmen. In der Tür klemmte ein Zettel mit der Aufschrift: Vorübergehend geschlossen.

Der Grund dafür war, dass niemand mehr da war, der die Gaststätte hätte betreiben können. Hias nicht, seine Mutter ebenso wenig und Otto am allerwenigsten.

Hias war nach der Aktion der Polizei in der Obhut jenes Postens, dessen Nackenekzem er zuvor so genau zu studieren Gelegenheit gehabt hatte, in der Gastwirtschaft zurückgeblieben. Der Kommissar hatte befohlen, auf ihn achtzugeben, er wolle noch mit dem Jungen sprechen. Hias hatte dem Posten gehörig etwas vorgewimmert und -gesabbert, so dass der Mann seine Wachsamkeit sinken ließ und Hias hinreichend lange den Rücken zukehrte, um ihm die Möglichkeit zu geben, unbemerkt seinen Revolver aus dem Hosenbund zu ziehen, zu entsichern und ihm mitten in die Kraterlandschaft seines Nackens jenes kreisrunde Loch hineinzuschießen, von dem er bei seinen Wanderungen immer geträumt hatte. Der Schuss war noch nicht verhallt, der Mann noch nicht zu Boden gegangen, da war Hias schon durch die Tür und sprang in großen Sätzen dem nahen Wald zu, über den vom Neuschnee der Nacht flachgedrückten und vom Tauwetter des Tags längst wieder freigelegten bräunlichen Filz aus Stängeln und Halmen, auf dem ein Fliehender keinerlei Spuren hinterlässt, keine sichtbaren jedenfalls.

Balbina hatte sich währenddessen in der Küche aufgehalten. Gegen sie lag ja nichts vor, zumindest nichts, was sich beweisen ließ. Niemand hatte sie gefragt, niemand hatte sie auch nur angesehen, und so war sie in die Küche gegangen, hatte Feuer im Herd gemacht und einen Blecheimer unter den Wasserhahn gestellt, hatte das Wasser aufgedreht und zugehört, wie der Strahl das Blech mit immer hellerem Klang betrommelte, bis er schließlich in einem gurgelnden Geräusch absoff. Das hatte sie getan und den schweren Eimer mit einem Ächzen auf den Herd gewuchtet, auf dass das Wasser sich erhitze und seine reinigende Kraft bis in die Bodenritzen hinein entfalte, denn Balbina wollte putzen. Die Polizisten hatten an ihren Ledersohlen Dreck hereingetragen, und außerdem dämpft das Führen des Schrubbers die Aufgeregtheiten der Seele. Ihr Sohn war so geistesgegenwärtig gewesen, den Deppen zu spielen, was gut war. Ihr Sohn hatte ohne erkennbaren Grund Otto verraten, was schlecht oder zumindest zutiefst unverständlich war. Während sie auf das Heißwerden des Wassers wartete, fiel ihr Blick auf ein Paar dreckverkrusteter Schuhe. Die gehörten Otto und warteten darauf, geputzt zu werden. Sie ging in den Flur, holte Schuhbürste und Fettdöslein und machte sich ans Werk. Der Dreck haftete hartnäckig in den Lederfalten, sie rückte ihm mit verdoppelter Wut zu Leibe und biss beim Bürsten die Zähne zusammen. Sie bürstete so heftig, dass der Schuh ihrer Hand entglitt und zu Boden fiel und dort mit so ohrenzersprengendem Knall aufschlug, dass Balbina glaubte, das Haus stürze über ihr zusammen. Sie hörte ein Singen in ihren Ohren, und deshalb war sie sich nicht sicher, ob sie tatsächlich Laufschritte und zugeworfene Türen wahrgenommen oder sich getäuscht hatte. Sie schüttelte den Kopf und wollte den Schuh wieder aufnehmen, aber sie fand, dass ihre Hand so stark zitterte, dass sie schlechthin dazu nicht in der Lage war. Sie saß noch eine Weile da, aber ihre Finger wollten nicht aufhören zu zittern, und ihr Mund, wie sie bemerkte, hatte auch angefangen. Ihr Unterkiefer zitterte unkontrollierbar, selbst wenn sie die Zähne mit aller Kraft aufeinanderpresste. Sie schüttelte den Kopf. Aber das half nichts. Sie stand auf und ging zur Tür. Mit Mühe führte sie die Hand zur Klinke. Das Zittern hörte erst auf, als sie die Gaststube betrat und dort den bäuchlings hingestreckten Leichnam des Polizisten sah, dem der Schuss die halbe Hirnschale weggerissen hatte. Sie betrachtete eine Weile die unbeschreibliche Schweinerei in ihrer Gaststube. Dann schloss sie sacht die Tür. Während auf dem Herd unbeachtet das Wasser zu sieden begann, packte sie ein paar Sachen zusammen, entnahm einer in ihrer Wäsche versteckten Blechdose ein Bündel Geldscheine und verließ das Haus. Bevor sie ging, klemmte sie in die Tür einen Zettel, auf den sie »Vorübergehend geschlossen« geschrieben hatte, mit der ruhigsten und ordentlichsten Handschrift der Welt.

Für Otto war Balbinas Verschwinden nur eines von vielen Gliedern einer langen Kette von Unglücksfällen. Ihn hatte es vor Gericht weit ärger getroffen als Zöhr. Für den einstigen Gemeindediener aus Mährisch-Ostrau fand sich kein öffentlicher Fürsprecher. Die Richter und Schöffen zwickte nach der Milde, zu der sie sich im Fall Zöhr veranlasst gesehen hatten, das Gewissen, und um so erleichterter nahmen sie die Gelegenheit wahr, die solchermaßen verunklarte Rechtsidee durch ein zackiges Urteil gegen den Angeklagten Prokopetz wieder geradezurücken, und so schickten sie Otto wegen Totschlags, Drogenhandels und gewerbsmäßiger Zoll- und Steuerhinterziehung für fünfundzwanzig Jahre nach Straubing ins Zuchthaus, wo er im darauffolgenden Winter an Tuberkulose starb.

# 2. Kapitel

## I

Oberhalb des Ettengruber Ortskerns, wo die Höfe und Häuser in Wiesen und Einödgehöfte übergehen, steht eine Ansammlung kleiner, von Efeu bewachsener Villen, die im 19. Jahrhundert eine veritable kleine Künstlerkolonie gewesen war. Wilhelm Busch hatte einige Sommer hier zeichnend verbracht, ein oder zwei Aufenthalte des Dichters Paul Heyse sind überliefert, den Rest kennt man heute nicht mehr. Den Abschluss der Kolonie bildet ein aus zwei großen Höfen bestehender Weiler namens Ried. Das bergwärts gelegene Gehöft war noch in landwirtschaftlichem Betrieb, während das untere Anwesen mit seinem unverstellten Blick über die Wiesen und Flussauen zu Beginn des 20. Jahrhunderts von einem Münchner Universitätsprofessor erworben worden war. Dieser hatte die niedrigen Bauernstuben im vorderen Teil des Hauses zu bürgerlichen Wohnräumen mit Sofas und Bücherwänden und die einstige Tenne im rückwärtigen Teil zu einem richtigen kleinen Konzertsaal mit Bühne ausgebaut, wohin er Freunde aus München und aus den umgebenden Künstlerhäuschen zu Hauskonzerten und Rezitationsabenden lud. Sein Sohn, ebenfalls Universitätsprofessor, hatte die Tradition fortgeführt, jedoch waren die Efeuhäuschen immer weniger von Künstlern und immer mehr von satten Pensionären bewohnt, die lieber ihre Rosen beschnitten und sich mit ihren Nachbarn zankten, als Beethoven und Hölderlin zu verehren, und als Professor Friedmann junior schließlich feststellen musste, dass er in der Nachbarschaft der Einzige war, dem noch am Edlen und Wahren lag, ließ er die Sache beleidigt bleiben. Er starb einige Jahre nach Kriegsende an den Spätfolgen einer Bauchverletzung, die er sich als Offizier an der Ostfront zugezogen hatte. Vorderried fiel an seine Witwe und seine beiden Töchter. Marina hieß die eine, die jüngere. Camilla die andere. Camilla bin ich.

Die meisten Bewohner der Künstlervillen waren evangelisch, so auch wir. Es gab nicht wenige Protestanten in Ettengrub, viele davon Flüchtlinge aus den verlorenen Gebieten im Osten, für die man nach dem Krieg hinter dem Bahnhof einige Reihen sehr schlichter Mietshäuser hochgezogen hatte, aber auch zahlreiche Pensionäre und bessere Leute, die sich wegen des Klimas und der schönen Landschaft in Ettengrub niedergelassen hatten. Die Protestanten besaßen eine eigene Kirche am Rande des Mühlbachs, einen schmucklosen Bau aus beigefarbenem Stein, in dessen Innerem als einziges Ornament ein bronzener Kruzifixus über dem Altar hing, mit knotigem, expressiv verbogenem Leib und grotesk vergrößerten Händen und Füßen. Ihr Verhältnis zur alteingesessenen katholischen Mehrheit war »im Großen und Ganzen gut«, wie wir damals sagten.

Es kam kaum je vor, dass wir in Vorderried einmal über längere Zeit unter uns waren, meine Mutter, meine Schwester und ich. Meine Mutter hatte gerne Gäste. Es gab eigentlich immer zwei, drei oder mehr, die wir beherbergten, den einen für ein paar Tage, den anderen für ein Jahr oder zwei oder noch länger. Vorderried war ein Ort, dem eine beinah unheimliche Kraft zu eigen war, Leute festzuhalten. Festzubannen wie im Märchen: Man kommt vorbei, denkt an nichts Böses, und eh man sich's versieht, sind hundert Jahre vergangen, man kehrt zurück und findet das Töchterlein rosinenhaft verhutzelt wieder. Der Vergleich stammt von Adam, meinem Freund Adam Pfaff, von dem noch zu reden sein wird. Er wollte eines nasskalten Novembertages ein Kleidungsstück holen, ein Lodencape, das seinem verstorbenen Vater gehört hatte und von dem er sich für seine gewohnten ausgedehnten Waldspaziergänge wohlig schwere Wärmung versprach. Er machte sich auf zu seinem Elternhaus, einem alten kleinen Häuslerhof mit einem winzigen Vorgarten, in dem das Unkraut in fahlbraunen Flecken darniederlag, was ihn vielleicht hätte warnen können, ebenso wie die rostroten Fensterläden, von denen die Farbe großflächig abgeblättert war. Die Warnungen erreichten ihn nicht, er pfiff etwas abwesend vor sich hin, als er den Kiesweg zur Haustür hinanschritt, den Schlüssel in der Hand. Der aber nicht ins Schloss passte. Adam bekam ihn nicht hinein. Komisch, dachte er. Bei näherem Hinsehen erkannte er, dass das Schloss neu war. Ein neues, messinggelb glänzendes Sicherheitsschloss. Er stand da mit dem Schlüssel in der Hand, dem Schlüssel seines Vaters, einem großen ungefügen Stück Schmiedeeisen mit einem umständlichen Bart vorne dran, plötzlich auf eine traurige Weise der Lächerlichkeit preisgegeben. Adam konnte ihn gerade so gut wegschmeißen, und das tat er dann auch. Aber zuvor fiel sein Blick auf einen Umschlag, den er auf der Schwelle fand. Adam hob ihn auf. Er war wohl lange mit einer Reißzwecke an der Tür befestigt gewesen, dann irgendwann abgefallen. Das Papier war morsch, übersät mit kleinen schwarzen Punkten, doch die Schrift gut leserlich: Steuerrückstände, Bescheid vom Soundsovielten, Versteigerung am Soundsovielten, Rechtsbehelfsbelehrung, Unterschrift. Alle Fristen waren seit so beschämend langer Zeit verstrichen, dass er noch beim Lesen jegliche Hoffnung fahrenließ. Das Haus gehörte ihm nicht mehr. Er war hier ein Fremder.

Der pilzige Bescheid auf Adam Pfaffs Elternhaustürschwelle war natürlich rechtsförmlich korrekt, und welches Gericht hätte man anrufen sollen? Sein Entschluss, jeden Widerstand bleibenzulassen, war daher – wenngleich auf ärgerliche Weise seinem Temperament gemäß – vollkommen vernünftig. Er machte kehrt. Ihn fröstelte. Nachdem er die Gartenpforte hinter sich zugezogen hatte, nahm er den

Schlüssel in die Hand, wog ihn noch einmal, holte aus und warf. Eine Scheibe klirrte. Wo vorher Glas gespiegelt hatte, war jetzt ein Loch. Dahinter, wusste Adam, war die kleine Kammer unter der Treppe, wo hinter einem verschossenen rotkarierten Vorhang die Milchkannen standen, drei an der Zahl und einen schwachen säuerlichen Geruch verströmend.

Adam erzählte sein Erlebnis beim Abendessen. Es gehörte zu einem Vorderrieder Abendessen, mit einem Dutzend Leuten um den Tisch und viel Geschrei und Gelächter, unbedingt dazu, dass Adam Pfaff von seinen Missgeschicken des Tages berichtete. Ihm war die Rolle zuteil geworden, jeden Tag aufs Neue zu beweisen, dass mit ihm absolut nichts anzufangen war. Meine Mutter liebte ihn dafür und gewährte ihm unbeschränkte Gastfreundschaft. Er war mit Marina und mir zur Schule gegangen, hatte das Gymnasium aber verlassen müssen, wozu es zweifellos eine verwickelte und sehr unterhaltsame Geschichte gab, an die ich mich aber nicht mehr erinnere. Seitdem hatte er keinen Fuß mehr auf den Boden bekommen, und das machte ihn meiner Mutter lieb und teuer. Sie kümmerte sich gerne um Leute, und man tat ihr keinen Gefallen, wenn man ihres Kümmerns nicht bedürftig war. Jeder ihrer Dauergäste war auf seine Weise bedürftig, und wenn er sich nicht die Missbilligung meiner Mutter zuziehen wollte, blieb er es besser.

## II

Es gab durchaus Katholiken unter den Gästen meiner Mutter, aber die meisten waren doch evangelisch. Streng genommen ist auch das nur eine Vermutung. Die Konfession spielte, erstaunlich aus heutiger Sicht, damals kaum eine Rolle für uns. Das glaubten wir zumindest. Als einmal nach dem Abendessen ein entsetzlich schüchterner junger Mann namens Alfons Bichler, den Seb Rothkehl bei irgendeiner

Parteiveranstaltung aufgelesen und seines liebenswerten Sprachfehlers wegen – der Junge lispelte – mitgebracht hatte, in eine Gesprächspause hinein »Gelobt sei Jesus Christus« murmelte und sein privates kleines Tischgebet zu seiner großen Scham plötzlich zum Gegenstand der belustigten Neugier der gesamten Runde gemacht sah, schnaubte meine Mutter nur und lachte ärgerlich. Bei den meisten unserer Gäste wusste kein Mensch, welcher Glaubensrichtung sie anhingen. Bei anderen, deren Konfession ich kannte, hätte sie kein Mensch vermutet: Sebastian Rothkehl beispielsweise, der sich damals als Historiker, Fritz-Schäffer-Biograph und Apologet der bayerischen Partikularismusbestrebungen eben anschickte, zum Chefideologen der Bayernpartei zu werden, unser krachlederner Seb, der keinen Preußen davonkommen ließ, ohne ihn ausführlich über Herzog Tassilo aufzuklären, über die jähe kulturelle Verödung nördlich des Limes sowie die Tatsache, dass das Nibelungenlied aus der Gegend von Passau und Richard Wagners Tannhäuser, des Kaisers Friedrich des Zweiten Ritter und Bußliedsänger, aus Tannberg unweit des Chiemsees stammte, woselbst man heute noch den Hof »Zum Venusberger« besichtigen könne – dieser Seb Rothkehl war in Wahrheit, was so gut wie niemand wusste, ein frommer Sohn der evangelisch-lutherischen Kirche. Er kam aus Nürnberg und hatte sich in Ettengrub ein Häuschen gekauft, und zwar mit dem Geld seiner Frau, einer Nichte von Josef Baumgartner und fanatischen Partikularistin, vor deren teigiger Humorlosigkeit er immer öfter und zuletzt ganz und gar in die freundliche Obhut meiner Mutter floh.

Umgekehrt hätte kein Mensch das Ehepaar Gabler als Katholiken erkannt, zwei unendlich sanftmütige kleine Nagetiere, in Monheim bei Köln gebürtig, die in Ettengrub ihre spärliche Pension verzehrten. Warnfried Gabler spielte Geige und war damit meiner klavierspielenden Mutter, die eigentlich Menschen von mehr Temperament vorzog, als Kammermusikpartner willkommen. In Vorderried gab es, wie in jedem besseren bürgerlichen Haushalt, einen Flügel. Nichts Protziges, kein Renommierstück in schwarzweiß funkelnder Abendgarderobe, sondern ein braves braunes Gerät von behaglichen eins sechzig Metern Länge aus dem Leipziger Hause Blüthner, mit gedrechselten Säulchen und Perlmutteinlage über der Tastatur, geschaffen für jene halb private, halb öffentliche Praxis, die man mit dem schönen Wort Hausmusik bezeichnet. Er stand in dem kleinen Saal im hinteren Teil des Hauses, auf einem niedrigen Podest, in das man links und rechts je drei Stufen eingelassen hatte, als behäbiger Mittelpunkt einer etwas zerzausten Schar, bestehend aus einem Buffetschrank an der Wand, hinter dessen Glasscheiben zerfledderte Stapel von Notenbänden lagerten, aus einer Gruppe zusammenfaltbarer Notenständer, die ihre dürren Metallarme umständlich in alle Richtungen reckten, sowie aus einem in feldgraues Leinen gehüllten Violoncello, das einst dem Professor gehört hatte und seit dessen Ableben nebst Bogen stumm und plump an einer Hakenleiste an der Wand hing.

Mir hatte meine Mutter die Rolle der Bratschistin zugedacht, die undankbare, immer etwas verhuschte, quäkende dritte Stimme im Streichquartett, und der kleine Doktor Gabler war so nett, mich gegen geringes Geld einmal die Woche für ein Stündchen in der Kunst des Violaspiels zu unterweisen. Ich stand vor ihm, ein verdrossenes Kind von zwölf Jahren, und bratschte meine Skalen und Übungen herunter, während er auf einem Stuhl saß, dünn und sehr aufrecht, eine Krawatte um den faltigen rasierten Hals, und schwache Laute der Bekümmerung von sich gab: Näh, näh, Mädsche, so jehtatt donnit, seufzte er sanft, und dann stand er auf, entwand mir behutsam das Instrument, während ich die Luft anhielt, um seinem säuerlich-kalkigen Atem zu entgehen, klemmte es umständlich unter seine sandige Kinnlade und machte vor, wie man dieses lackierte Stück Sperrholz zum Klingen bringt. Während ich ihm zusah, wie er beim Streichen schnaufte und sein faltiges Mündchen spitzte und seine Wimpern flattern ließ, musste ich lachen, und das steigerte seine Bekümmernis, so dass er die Bratsche sinken ließ und sagte: Leevje, Leevje, datt hat doch kejne Sinn, und da ich das ganz genauso sah, war meine Mutter schnell überzeugt, mir die Pflicht an der Bratsche wieder zu erlassen.

## III

Seb Rothkehl lebte zu dieser Zeit schon längst ganzjährig unter unserem Dach. Er war immer schon da gewesen, auch in jenen entferntesten Regionen meiner Erinnerung, in denen die ausgezehrte und verbitterte Gestalt meines Vaters eine flüchtige und undeutliche Existenz fristet, heraufruf- und beschwörbar durch bestimmte Sinneseindrücke, den Dämmer seiner Dachkammer, das Gurgeln eines Samowars, mit dem er sich dünnen Tee zuzubereiten pflegte, den er am Schreibtisch zu sich nahm, wo er saß und las, ein Schottenplaid um die abgemagerten Knie geschlungen und uns krabbelnden Kindern so fern und unzugänglich wie die rätselhaften und langweiligen Texte, die er studierte. Auch in diesen dunkelsten Tiefen ist Seb Rothkehl schon zugegen, mitsamt der freudigen Aufregung beim Hören des Polterns, das seine genagelten Stiefel auf der Treppe verursachten und das uns Erlösung und die Aussicht auf ein Stündchen ungezügelter Albernheit und Toberei ohne jegliche Rücksichtnahme auf das heisere Gezeter eines kranken alten Mannes versprach.

Ob er damals schon sein kleines Zimmer am Ende des Flurs bewohnte, gerade gegenüber der Tür zum Schlafzimmer meiner Mutter gelegen, das weiß ich nicht mehr. Damals brachte er gelegentlich noch seine Frau mit, ein breit gebautes Weib mit roten Wangen und alpenländischem Hütchen auf dem Kopf, die unablässig mit dem Anfertigen von Werturteilen beschäftigt war, deren ihr Temperament offenbar genauso existenziell bedurfte wie eine Dampflokomotive der Heizkohle. Ständig fand sie dieses besonders reizend oder jenes unaussprechlich furchtbar, und das galt besonders für uns Kinder, die sie stets mit zum Kuss gespitztem Mündchen und spitzen Rufen des Entzückens über unsere Niedlichkeit begrüßte, doch alle unsere Lebensäußerungen mit derart galliger Sorge über unsere charakterliche Entwicklung kommentierte, dass wir sehr froh waren, als ihre Besuche seltener wurden und schließlich ganz ausblieben, während ihr Mann, der an ihrer Seite meist übellaunig schwieg, ohne die Begleitung seiner Frau alle paar Tage seinen Löwenschädel mit dröhnendem Lachen zur Tür hereinsteckte, als sei er hier zu Hause, was er im Grunde ja auch bald war.

Ich vermute, dass Seb Rothkehl finanziell von seiner Frau abhing. Seine wissenschaftliche Tätigkeit kann kaum viel eingebracht haben, daher dürfte das Gros seiner Einkünfte aus seiner Arbeit für die Bayernpartei hergerührt haben, deren Zeitung er redigierte und in deren Verlag alle paar Monate ein Pamphlet, eine Denkschrift oder ein Aufsatz aus seiner Hand erschien, über verschiedene Aspekte bayerischer Historie und Wesenheit und, wie ich aus heutiger Sicht sagen muss, stilistisch und intellektuell von eher mittelmäßiger Qualität. Zu den wenigen deutlich konturierten Erinnerungen an meinen Vater gehört eine Szene, in der ich ihn nach beiläufigem Husten an Seb die Frage richten höre, ob er ihm doch einmal seinen Forschungsgegenstand etwas näher umreißen könne, eine Frage, deren Gemeinheit selbst dem Kinde offenbar nicht entging, sonst hätte ich sie nicht so deutlich im Gedächtnis behalten.

Seb Rothkehl hatte uns Mädchen im Garten ein Hüttchen gebaut, ein richtiges kleines Häuschen, nicht mehr als eineinhalb Meter hoch, aber mit Giebel, Tür und Fenster samt Läden links und rechts. Es hatte großen Spaß gemacht, ihm bei der Arbeit zur Hand zu gehen. Mit unseren Lackschuhspitzen die Stelle markiert zu halten, wo er den Pfosten aufzusetzen plante, um ihn mit weit ausschwingendem Holzhammer in die Erde zu treiben. Die zum Zurechtsägen auf den Bock gelegten Bretter festzuhalten, damit nichts ruckelt und die von ihm schnaufend geführte Säge nicht verkantet, aber vorsichtig, dass sich keiner einen Schiefer einzieht, das passiert leicht. Beim Festnageln hatten wir die Nägel bereitzuhalten, von denen Seb immer fünf, sechs auf einmal nahm und sie bleckend zwischen den Zähnen festhielt, damit er sie schnell zur Hand hatte. Die Dachlatten durften wir selber festnageln, von ihm an den Hüften hochgehoben, was ihn keine geringe Kraftanstrengung gekostet haben dürfte, aber an Kraft hat es dem habilitierten Doktor der Geschichtswissenschaften in seinen speckigen Lederhosen nie gefehlt, und er ließ uns da oben hämmern und mit den Beinen zappeln, bis der letzte Nagel ins Holz getrieben war, ganz egal ob krumm oder gerade.

Den Sommer über hatten wir wie besessen in diesem Hüttchen gespielt, Marina und ich. Im Herbst hatte unsere Begeisterung nachgelassen, dann regnete es zwei Wochen lang, und als schließlich der erste Schnee gefallen war, hatten wir das einstige Zuhause unserer kinderreichen Puppenfamilie schon ganz dem Vergessen anheimgegeben. Der Schnee blieb indessen nicht liegen, an Schlittenfahren war nicht zu denken. Am Nachmittag hielt es mich nicht länger in der Stube, und ich zog Mantel und Stiefel an, in der ziellosen Hoffnung, an der frischen Luft Erlösung zu finden von der zappeligen Unzufriedenheit, die sich meiner bemächtigt hatte.

Ich trat ins Freie. Was für ein barbarisches Wetter: Wie ungestüm mir der Wind unter die Kleider fuhr, wie grob er mich ohrfeigte mit seinen nassen Schwaden. Wie nackt das

Holz der Apfelbäume glänzte, lackschwarz wie bizarre Pilze. Hier draußen wurden wilde Spiele gespielt, und ich sprang vor Vergnügen, als ich begann, durch die spritzend nasse Wiese zu rennen, in fliegendem Galopp durch die Prärie, dem Mustang die Sporen gebend, dass es laufe, das tüchtige Tier, so schnell wie möglich laufe, den fauchenden Atem des hetzenden Raubtiers im Nacken, ich rannte zu dem kleinen Gehölz am Ende unseres Gartens, wo hinter Wacholderbüschen ein paar Fichten standen, die mir Schutz und Deckung boten unter ihren tropfnassen Zweigen. Mir war warm geworden, und ich öffnete den Mantel, um die schwere Nässe hereinzulassen. Unter den Zweigen lagerten Bretter und Latten, Reste von unserem Hüttchenbau im Sommer, jetzt schwarz und von den Enden her von Fäulnis durchgrünt nach vielen Wochen Regenwetter. Ich rüstete mich mit einem Lattenstück aus, einen guten Meter lang und sowohl als Stoß- als auch als Hiebwaffe furchteinflößend. Mit dieser Waffe im Anschlag begann ich das Häuschen zu umkreisen, wo das Raubtier lauerte, unsichtbar, aber ohne mich einen Moment lang aus den gelben Augen zu lassen, lautlos die Fangzähne fletschend, mit zitternden Barthaaren. Kreisend näherte ich mich der Raubtierhöhle, stets zur Flucht geduckt. Nichts war zu sehen, die Tür war verschlossen, das Fenster von Regenschlieren blind. Ich horchte. Ein Krähenschrei, weit weg, und der Wind in den Fichtenzweigen. Sonst nichts. Ruhig, Brauner, flüsterte ich und tätschelte besänftigend die bebende Flanke meines Pferdes. Dann hob ich die Waffe in die Luft, stieß einen heulenden Kriegsschrei aus und stürmte in spritzendem Galopp auf das Raubtierversteck zu, und noch ehe ich die Tür ganz erreicht hatte, wurde sie zu meinem namenlosen Schrecken plötzlich von innen aufgestoßen, eine Faust fuhr heraus, packte mich am Kragen und zog mich ins Innere des Hüttchens. Ich konnte nicht schreien, ich konnte nicht atmen, etwas hart-weiches Warmes vor meinem Gesicht hinderte mich daran, es war dunkel, und es dauerte viele hilflos unter dem Griff des Wesens zappelnde Momente lang, bis ich mit meinen aufgerissenen Augen ein Gesicht erkannte, das Gesicht eines Mannes, der seinen Finger vor den Mund gelegt hatte. Ich hörte zu zappeln auf, und als er das sah, lockerte sich der Griff vor meinem Gesicht, ich konnte Luft in meine Lungen ziehen. Der Mann starrte mich an, ohne den Finger von den gespitzten Lippen zu nehmen. Seine Hand löste sich ganz von meinem Gesicht, bedeutete mir aber mit einer Geste, ja kein Geräusch zu machen. Dann verschoben sich seine angespannten Züge zu einem breiten Grinsen. Servus, flüsterte er. Ich bin der Hias.

## IV

Auf die Idee, den Polizistenmord auf dem Teufelsschlupf mit dem Habererbund in Verbindung zu bringen, wäre vermutlich auch ein Beobachter von weniger leidenschaftlicher Einbildungsgabe gekommen als der Freiherr von Ergoldsbach. Es hatte andere Vorfälle gegeben: eine Reihe von Vermummten ausgeführter Überfälle auf Polizeistreifen im Berchtesgadener Land und im Rupertiwinkel, ein nächtliches Haberfeldtreiben vor dem Haus des Kreiskommissars von Mühldorf, dessen Schwiegertochter daraufhin eine Fehlgeburt erlitt, das Martyrium eines Sägereiarbeiters in Schongau, der mit der Polizei überhaupt nichts zu tun hatte, sondern lediglich einem besonders verhassten Wachtmeister entfernt ähnlich sah und deshalb zum Opfer einer Entführung wurde, welche drei Tage dauerte, die er, an einen Balken gefesselt, in einem stinkenden Schweinekoben zubringen musste. Jeder wusste oder glaubte zu wissen, dass der Habererbund hinter sämtlichen dieser Vorfälle steckte. Jeder, mit Ausnahme der bayerischen Staatsregierung: Zu München hatte man nach längerem Abwägen zu dem Entschluss gefunden, an Ausbrüche spontanen Volkszorns im katholischen Bevölkerungsteil zu glauben, die zwar im Prinzip selbstverständlich nicht hinnehmbar, aber doch mit äußerster Delikatesse zu behandeln seien, um den Katholiken nicht weiteren Anlass zur Zusammenrottung zu bieten.

Die Causa Pascolini hatte zwar eine andere Qualität, immerhin hatte es einen Toten gegeben. Dennoch wurde Kreiskommissar Eugen Kastenbauer ins Innenministerium einbestellt und dort von einem bebrillten Herrn in sanftem Mittelfränkisch über die Tatsache belehrt, dass man das verabscheuenswürdige Verbrechen selbstverständlich mit aller Härte verfolgen und alles Gebotene für Pascolinis Ergreifung tun müsse, dass aber andererseits, wie solle er sagen, ein Mann von seinen Qualitäten – hier hielt der Ministerialrat inne und ließ seinen Blick in ein vor ihm liegendes aufgeschlagenes Aktenstück sinken –, ein junger Beamter, der im Laufe seiner weiteren Karriere für eine Vielzahl äußerst verantwortungsvoller Positionen in Frage komme, dabei gewiss die nötige Behutsamkeit und politische Umsicht an den Tag legen werde, die man von ihm erwarte.

Kastenbauer hatte private Sorgen. Er war als Kind einer Wäscherin auf dem Gräflich Possendorf'schen Schloss zu Saxenkam aufgewachsen und hatte im Alter von zwölf Jahren beim verschwitzten atemlosen Spiel die einige Monate ältere Tochter des Grafen auf den Mund geküsst und ihr das Versprechen abgenommen, ihn dereinst zu heiraten. Die beiden hatten nie mehr die Kraft gefunden, sich aus dem romantischen Kitschgeflecht dieser Märchenkonstellation wieder zu befreien, zumal sie beide von einnehmendem Äußeren waren, der schmalgesichtige Junge mit den großen grauen Augen und das schwarzhaarige Mädchen, deren klösterlich strenge Schönheit schon ihre spätere Neigung zu wochenlangen rabenschwarzen Verzweiflungsanfällen ahnen ließ. Der Graf hatte, als er von der Verbindung erfuhr, ebenfalls sofort erkannt, dass die Gewalttätigkeiten, die seine Vorfahren in vergleichbarer Lage von sich erwartet hätten, in diesen republikanischen Zeiten bis zur Lächerlichkeit fehl am Platze wären, weshalb er dem Paar mit kraftloser Geste seinen Segen gab.

Kastenbauer fuhr von dem Gespräch im Ministerium in der Gewissheit nach Hause, den an ihn gestellten Erwartungen gewachsen zu sein. Den Leichnam des Polizisten ließ er nächtens wegbringen, und gegen die Zusage, ihre Pensionsansprüche in ungewöhnlich großzügiger Art und Weise zu regeln, willigte dessen Familie in eine diskrete Feuerbestattung ohne viel Zeremonie und Aufsehen auf einem der größeren Münchner Friedhöfe ein. Es gab keine Presseunterrichtung, keine spektakuläre Spurensicherung am Tatort, nichts.

Was es gab, waren Gerüchte. Unter den Katholiken erzählte man sich, der rote Gustl sitze gar nicht im Gefängnis, sondern sei auf unbeschreiblich tollkühne Weise entsprungen, habe sich den Fluchtweg durch eine Mauer von Polizisten freigeschossen und ein wahres Blutbad dabei angerichtet. In den Polizeikasernen machte eine gänzlich andere Version die Runde: Die Verschwörer vom Teufelsschlupf, katholische Monarchisten und Separatisten alle miteinander, hätten einen der Ihren als Geisel genommen, tagelang auf das grässlichste gemartert und ihn schließlich im Keller verscharrt, wobei kein Mensch wissen könne, ob er dabei womöglich noch gelebt habe. Und das alles sei quasi unter den Augen der Staatsregierung geschehen, die aus Angst vor den Katholiken keinen Finger krumm gemacht habe, den Mann zu retten.

## V

Meine Schwester Marina brauchte nicht lange, um hinter mein Geheimnis zu kommen, und nicht nur dahinter, sondern mitten hinein. Sie hatte mich mit einem Blecheimer in der Hand überrascht, den ich Hias auf dessen Bitte hin in sein Versteck bringen wollte. Keine drei Minuten später hockte sie im Zwielicht des Hüttchens vor dem Überraschten nieder, ihr Kleid unter den Knien ordnend und die Vorderzähne in gespannter Freude in ihrer Unterlippe vergraben, und forderte ihn auf, mit dem Erzählen anzufangen, was er denn für einer sei und woher er komme und aus welchem ungeheuer aufregenden und fesselnden Grund er sich zu uns geflüchtet habe. Sie war mir einfach nachgelaufen, nachdem ich auf ihre Frage, was ich denn mit dem Eimer wolle, geschwiegen und so ihren Verdacht bestätigt hatte, dass es damit irgend etwas Interessantes auf sich habe. Hias hatte den Wunsch nach dem Eimer mit einiger Dringlichkeit vorgetragen, und ich wusste ohnehin, dass sich Marina nicht mehr würde abschütteln lassen, also hatte ich es geschehen lassen.

Ich hatte es nicht gewagt, so in ihn zu dringen, obwohl ich es selbst kaum erwarten konnte, mehr über diesen freundlichen und unheimlichen Mann zu erfahren. Er hörte Marinas atemloses Gezwitscher lächelnd an und bedeutete uns mit einer Geste, ihn zunächst einmal allein zu lassen. Später, flüsterte er und wies auf den Eimer. Draußen vor der Hütte hüpfte Marina auf und ab vor Aufregung, und ich musste sie anzischen, dass sie damit aufhörte: Es konnte doch jederzeit jemand aus dem Fenster sehen und Verdacht schöpfen, wenn sie da so herumzappelte. Was sie indessen zum Erstarren brachte, war ein Geräusch, ein bronzenes Getrommel, das aus dem Hüttchen drang und andauerte, bis es in einem Plätschern verebbte. Wir hörten von innen ein Klopfen, und als wir die Tür öffneten, stand da der Eimer, drei Finger hoch gefüllt mit dampfender Flüssigkeit. Ich nahm den Eimer – im Augenwinkel sah ich Hias in gebückter Haltung stehen und die Hose zuknöpfen – und trug ihn mitsamt seinem schwappenden Inhalt nach hinten zu den Fichten, und als ich ihn zum Entleeren hochnahm und der süße scharfe Geruch des Männerurins schwallartig in meine Nase drang, da schüttelte mich mit einemmal ein derart heftiger Ekel, dass ich den Eimer absetzen musste und zwei Schritte zur Seite stürzte, um mich dort zu erbrechen.

Unser Plan sah vor, dass wir einstweilen im Haus alles vorbereiten, Decken und Federbetten beiseiteschaffen, Brot und Käse und Bier hamstern und dann, spät in der Nacht, wenn alle Welt zu Bett gegangen war, zu ihm in die Hütte schaffen würden, um ihm den Aufenthalt in seinem Versteck erträglicher zu machen. Er hatte die letzte Nacht, in der die Temperaturen unter den Gefrierpunkt gefallen waren, in seine Lodenkotze gehüllt zugebracht und dabei jämmerlich gefroren. Das wollte er nicht noch einmal erleben müssen. Wir versprachen, unser Bestes zu tun, und er versprach im Gegenzug, uns morgen alles zu erzählen. So geschah es, und am nächsten Morgen löste er sein Versprechen ein. Sein Bericht lief im Wesentlichen darauf hinaus, dass er, einst ein Mann mit großem Haus, großer Familie und großem Reichtum, von Feinden bei der Polizei angeschwärzt worden sei, daraufhin sei die gekommen, habe sein Haus niedergebrannt und Frau und sämtliche zwölf Kinder auf entsetzliche Weise niedergemetzelt, und er allein sei durch einen Sprung aus dem Fenster entkommen, und seither irre er heimatlos durch die Welt, gehetzt von seinen Verfolgern und außerstande, den Anblick irgendeines erwachsenen Menschen zu ertragen, weshalb, sagte er und lächelte, er sehr froh sei, dass zwei so nette und verschwiegene junge Mädchen ihm Obdach und Schutz gewährten. Dann gähnte er, streckte sich aus und rollte sich in die Federbetten ein und brummte, er wolle noch ein bisschen schlafen, wir sollten später wiederkommen. Als er sich zur Seite rollte, sahen wir auf dem Boden den schwarzstählernen Lauf seines Revolvers aufglänzen. Wir tauschten staunende Blicke, als wir über das nasse Gras zum Haus liefen. Natürlich glaubten wir kein Wort. Aber das machte seine Erzählung kein bisschen weniger aufregend.

## VI

Seb Rothkehl war verreist, wohin, weiß ich nicht mehr, er war ein paar Tage weggefahren. Meine Mutter hatte es nicht gern, wenn er außer Haus war, sie war dann gereizt und neigte zum Weinen, und ich bemühte mich noch mehr als sonst, ihr so wenig wie möglich unter die Augen zu treten. Daher war ich froh, von Hias in seinem Versteck einen Auftrag erhalten zu haben, eine Sendung, für die er mich ausgewählt hatte und nicht meine Schwester, obwohl die es verstanden hatte, mich bei der Sorge für unseren Schützling fast vollständig zu verdrängen. Hias hatte gegen Abend begonnen, eine merkwürdige Nervosität zu zeigen, er schwitzte, und seine Augen schienen fieberhaft geweitet. Marina klopfte seine Kissen aus und führte den von ihr zubereiteten Tee mit einer Hingabe an seine Lippen, dass ich Lust verspürte, sie mit der Faust zu schlagen.

Kreiskommissar Kastenbauer hatte unterdessen einen Bericht an das Innenministerium über den Stand seiner Ermittlungen verfasst. Als Täterin, so schrieb er, komme nur die flüchtige Balbina Pascolini in Frage, deren gegenwärtiger Aufenthaltsort unbekannt sei, ebenso wie der ihres schwachsinnigen Sohnes. Es gebe, zumindest was die mutmaßliche Täterin selbst anbelangt, allerdings Hinweise für einen Grenzübertritt in Richtung Tirol. Von dem Sohn fehle jede

Spur, ebenso von der Tatwaffe. Verschiedene Indizien, vor allem der Wassereimer auf dem Herd, sprächen gegen eine von langer Hand geplante Tat. Insgesamt sei von einer Affekthandlung auszugehen, auch ein tragischer Unfall sei nicht ganz auszuschließen. Er empfehle, die Ermittlungen vorläufig einzustellen.

Kastenbauer verfasste sein Schreiben am Küchentisch des Gasthofs Teufelsschlupf, wo er sich mit einigen seiner besten Männer einstweilen häuslich eingerichtet hatte. Vor ihm auf dem Tisch lagen aufgestapelt einige Dutzend quaderförmige Päckchen weißen Pulvers, alles, was seine Leute bei der Durchsuchung des Anwesens hatten finden können. Sein Interesse an diesem Jungen war geweckt: Er wollte mit ihm reden. Der Junge war aber davongelaufen. Nach allem, was Kastenbauer über die Wirkung des weißen Pulvers wusste, würde sein Besitzer bald ein heftiges Verlangen danach verspüren. Das Beste schien ihm, ruhig und ohne viel Aufhebens abzuwarten, ob er nicht vielleicht von ganz allein zurückkommen würde.

Hias hatte mir genaue Anweisungen erteilt. Es war noch dunkel, als ich den Teufelsschlupf erreichte, atemlos und mit vor Müdigkeit und überscharfer Wahrnehmung schmerzenden Augen. Aus dem dünnen Frühnebel ragte mir eine Ecke des scheinbar verlassenen Gasthofgebäudes entgegen wie ein algenbehangener Schiffsbug. Ich fror mit einemmal unter meinem dünnen Mäntelchen. Das von Hias beschriebene Versteck war unter der Türschwelle eines Bretterverschlags im Hof.

Man kennt das sonst nur aus Träumen: Etwas tritt an einen heran, das nicht mehr weggeht, das sich nicht als Täuschung, als Gott sei Dank kindischer und lächerlicher Augentrick aus Lichtreflexen und Einbildung erweist, sondern bleibt, etwas lebendiges Totes, ein handelndes Nichts, das seiner eigenen Unmöglichkeit spottet, und wehe dem, der dann nicht aufwacht und sich mit blinzelnden Augen und pochendem Herzen am eigenen Schopf aus dem Traum herausreißt. Ich war ja noch ein Kind damals. Erst vor ein paar Tagen hatte aus dem Häuschen, in dem wir den ganzen Sommer über gespielt hatten, ein Monster nach mir gegriffen. Doch siehe da, dann war es gar kein Monster gewesen, sondern Hias, dessen gutmütige, in schwerem Bayerisch vorgebrachte Ratschläge, mir nur ja den Schneid nicht abkaufen zu lassen, ich schaffe das schon, ich sei doch keine, die sich bei jedem Muckerer gleich in die Hosen biesle, ich mir in Erinnerung gerufen hatte als Schutz gegen das Dunkel und die Angst, die daraus hervorquoll. Das hatte geholfen, mit allerhand Luftholen und Atemanhalten war bislang alles gutgegangen. Aber jetzt half das gar nichts mehr. Denn was da vor mir stand, als ich aus dem stickigen Bretterverschlag ins Freie trat, mit leeren Händen, da ich das Versteck zwar gefunden hatte, aber geöffnet, ausgeräumt und leer, was da jetzt mit einem funkenschlagenden Male vor mir stand, das war so wirklich und körperhaft, das war so ohne jeden Zweifel eine lebendige Gestalt, dass es mir den Schrei in den aufgerissenen Mund zurücktrieb bis auf ein gepresstes Wimmern. Das blieb. Und von Aufwachen keine Rede.

## VII

Als ich wieder zu Hause ankam, hatte sich ein kalkiger Tag eingefunden zwischen den tropfenbehangenen Zweigen im Garten. Ich fand die Hütte leer. Er war fort. Ebenso die Decken und Lebensmittel und alles, was wir ihm gebracht hatten. Nur zwei, drei aufgescharrte Stellen am Boden und ein unbestimmter Duft nach Lederriemen und nasser Wolle verrieten, dass jemand hier gewesen war.

Ich hatte getan, worum Hias mich gebeten hatte. Was er

haben wollte, hatte ich. Mein Rucksack war mit sechs quaderförmigen, in Plastikfolie eingeschweißten Päckchen gefüllt. Der Mann hatte sie mir gegeben, dem ich dort oben begegnet war. Zuvor hatte er mich aufgefordert, ihm meinen Namen zu sagen und wo ich wohne. Das hatte ich, als ich endlich Atem und Stimme wiedergefunden hatte, getan. Er hatte leise gelacht, hatte befohlen, mich nicht von der Stelle zu rühren, und war nach einer Weile wiedergekommen, die Päckchen in der Hand. Bevor ich gehen durfte, musste ich schwören, kein Wort von unserer Begegnung zu erzählen. Er wisse ja jetzt, wo ich wohne, erinnerte er mich mit einem leisen Lachen, bevor er mich mit einem leichten Stoß auf den Heimweg schickte.

Ich ging ins Haus und zog Stiefel und Mantel aus, als meine Mutter die Treppe herabkam. Ich duckte mich in die Garderobe, denn ihre missbilligende Sorge, was mit mir los sei, hätte ich nicht ertragen. Sie trug ein Tablett, und sie sah mich trotzdem. Nach einigen Wimpernschlägen verzog sie ihren Mundwinkel und machte Psst! »Er schläft«, flüsterte sie und hob die Augenbrauen. Ich tat, als sei sie nicht da, löste meine Schnürsenkel und sah ihren durchgedrückten Rücken in die Küche entschwinden.

Dann machte ich mich auf Zehenspitzen auf in den Oberstock. An der Tür eines der Gästezimmer am Ende des Flurs sah ich Marinas gebeugten Rücken. Sie spähte durch den Türspalt und bemerkte mich nicht. Mit einem Stoß von hinten hätte sie sich ihren engelsgleichen Lockenkopf böse an der Türstockkante angeschlagen. Das geschah aber nicht, denn ich wollte Hias nicht wecken. Der schlief, man sah nur einen blonden Schopf und das langsame Heben und Senken des Federbetts. Marina bemerkte mich. Hias sei krank, sagte sie, habe Fieber. Er konnte auf keinen Fall länger in der Hütte bleiben, das sei völlig ausgeschlossen gewesen, sagte sie unter ernstem Kopfschütteln. Mama habe gleich gesagt, man müsse ein Bett für den Fremden herrichten, habe Tee gekocht und Honig hineingetan, und Hias habe sich nach dem ersten Schreck – er habe sogar seine Pistole auf sie gerichtet, flüsterte sie mit weit geöffneten Augen – gleich gut mit ihr vertragen. Sie verstand ihren Sieg auszukosten. Sie verzog auf exakt die gleiche Weise die Mundwinkel, wie meine Mutter es tat. Ich schob sie beiseite und trat ins Zimmer. Als ich mich neben dem Bett auf dem Boden niederließ, knackten meine Knie so laut, dass ich erschrak. Der Kranke lag auf großen frischen Kissen, tief eingewühlt in unruhigen Schlaf, sein Atem fuhr mit leisem Pfeifen aus seinen weißen rissigen Lippen und traf mich, angedickt mit dem Fonds seiner Körperlichkeit, als ich mich zu ihm vorbeugte, ins Gesicht.

Diesen hatte ich gefunden, und hier war er. Ich hielt den Atem an. Wie blass seine Stirn aussah, an der ein Kringel seines blonden Kälberfells klebte. Wie kräftig und bürstenhart sein Bartwuchs ihm durch die rotfleckigen Wangen, durch Kinn und Lippen brach. Wie papierdünn die Haut sich über die Augäpfel spannte, eine bläuliche Membran. Mit einemmal zog sich die Lidhaut zu Runzelfalten zusammen, der Augenschlitz tat sich auf, und ich sah seine Pupille auf mich gerichtet. Sie ruckte nach links, sie ruckte nach rechts und kam auf dem Rucksack zu ruhen, den ich im Schoß hielt. Das Lid senkte sich und hob sich wieder. Der Berg des Federbetts kam in Bewegung, aus der Tiefe schob sich seine Hand. Sie suchte und fand die Schleife, die den Rucksack verschlossen hielt, löste sie, dehnte die Öffnung und fuhr in sein Inneres. Ich spürte sie darin herumtasten und ihr Ziel finden, sich um einen der Plastikbarren schließen, die zu holen er mich zum Teufelsschlupf geschickt hatte. Das Paket umklammernd, kam die Hand wieder hervor. Er setzte sich auf und machte sich über seine Beute her, aber dann hielt er inne, die Hand kam zurück und legte sich um meinen Nacken, und ich fühlte mich nach vorn gezogen, und auf meiner Stirn brannte, wie von einer Ohrfeige, das feuerrote Mal seines Kusses.

## VIII

Die Freunde und Gäste im Hause Friedmann waren gewohnt, dass ohne viel Erklärung ab und zu ein neues Gesicht in ihrer Mitte auftauchte, und machten Hias mit freundlicher Gleichgültigkeit Platz am gemeinsamen Abendessenstisch. Man nahm an, dass Seb ihn angeschleppt hatte. Er brachte gelegentlich schöne Exemplare bayerischer Urwüchsigkeit von seinen Parteiversammlungen mit und stellte sie im Hause Friedmann aus, wo stets Publikum vorhanden war, seine Funde zu bestaunen. Nicht alle unsere Gäste kamen damit gleichermaßen gut zurecht: Irene Töntjes beispielsweise, eine welke Blonde von ehedem großer Schönheit und Tochter enger Freunde meiner längst verstorbenen Großeltern, ließ, wenn sie sich mit solchen Mannsbildern konfrontiert sah, all ihren hanseatisch-galligen Humor fahren und begann, hinter ihren zart getönten Brillengläsern mit den Deckeln ihrer großen flüssigen Augen zu klimpern, ihre Lippen zu einem Kleinmädchenmund zu spitzen und unbeholfene bayerische Redensartlichkeiten in ihren von gelegentlichem rauen Husten unterbrochenen Redefluss einzuflechten, was die wackeren und in solcher Gesellschaft in der Regel ohnehin nie besonders redseligen Bayern zumeist völlig zum Verstummen brachte – eine höchst fatale Wechselwirkung, denn Irene, eigentlich eine kluge und sensible Frau, wusste genau Bescheid, was man in Bayern mit dem Wort »Krampfhenne« bezeichnete, und verdoppelte ihre Anstrengungen, dieses Urteil abzuwenden. Wenn sich niemand erbarmte und mit einem heiteren Themenvorschlag dazwischenging, dann endete die Begegnung unweigerlich in Irenes totaler Niederlage. Sie zwitscherte immer schneller, zwinkerte immer heftiger und brach plötzlich mitten im Satz ab, verließ die schweigende Tischrunde unter geräuschvollem Stuhlrücken und stürzte hinaus, wo man sie noch eine halbe Stunde später im Garten auf und ab gehen sah, eine Zigarette zwischen den dünnen Fingern und mit gesenktem Kopf in eindringliches Zwiegespräch mit sich selbst versunken.

Hilmar Töntjes, Irenes Mann, lehrte Musikwissenschaften an der Universität Göttingen und war berühmt dafür, dass seine Vorlesungen den Unterhaltungswert eines Tischgesprächs hatten und das Tischgespräch mit ihm den geistigen Nährwert einer Vorlesung, kurz: Er galt als Mann von enormem Esprit. Er saß etwas vom Tisch abgerückt, und wer links und rechts von ihm Platz genommen hatte, fand sich meist seiner Stuhllehne beraubt, die hatte nämlich Professor Töntjes zum bequemen Lagern seiner beiden langen Arme in Beschlag genommen. Er kultivierte bestimmte Nachlässigkeiten, etwa eine Haarsträhne, die ihm beständig vor den Augen wippte, oder dass er nie die Manschetten seiner Hemdsärmel zuknöpfte, sondern sie stattdessen lappenartig baumeln ließ, wenn er gestikulierend die Pointen seines Redeflusses unterstrich. Er sprach zu niemandem im Speziellen und erwartete keine Gegenrede, sah währenddessen auch niemanden an, sondern blickte die Knopfreihe seiner Weste hinunter und schwang sich an seinen langen haarigen Armen von einer These zur nächsten, und was ihm an Originalitäten und Paradoxien unterwegs begegnete, das pflückte, schälte und verzehrte er so behände, dass einem vom Zusehen geradezu schwindlig wurde.

Hias, längst vollständig genesen und vollwertiges, wenngleich eher schweigsames Mitglied unserer häufig die Besetzung wechselnden Tafelrunde geworden, hatte seinen Platz am Ende des Tischs zwischen meiner Mutter und Marina, die ihm die Butter reichte, sobald er sich eine Scheibe Brot genommen hatte, und sich mühte, ihn mit geflüsterten Gemeinheiten über die anderen Tischgenossen zum Lachen zu bringen. Was Hias den Tag über trieb, wusste niemand. Meist verschwand er nach dem Frühstück, das er allein einzunehmen pflegte, denn er schlief morgens gern länger. Ich vermute, er traf sich irgendwo mit seinem Freund Gidi Duftinger, der in dieser Zeit eine neue, erheblich umsatzstärkere Schmuggelroute auskundschaftete, eine kleine, selten befahrene Passstraße mit Zollhäuschen, deren Besatzung, für trink- und spielfreudige Gesellschaft dankbar, binnen kurzem dem weißen Pulver hoffnungslos verfallen und somit empfänglich für Gidis Aufforderung war, bestimmte Lieferwagen unkontrolliert passieren zu lassen. Dass dieser Plan auf Gidis eigenem Mist gewachsen war, konnte sich allerdings niemand, der ihn kannte, so recht vorstellen.

Fest steht jedenfalls, dass Hias, der die Küche meiner Mutter erkennbar genoss, stets pünktlich zum Abendessen erschien und sich dort schweigend und kauend anhörte, was unsere Gäste sich den Tag über an geistreichen Redewendungen und originellen Beobachtungen zurechtgelegt hatten. Er schien sich dabei in keiner Weise unwohl zu fühlen, auch nicht, als er Irene Töntjes auf die besagte Weise aus dem Gleichgewicht gebracht hatte.

Während seine Frau draußen rauchend um ihre Fassung rang, sprach drinnen am Tisch Hilmar Töntjes über Don Giovanni. Man müsse sich, sagte er und blickte mit sarkastisch geschürzten Lippen über den Rand seiner Brille in die Runde, man müsse sich das mal klarmachen, was da eigentlich gespielt werde. Das müsse man sich mal klarmachen, das vergesse man leicht, wo die Musik doch so schön ist und man so gern mitlacht, wenn der feurige Liebhaber und sein gewitzter Diener ihr Vergnügen suchen. Jener feurige Liebhaber morde und vergewaltige sich durch die Oper auf eine schier atemberaubende Weise, 1003 vernichtete Existenzen,

Selbstmorde, Verstoßene, Wahnsinnige allein in Spanien, man müsse sich das mal klarmachen. Und Leporello, sagte Töntjes, hach, wie lustig, wie niedlich, tralala. Sei ja auch alles noch Spaß. Aber dann komme die Tat selbst. Die geglückte Verführung, der Verbrecher zückt die Mordwaffe. Und was ist das? Wie hört sich das an? Das Verbrechen? Das Schauderhafte? Töntjes winkte sich mit flatterndem Ärmel den Takt zu seinem dünn krächzenden Gesang: Là ci darem la mano, sang er. Daram dadada daram. Dort, auf dem Schloss also, geb ich dir meine Hand. Also, heirate dich. Eine Lüge. Töntjes schrie dieses Wort fast: Eine LÜGE! Die Lüge schlechthin. Ein Moment von ungetrübter Bösartigkeit. Da blinkt der Stahl des Dolches, da hört der Spaß ganz und gar auf, und die alten Damen im Parkett müssten eigentlich in Ohnmacht fallen. Dam dadaram dam daram. Kennt jeder. Ein Gassenhauer. Aber wie alle Gassenhauer von Mozart, oder fast alle, von solch diamantener Beschaffenheit, dass er nach 200 Jahren Einsatz in den Mühlen der Populärkultur immer noch völlig ungetrübt funkelt. Gut, sicherlich, das Mädchen kommt mit dem Leben davon, am Ende, mit mehr Glück als Verstand. Aber das Irrsinnige ist doch ... Töntjes schwieg einen Moment und blinzelte. Das Irrsinnige ist doch dies: Wer ist denn das Wesen mit der Mordwaffe in der Hand, das seine eisernen Geschosse direkt in die Herzen der Menschen schießt? Töntjes schwieg einen Moment, dann flatterte er erneut mit den Hemdsärmeln. Ein Engel, sagte er und kicherte gebrochen. Und mehr noch, ein Kind. Ja? Das Süßeste, das Reinste und Unschuldigste, was man sich vorstellen kann. Das Wunderschönste. Là ci darem la mano. Süß, rein und unschuldig. Und zwar ... Töntjes schwieg einen Moment. Und zwar ohne jede ... Ohne jede Ironie. Ohne jede Ironie, das ist das Irrsinnige. Das ist so gemeint. Das ist so gedacht, dass man vor Rührung weinen muss, im Angesicht des Verbrechens.

Töntjes ließ seinen langen Leib in die Stuhllehne fallen und blickte beiseite, zwinkerte dabei und schob mit ausgestrecktem Finger den Brillenbügel zurecht. Keiner sagte ein Wort, und man hörte mit einemmal überdeutlich Hias, der einen Bissen Käsebrot kaute. Eine Weile hörte man das malmende Schmatzen, dann ein Glucksen, ein Schlucken, und Stille.

## IX

Anlass für den Besuch des Ehepaars Töntjes war eine Konzerteinladung meiner Mutter, die in Ettengrub einige bemerkenswerte musikalische Begabungen entdeckt zu haben glaubte und ihre Schützlinge gern einer aus Freunden und Bekannten bestehenden Öffentlichkeit präsentieren wollte. An Gelegenheiten, mehr oder minder talentierten Amateuren beim Musizieren zuzuhören, fehlte es dem Erneuerer der deutschen Konzertkritiktradition weit weniger als an Erholungsmöglichkeiten in schöner Natur und anregender Gesellschaft, weshalb er seine Zusage, für den Konzertabend aus Göttingen anzureisen, mit der Ankündigung eines mehrwöchigen Aufenthalts verknüpfte: Er habe einen Festschriftbeitrag und mehrere Vorträge vorzubereiten, ließ er uns brieflich wissen, und wenn wir nichts dagegen hätten, würde er dies gern im Schatten des Kirschbaums in unserem Garten tun. Seine Frau war eine alte Freundin der Familie, aber auch ohne dies wäre es jedem kunstsinnigen Haushalt im deutschen Sprachraum eine Ehre gewesen, Professor Töntjes zu Diensten zu sein, zumal wir ohnehin ständig Gäste mit unbestimmtem Abreisedatum bei uns beherbergten.

Bei der Vorbereitung des Konzerts traf meine Mutter auf Schwierigkeiten. Eine jener Begabungen, die auftreten sollten, war der Briefträger Kurt Duftinger, gefürchteter Wirtshausstanzlsänger und Vater von Hias' Spießgesellen Gidi. Er war zunächst sehr geschmeichelt gewesen von dem Vorschlag meiner Mutter, ihren Musikabend mit seinem Zitherspiel zu bereichern. Nach ihren Vorstellungen wäre seine Bühnenpräsenz am besten mit einem rein auf Volksmusik beschränkten Programm zur Geltung zu bringen gewesen. Er aber hatte darauf bestanden, dass er auch andere Stücke beherrschte. Als er »Jesu bleibet meine Freude« anstimmte, hatte sie lachend abgewinkt, das sei zweifellos sehr schön, aber doch vielleicht ein bisschen abgedroschen, woraufhin sich Duftingers Patriarchenstirn deutlich zu umwölken begann. Er sah sich indessen bald zufriedengestellt: Für Schuberts »Hirt auf dem Felsen«, das nach der Pause aufgeführt werden sollte, war eine Klarinette vonnöten, und dieses Instrument beherrschte der Briefträger ebenfalls.

Für den Sopranpart war unsere Nachbarstochter Evi Stadler vorgesehen. Sie war das jüngste Kind der Bauern auf Hinterried und hatte nie eine einzige Gesangsstunde genossen, wurde aber von ihrer Familie und jedermann im Dorf zärtlich »Zaiserl« genannt, weil sie so schön sang. Sie war einige Jahre älter als ich, und ich hegte eine verborgene, närrische Liebe zu diesem Mädchen. Weicher, zarter und blonder, das schien mir vollkommen unbestreitbar, konnte kein Geschöpf auf Erden sein. Als ich klein war, wich ich ihr kaum von der Seite, lief ihr hinterher, als sie den Blechkübel zum Schweinekoben trug, stand ihr beim Mistauskehren und Teigkneten im Weg herum, und sie ließ mich geduldig gewähren und lachte über die atemlosen Kleinmädchengeschichten, die ich mir für sie ausdachte, um ihre Zuneigung zu nähren und zu entgelten, damit sie nicht plötzlich erlosch. Später begann mir meine Hundeliebe bewusst und damit peinlich zu werden. Ich stellte meine Besuche auf Hinterried ein und beschränkte mich darauf, sie aus der Ferne zu beobachten, aus Baumkronen, durch Zaunritzen, wenn sie am frühen Abend mit dem Schlauch den Hof von Mist und Staub säuberte, lauthals singend und den

Daumen auf der Öffnung, auf dass der solchermaßen verengte Strahl tüchtig Druck entfalte, und ein- oder zweimal geschah es, dass sie den Schlauch in meine Richtung schwenkte und ich ein paar eiskalte Tropfen abbekam, und ein kaum merkliches Keckern in ihrem Gesang bestätigte mir den furchtbaren Verdacht, dass sie mein Spähen und Lauschen bemerkt hatte.

Marina und ich hatten die Erlaubnis erhalten, der ersten Probe für den »Hirt auf dem Felsen« beizuwohnen, sofern wir uns dabei still verhielten und nicht störten. Während vorne meine Mutter das A anschlug und Duftinger schmatzend sein Blatt befeuchtete, trat von hinten Hilmar Töntjes herein. Auf Zehenspitzen und den Zeigefinger auf den Lippen, schlüpfte er in die Stuhlreihe hinter uns und machte ein clowneskes Unschuldsgesicht, das besagte: Bitte sehr, lasst euch nicht stören, tut so, als sei ich gar nicht da. Marina und ich hielten still, Duftinger räusperte sich und führte sein Instrument zum Mund.

Der »Hirt auf dem Felsen« beginnt, nach einer kleinen Vorbereitung durch das Klavier, mit einem langgezogenen Ton der Klarinette, der sich dehnt und entfaltet und den Raum ausfüllt, ein ganzes weit unter dem Felsen hingestrecktes Tal immerhin. Als aber Kurt Duftingers Klarinettenton erscholl, fuhren wir alle zusammen. Was da in den Saal stach, war kaum erträglich, ein gellendes Hupen, und hörte nicht mehr auf. Ich spürte Töntjes, der sich mit seinen langen Unterarmen auf unseren Stuhllehnen aufstützte und den Kopf verschwörerisch zu uns vorgestreckt hatte, steif werden.

Der »Hirt auf dem Felsen« ist ein sonderbares Stück Musik. Der Hirtenknabe singt. Seine Sopranstimme spannt und wölbt sich über die Meilen ungetrübter Bläue vor ihm, füllt mühelos den immensen Raum, sein Lied hat keinen Anfang und kein Ende, keinen Urheber und kein Publikum, der Knabe singt und hört gleichzeitig, und was er hört, singt er, und was er singt, hört er, und in den zehn Minuten konzertanter Aufführung auf der Bühne ist ein ganzer langer Sommernachmittag voll Müßiggang und Hummelgebrumm und ziehenden Wolken aufbewahrt, ein Nachmittag ohne Anfang und ohne Ende, und weil ein Mädchensopran allein zu viel Fülle und Weichheit mit sich führt, hat ihm der Komponist eine obligate Klarinette an die Seite gestellt, als Konterpart und Widerhall, aber als ein und dieselbe Stimme, die singt und hört und hört und singt. Wenn nun aber ein Mann wie Duftinger die Klarinette bläst, mit auf- und niederpumpenden Ellbogen und die kohlschwarzen Augenbrauen weit in die Stirn gezogen, und wenn ihm der Ton, den er dem Instrument entlockt, weniger knabenhaft rein als vielmehr hupenhaft laut gerät, dann kann die Aufführung ins Komische abgleiten, und man meint keinen singenden Hirten, sondern ein burleskes Paar aus Zirkusprinzessin und Clown vor sich zu haben. Marina jedenfalls begann, die Hand vor den Mund zu pressen und in ihrem Sessel zu versinken. Hilmar Töntjes bemerkte dies und begann ihr von hinten Dinge ins Ohr zu flüstern, was die Sache verschlimmerte. Sie schüttelte sich und japste und gickste, und da ließ sich auch Töntjes bald mit heiserem Geschnauf vernehmen, und auf der Bühne schlich sich das mir wohlbekannte Keckern in Zaiserls Gesang, der gleich darauf ganz verstummte, ebenso am Klavier meine Mutter, deren Kopf zwischen bebenden Schultern fast bis auf die Tastatur herniedersank, nur Duftinger spielte noch eine Weile weiter, die Stirn vor Konzentration gekräuselt, bis er sein Instrument sinken ließ und verwirrt lächelte wie einer, der einen Witz nicht mitbekommen hat. Meine Mutter stand auf, wischte sich die Tränen aus den Augen und wedelte mit der Hand vor ihrem Mund herum, während sie nach Atem rang. Entschuldigung, Entschuldigung, rief sie. Wir seien wirklich furchtbar. Aber das sei tatsächlich … Das gehe so leider … Ein erneuter Anfall hinderte sie am Weitersprechen. In Kurt Duftingers Miene begann sich eine Ahnung abzuzeichnen. Meine Mutter hatte die Fassung wiedererrungen und holte Luft, um zu sprechen, und für einen Moment war es ganz still im Saal, und genau in diesem Moment, in diesen wimpernschlagkurzen Moment der Stille hinein, machte meine Schwester Marina aus der Tiefe ihres Sessels ein leises, aber überaus deutlich vernehmbares Geräusch: Miau.

Duftinger traf dieses Geräusch wie eine Ohrfeige. Er blinzelte einige Male. Dann setzte er ein dünnes kleines Lächeln auf und nickte. Mit diesem dünnen Lächeln im Gesicht und ohne einen von uns anzusehen, begann er seine Klarinette auseinanderzunehmen, reinigte die einzelnen Teile sorgfältig mit Hilfe eines weißen Taschentuchs, legte sie in die dafür vorgesehenen rotsamtenen Vertiefungen, klappte das Etui zu und verließ gemessenen Schrittes den Saal.

## X

Hias hatte zu diesem Zeitpunkt bereits begonnen, täglich oder sogar noch öfter mit Zaiserl zu schlafen. Das wusste ich allerdings an diesem Tag noch nicht. Meine Mutter hatte das Mädchen nach dem peinlichen Ende der Konzertprobe eingeladen, zum Essen zu bleiben, was Zaiserl dankend ablehnte, weil sie daheim ihren Eltern das Nachtmahl aufzutragen hatte. Ich sorgte mich, ob sie nicht vielleicht insgeheim unser Gelächter auch auf sich bezogen haben könnte, und das musste ich unbedingt richtigstellen, denn ihr Gesang, das wollte ich ihr um jeden Preis sagen, war unvergleichlich schön gewesen. Aber gerade weil mir dies so wichtig war, verzagte ich an der Schwierigkeit, dafür angemessene Worte zu finden, und so ging ich schweigend neben ihr her, während sie durch die Dunkelheit dem Hoflicht von Hinterried zustrebte. Zu meiner Erleichterung richtete sie das Wort an mich und stellte mir allerhand Fragen über unsere Gäste, und weil ich glaubte, dass Hias vor aller Welt versteckt werden müsse, log ich ihr vor, der blonde junge Mann, der ihr aufgefallen war, sei ein lungenkranker Dichter aus Piemont, der kein Wort Deutsch verstehe. Lungenkranker Dichter. Da lachte sie leise.

Wo und wie sie einander begegnet waren, weiß ich nicht. Dass sie sich kannten, wie jeder im Dorf jeden kennt, hätte ich mir denken können. Sie hatten ihren Platz in einem Bretterverschlag hinter dem Kuhstall, wo sie sich mit einem Schaffell und einer alten Matratze ein Lager bereitet hatten, und dort spürte ich die beiden am Tag nach der verunglückten Konzertprobe zufällig auf.

Meine Mutter hatte Zaiserl ein Schüsselchen Schokoladenpudding zur Seite gestellt, und weil mich das gleiche unbehagliche Gefühl, dem Mädchen etwas Unrechtes zugefügt zu haben, umtrieb wie sie, bot ich mich an, die Süßspeise hinüberzutragen. Zudem hatte ich ihr die Botschaft zu überbringen, dass der »Hirt auf dem Felsen« auch ohne Klarinettisten aufgeführt werden könne: Hilmar Töntjes, seinerseits ein wenig verlegen wegen des Eklats mit Duftinger, hatte Rat gewusst. Es gebe eine sehr ordentliche Bearbeitung für Cello, Klavier und Gesang, die Noten ließen sich binnen weniger Tage per Post aus München beschaffen und er, Töntjes, fühle sich geehrt, wenn man ihm den Cellopart übertrüge.

Der Hinterrieder Stall war für mich ein Ort faszinierenden Schreckens. Ich fürchtete und ekelte mich vor den Kühen, vor dem Gewicht ihrer gewaltigen Leiber, vor ihrem fauchenden Schnaufen, vor ihren blond bewimperten Augen, kugelrund und spiegelnd wie polierter Stein, vor ihren mahlenden Mäulern, vor den rosa Gummiwülsten ihrer Nüstern, von Fliegen umwölkt. Ab und zu kam es vor, dass eine ihren verkrusteten Schwanz hob und ein armdicker dampfender Strahl den Schlamm zwischen ihren Hufen aufschäumte. Ich war froh um die dicken Gitterstäbe, die mich von ihnen trennten, mit angetrockneten Exkrementen behangen wie eine Ankerkette mit Algen. Ich spähte von der Stalltür aus ins Halbdunkel und rief nach dem Zaiserl. Ich lauschte: Fliegengesurr. Träges Scharren. Schnaufen. Doch darunter hörte ich etwas anderes.

Auf Zehenspitzen machte ich mich auf den Weg durch den Stall, mit zugepresstem Mund und unter beständigem Wedeln mit der Hand vor meinem Gesicht, der Fliegen und der schüttelnden Vorstellung wegen, eine davon aus Versehen einzuatmen. Der Verschlag war vom Stall durch eine roh genagelte Brettertür getrennt, die zwei Handbreit offen stand, und was ich durch den Türspalt sah, ließ mich frieren vor Entsetzen. Was ich da sah, schien mir so barbarisch, so gewalttätig, dass mir der Mund ganz trocken und der Bauch ganz hohl davon wurde, und gleichzeitig auf eine so neuartige Weise aufregend und von dem wenigen, was ich in der Vorderrieder Bibliothek zum Stillen meiner Neugier gesucht und an romantisch Angedeutetem gefunden hatte, genauso himmelweit entfernt wie diese zwei kräftigen, weißen, aufgestellten Schenkel von dem weichen, zarten, blonden Objekt meiner Kleinmädchenverehrung. Als ich mich wieder gefasst hatte, trat ich den Rückzug an, unbemerkt, und auf halber Strecke zur Stalltür wurde ich gewahr, dass ich immer noch das Schüsselchen Schokoladenpudding in Händen hielt. Ich drehte es um und ließ den Inhalt in die Jauche tropfen.

Mir war weich in den Knien, und ich wollte in der Hinterrieder Küche um ein Glas Milch bitten, bevor ich nach Hause ging. Dass ich dort den Bauern bei seinem Mittagsschläfchen aufstören und ihn zu der besorgten Frage veranlassen würde, warum ich denn so käsig im Gesicht sei, hatte ich nicht vorausgesehen. Auch nicht, dass sich die Verwirrung über das Gesehene und der Vorsatz, über Hias' Herkommen Stillschweigen zu bewahren, in meinem Hirn so unglücklich verknoten würden. Und schon gar nicht, dass in diesem Moment die Bäuerin dazukommen und dem Bauern in den Arm fallen würde, der auf mein Gestammel über Zaiserl und den unbekannten Mann im Stall nach seinem Weidenstock gelangt hatte: Er solle jetzt keinen Unfug machen und lieber die Polizei holen gehen, nichts als Ärger bekomme man sonst, und er in seinem Alter mit dem depperten Stecker, wer wisse, was der andere dabeihabe, und wenn er gleich renne, dann könne die Polizei in fünf Minuten hier sein.

## XI

Hias war nach wie vor zur Fahndung ausgeschrieben. In München ging allerdings der Zöhr-Prozess gerade in seine letzte Runde, und die Ergreifung des flüchtigen Pascolini, die all die mit diesem heiklen Verfahren verbundenen Mühen auf das öffentlichkeitswirksamste zunichtegemacht hätte, war für die bayerische Justiz zu diesem Zeitpunkt ein Anliegen von eher nachgeordneter Priorität. Das konnte ich freilich nicht wissen.

Als sie Hias verhaftet hatten, brachten sie ihn in die Polizeikaserne. Kastenbauer befahl, ihn nackt auszuziehen und in eine Verhörzelle im Kellergeschoss des Kasernengebäudes zu führen. Dort erwartete er ihn.

Hias trat ein. Falls der Kreiskommissar geglaubt hatte, seine Nacktheit werde den jungen Mann entweder zu schamvoller Verkrampfung oder zu trotziger Preisgabe seiner Blöße zwingen, wurde er enttäuscht: Hias stand einfach da, sah zu Boden und wartete auf das, was da kommen würde. Kastenbauer lachte sein leises Lachen. Dann wies er ihm einen Stuhl an, gegenüber dem seinen. Hias setzte sich, die Hände auf den Knien. Ihm sei ein bisschen kalt, sagte er. Ob er eine Decke haben könne? Kastenbauer sah ihn aus seinen grauen Augen an. Nach einer Weile gab er einem seiner Männer ein Zeichen, die Heizung höherzustellen.

Kastenbauer deutete mit einer Geste vor seinen Mund. Heute kein Gesabber?, fragte er und lachte erneut leise. Hias verzog die Lippen zu einem schuldbewussten Grinsen und hob die Brauen über seinen leicht schräggestellten Augen ein wenig an. Hiasl brav?, fragte Kastenbauer weiter. Kein Aua? Hias, immer noch grinsend, zog die Mundwinkel nach unten. Kastenbauer fuhr fort, leise in sich hineinzulachen. Schließlich öffnete Hias den Mund, schloss ihn wieder und sagte dann, die Handflächen erhoben und den Kopf zwischen die Schultern gesenkt: Ja, mei… Das wiederum fand Kastenbauer so komisch, dass auch Hias nicht länger widerstehen konnte und prustend in das Lachen mit einstimmte.

Er sei ja froh, erklärte Hias, als sie sich halbwegs wieder beruhigt und ihre Tränen getrocknet hatten. Daheim immer den Deppen spielen müssen. Das sei doch kein Leben. Aber er habe es halt sonst nicht mehr ausgehalten. Der rote Gustl. Der sei ja daheim ganz anders, als alle denken. Der wenn zuschlage. Aber seit er daheim den Deppen spiele, lasse der Gustl ihn die meiste Zeit in Ruhe.

Was der rote Gustl überhaupt auf dem Teufelsschlupf verloren habe, wollte der Kreiskommissar wissen. Hias hob wieder die Schultern: Ja, mei.

Sei denn nicht seine Mutter mit dem Otto Prokopetz?

Hias grinste traurig und wiegte den Kopf. Der Otto, der schlage auch. Aber nur, wenn der Gustl nicht da sei. Vor dem Gustl hätten alle Angst. Auch die Mutter.

Und woher das weiße Pulver komme?

Hias zuckte mit den Achseln. Das lasse sich der Gustl immer bringen. Helfe gegen Kopfweh und andere Sachen. Er selber vertrage es ja nicht. Aber die anderen alle. Der Otto fahre es dann immer aus, mit dem Auto.

Ob er den hier kenne? Kastenbauer legte ihm das Foto eines Mannes mit kahlrasiertem Schädel vor.

Hias nahm das Bild und betrachtete es. Der sei öfter da gewesen. Habe immer ein Weißbier getrunken. Dann habe es einen Streit gegeben mit dem roten Gustl. Und nachher sei er nicht mehr wiedergekommen. Wie er heiße, das wisse er nicht.

Warum er weggelaufen sei vom Teufelsschlupf?

Hias blickte zu Boden. Dann schüttelte er den Kopf und sagte leise, das möge er nicht sagen.

Kastenbauer wartete und schwieg.

Ohne den Blick vom Boden zu heben, begann Hias stockend und mit erstickter Stimme zu erzählen. Der Polizist. Wie der ihn angelangt habe. Und dann habe er sich auf den Boden legen müssen. Die Hose habe er ihm heruntergezogen, der Polizist. Und dann habe er ihm seinen ... Hias ächzte und schlang die Arme um seinen nackten Oberkörper, mit dem er leicht hin und her zu wiegen begann, und brach in Tränen aus.

Kastenbauer wartete und schwieg.

Hias fuhr fort. Er habe einen Hocker erwischt, während der Polizist auf ihm draufgelegen sei, und habe ihn dann herunterschütteln und ihm den Hocker draufhauen können, aber da sei der Polizist erst richtig böse geworden und habe sein Gewehr genommen, und wenn dann nicht in dem Moment seine Mutter hereingekommen wäre, mit der Pistole vom Gustl in der Hand ... Der Rest ging in Schluchzen unter.

Kastenbauer wartete. Dann stand er auf und gab seinen Männern ein Zeichen. Die traten hinter Hias, packten ihn bei den Schultern und zogen ihn hoch, wobei sie ihm die Arme hinter den Rücken zwangen. Der Kreiskommissar trat auf seinen Gefangenen zu und ließ seinen grauen Blick über dessen in stummem Ringkampf mit seinen Bändigern an- und abschwellende Nackenmuskeln wandern, über die Sehnenstränge seines Halses und den unter dem Druck des angehaltenen Atems angespannten Brustkorb, und währenddessen schob er seine Stiefelspitze zwischen dessen Füße, zwang sie auseinander, und als die Schenkel weit genug gespreizt waren, nahm er mit der Rechten seinen Penis zwischen zwei Finger und rieb und drückte ihn, bis der sich aufrichtete und stand, so dass der Hodensack darunter frei und ungeschützt hing und er ihm mit seiner Linken dort, ohne sich verausgaben zu müssen, die schärfsten aller Schmerzen zufügen konnte. Dabei hielt er den Blick unverwandt auf Hias' Augen geheftet. Doch die blieben, während der Gequälte sich wand und bog und ein ersticktes Schreien abrang, die ganze Zeit über fest zugepresst.

Nach einer Weile hatte Kastenbauer genug. Er ließ ab von Hias, befahl, ihm seine Kleider zurückzugeben und ihn auf die Straße zu werfen, und verließ, ohne sich noch einmal umzusehen, den Raum.

# 3. Kapitel

## I

Der Habererbund hatte zu dieser Zeit noch nicht seine spätere Bedeutung erlangt. Er trat nur vergleichsweise selten in Erscheinung, verfügte allenfalls über ein paar rostige Weltkriegsgewehre und ein paar Stangen gestohlenen Steinbruchdynamits und hatte jenseits von Donau und Lech überhaupt keinen und auch diesseits nur begrenzten Rückhalt in der Bevölkerung. Nur wenige hätten damals die Phantasie aufgebracht, in diesem obskuren Radauverein den künftigen bewaffneten Arm der altbayerisch-katholischen Partikularismusbewegung zu vermuten.

Diese, gelähmt durch innere Streitigkeiten und von Wien, Rom und Paris finanziell und ideologisch hoffnungslos abhängig, beschränkte sich damals im Wesentlichen darauf, auf den Marktplätzen von Rosenheim und Freilassing gelegentlich eine ebenso temperament- wie folgenlose Kundgebung abzuhalten, in Leserbriefen an katholische Zeitungen gegen die Entsendung norddeutscher Polizisten in den Freistaat zu protestieren und ab und zu an irgendeinem entlegenen Nebengleis ein gottverlassenes Eisenbahndepothäuschen anzuzünden, auf dass die Welt sich ihrer erinnere. Organisatorisch zerfiel sie in eine Reihe höchst disparater und teilweise heftig miteinander rivalisierender Fraktionen: Da gab es abtrünnige Christsoziale, die nach dem Zerfall der CSU 1948 Schäffer und Hundhammer die Gefolgschaft beim Übertritt in die Bayernpartei verweigert hatten. Da gab es die Dreschflegelbataillone des Altbayerischen-Landarbeiter-und-Kleinbauern-Bundes, antiklerikal, sozialistisch und auf Geheiß ihrer Anführer, des Brüderpaars Jörg und Alfred Gastinger, zu jedem blutigen Unfug imstande. Da gab es eine unüberschaubare Zahl mehr oder weniger obskurer Klein- und Kleinstorganisationen, die Bayerische Vaterlandspartei des Grafen von Schnee etwa, die dem von Gott zum Herrscher der Bayern eingesetzten Hause Wittelsbach zurück auf den Thron verhelfen wollte, oder die esoterischen Heimatbündler um Franz-Xaver Xylander, die sich neben der Souveränität Bayerns auch der Propagierung der vegetarischen Lebensweise und dem Schutz der bayerischen Naturschönheiten verschrieben hatten, bis hin zu dem winzigen, aber mit besten Beziehungen zu sehr einflussreichen Kreisen in Spanien und Frankreich ausgestatteten ultrakatholischen Laienorden der Milites Mariae, der für die Wiedererrichtung des Kirchenstaats auf bayerischem Boden stritt.

Was all diese Splittergruppen einte, war ein knirschendes Ressentiment gegen alles, was sich nördlich des Mains abspielte, von dort herkam oder dort hinwollte, sowie ein lebhaftes Interesse an alternativen Geschichtsverläufen: Für solcherlei Spekulationen bietet die bayerische Landesgeschichte ja in der Tat genügend Anlass. Was wäre geworden, wenn beispielsweise der Kurfürst Ferdinand Maria etwas mehr Schneid besessen, damals, 1658, bei der Kaiserwahl kandidiert und den miserabligen Österreichern ein für allemal heimgeleuchtet hätte? Oder wenn sich 1699 der sechsjährige Unglücksbub Joseph Ferdinand nicht die Pocken eingefangen, sondern stattdessen das spanische Weltreich geerbt hätte? Wenn 1704 die Franzosen einen gescheiten Feldherrn in die Schlacht von Höchstädt geschickt hätten und nicht einen sabbernden Idioten wie Marschall Tallard und ein paar brauchbare Dragonerbataillone statt lauter Syphilitiker auf verrotzten Kavalleriepferden? Wenn irgendeine Tollkühnheit eines anonymen Gardefüsiliers dem Schlachtenglück einen entscheidenden Schubs in die richtige Richtung gegeben hätte? Wer weiß, wie es dann gekommen wäre. Ob dann der verlauste Herrscher der gerade erst notdürftig christianisierten Sumpf- und Steppenbewohner Brandenburgs mit seinem wahnwitzigen Anspruch, Deutschlands Antwort auf Louis XIV und Maria Theresia zu sein, den europäischen Fürstenhöfen mehr als höhnisches Gelächter hätte entlocken können. Ob dann der brutale Erzschwindler Bismarck seinem Dasein als ostelbischer Rübenbauer jemals hätte entfliehen und die tausendjährige Dynastie der Wittelsbacher – ihrer armen Hohenzollern'schen Verwandtschaft an Adel und Alter himmelweit überlegen – mit Gewalt, Geld und Tücke unter das preußische Joch hätte zwingen können. Ob dann der Erste Weltkrieg hätte sein müssen. Und der Zweite. Ob dann Bayern heute als entlegene Provinz eines besiegten, ruinierten und mit Blut und Schande befleckten preußischen Rumpfimperiums unter dem Spottnamen »Bundesrepublik Deutschland« dahinvegetieren würde. Wer weiß, so fragten die historisch oft erstaunlich belesenen Partikularisten mit stumm mahlenden Unterkiefern, die Maßkrüge voll dunklem Bier finster umklammert. Wer weiß.

## II

In Ettengrub war jedermann bekannt, wer aus dem Dorf bei den Partikularisten war. Das waren nicht wenige. Am Tag der Freilassung Augustin Zöhrs machte sich eine Abordnung des katholischen Bevölkerungsteils von Ettengrub in einem mit Blumen und patriotischen Spruchbändern geschmückten Pferdefuhrwerk auf den Weg zur Feste Landsberg, bestehend aus dem Unterettengruber Elektrikergesellen Röslein und dem Oberettengruber Landwirt Fischbacher, um dem roten Gustl bei seinem Gang in die Freiheit die Ehre zu erweisen und ihn mit triumphaler Geste heimzuholen. Die Reise nahm jedoch mehr Zeit in Anspruch als veranschlagt, weil eins der Pferde unterwegs an Durchfall erkrankte und sich

Röslein und Fischbacher über die Frage der christlichen Bekenntnisschule in die Haare gerieten, so dass die Abgesandtschaft an der Landsberger Festungspforte erfahren musste, dass der prominente Häftling eineinhalb Stunden zuvor bereits von einem anderen Fahrzeug abgeholt worden war, einem grauen Opel nämlich, in dem mehrere sehr fidel aufgelegte junge Burschen gesessen hätten. Diese Nachricht trug nicht dazu bei, die Streitlust der beiden Abgesandten zu dämpfen, ebenso wenig wie die Aussicht auf den langen Heimweg unter einem sich rasch eintrübenden Himmel, und irgendwo zwischen Tölz und Miesbach erlangte die Frage, ob die Volksschullehrerausbildung konfessionellen oder staatlichen Bildungseinrichtungen vorbehalten sein solle, eine derartige Dringlichkeit, dass sie mit blanken Fäusten geklärt werden musste. So kamen die beiden Abgesandten erst lange nach Einbruch der Dunkelheit daheim in Ettengrub an, der eine mit einem blauen Auge, der andere mit gebrochenem Nasenbein, und alle beide vom jähen Landregen durchnässt und in der Meinung der Partikularisten Ettengrubs für jede weitere politische Aufgabe auf alle Zeiten diskreditiert.

Zöhr fand Unterkunft im Jagdhaus des Revierförsters Jakob Böhm. Der fromme Mann lebte allein und sehr abgeschieden und hatte obendrein in der Zwischenzeit die kräftigende Wirkung schätzen gelernt, die das weiße Pulver auf seine gequälte Seele ausübte. Er genoss unbegrenzten Kredit bei den Buben, die im Gegenzug seine Stube als Ort des Rückzugs, der Beratung und der ungehemmten Besäufnisse nutzten. Böhm hatte sich lediglich ausbedungen, dass sie, wenn der Birnenschnaps ihre Verdauung durcheinanderbrachte, sich in einigem Abstand von seinem Marienhain Erleichterung verschafften, woran sie sich im Großen und Ganzen hielten.

Das Gasthaus Teufelsschlupf hatte das Kreiskommissariat

unter dem Vorwand, dass da noch irgendwelche Steuerrückstände offen wären, zwangsversteigern lassen. Den Zuschlag hatte ein magerer Kroate bekommen, der das Anwesen mit seiner vielköpfigen Familie bezogen und den Restaurationsbetrieb unter dem Namen »Balkangrill Plitvice« wiedereröffnet hatte und dort Hackfleischbällchen und Reisgerichte feilbot. Mit dem neuen Wirt, einem Mann namens Hrvoje Krejcj, der wegen der Unaussprechlichkeit seines Namens bald allgemein nur noch Krattler-Hansi genannt wurde, fanden die Buben schnell eine für beide Seiten auskömmliche Übereinkunft: Der Wirt bezog fortan bestimmte Spirituosen zum Vorzugspreis und ließ die Buben dafür weiterhin die zahllosen Schuppen und Verschläge hinter dem Gasthausgebäude als Lagerräume nutzen.

Das Jagdhaus war nicht sehr geräumig, eigentlich kaum mehr als eine Hütte. In einer der beiden niedrigen Schlafkammern im Oberstock erholte sich gerade Hias von seinem Abenteuer mit Kreiskommissar Kastenbauer. Daher baten die Buben den Förster, übergangsweise in einem Bretterverschlag, der gewöhnlich zur Lagerung von Brennholzscheiten diente, Quartier zu beziehen, auf dass sich Zöhr nach den Strapazen seiner Haft in einem richtigen Bett ausschlafen könne. Böhm überwand seine Bedenken rasch, als Gidi einen frischen, weißfunkelnden Barren vor sich auf den Tisch legte, mit auffordernder Geste zuzugreifen.

## III

Der Name Horst Bogenschütz war damals nur einer Handvoll katholischer Aktivisten im Südostbayerischen geläufig. Seb Rothkehl gehörte dazu. Zu seinen Aufgaben zählte es, gelegentlich Versammlungen der örtlichen Parteigliederungen aufzusuchen und dort im Namen der Parteiführung ein

Grußwort zu sprechen, eine Pflicht, die auch durch noch so maßlosen Bier- und Tabakkonsum nichts von ihrer Trostlosigkeit verlor. Das Grußwort war nicht das Problem, er sagte bei solchen Gelegenheiten immer das gleiche Sprüchlein auf: Freue sich, hier zu sein, die weiß-blaue Sache brauche jeden Mann, das konnte er im Schlaf. Und hätte er sich mehr Mühe gegeben und das Publikum mit einem eleganten Aperçu oder einer scharfsinnigen Beobachtung überrascht, er hätte damit wohl im Saal nur Misstrauen gesät, ob München vielleicht irgendetwas im Schilde führe oder sich womöglich in lokale Angelegenheiten mischen wolle. Da er das unbedingt vermeiden wollte, hielt er sich strikt an die goldene Grußwortregel: Eure Rede sei bla bla, schrei schrei, und was darüber ist, das ist von Übel.

Schlimm war aber, den anderen Rednern zuhören zu müssen, den immergleichen Schwätzern, Querulanten, Verschwörungstheoretikern, den Schmeichlern und Plattitüdendreschern. Immer ergreift der örtliche Mandatsträger das Wort und breitet vor dem heimischen Publikum aus, was er im Landtag an rhetorischen Kunstgriffen gelernt hat, all die universell einsetzbaren Pointen, Anekdoten und Zitate, die Kunst der effektvollen Pause, der ausgreifenden Cäsarengeste mit Blick ins Ungefähre, des so unvergleichlich entschlossen wirkenden So-nicht-meine-Herren-Handkantenschlags, auf dass sie daheim merken, dass die parlamentarische Praxis den unbehauenen Bauernstiesel von einst zum Staatsmann geformt hat. Immer springt ein Zorniger auf, den es nicht mehr auf dem Stuhl hält vor Empörung, weil er das zuvor Gesagte einfach nicht so stehen lassen kann, der immer schriller schreit und immer wüster schimpft, mit sich überschlagender Stimme und anklagend aufgerissenen Augen, bis mit einemmal klar wird, wovon er schon die ganze Zeit spricht – jenem Jahre zurückliegenden Mahnbescheid oder Planfeststellungsbeschluss nämlich, der ihm einst den Glauben an Gerechtigkeit, den Nachtschlaf und die geduldige Zuhörbereitschaft seiner Verwandt- und Nachbarschaft geraubt und bis heute nicht aufgehört hat, ihn zu quälen. Immer tritt ein sanfter Mahner ans Rednerpult, der mit brüchiger Stimme und traurig über den Brillenrand gezogenen Brauen Nachdenklichkeit an Nachdenklichkeit reiht, dabei reichlich Gebrauch von Wendungen wie »nachgerade« oder »ich will nicht verhehlen« macht und ohne die grobe Intervention der Sitzungsleitung seine dünne Klage bis zum Morgengrauen weiterspinnen würde. Das alles ist entsetzlich langweilig, und das war der Grund, weshalb Seb bei seiner ersten Begegnung mit Horst Bogenschütz anfänglich fast so etwas wie Erleichterung verspürte.

Bogenschütz war damals noch Kandidat der Rechte an der Ludwig-Maximilians-Universität zu München und hatte trotz seiner jungen Jahre bereits sein erstes Parteiausschlussverfahren hinter sich. Er hatte den Finanzminister Anton Silbermann, Präsidiumsmitglied und Bezirksvorsitzender der Bayernpartei Unterfranken, bei einer Podiumsdiskussion im Schwanerwirt-Festsaal in seiner Heimatstadt auf offener Bühne zum Weinen gebracht. Er hatte aus dem Publikum heraus immer, wenn Silbermann das Wort ergriff, leise, aber vernehmlich zwischen den Zähnen die »Internationale« zu pfeifen angefangen. Auf Silbermanns Aufforderung, das zu unterlassen, hatte er ihm mit ruhiger Stimme geraten, er solle sich doch bei seinen Freunden von der Wallstreet beschweren, von denen werde er doch schließlich bezahlt. Silbermann war laut geworden und hatte einen kernigen Fluch ausgestoßen, der die Anrufung des Herrgotts implizierte, woraufhin der dickliche Junge kühl gekontert hatte, er wüsste jetzt gerne, welche Art Herrgott der Herr Minister Silbermann genau meine. Silbermann schrie, er sei genauso gut katholisch wie alle hier. Oh, sagte der Student höflich, dann werde es ihm doch sicherlich leichtfallen, das Ave-Maria aufzusagen, bitteschön. Der Minister winkte nach einem Moment verwirrten Schweigens ärgerlich ab und setzte an, mit seinen Ausführungen fortzufahren, aber Bogenschütz ließ nicht locker und animierte seine Sitznachbarn, »aufsagen, aufsagen« zu skandieren, und bald brüllte der ganze Saal.

Das Parteiausschlussverfahren verlief allerdings im Sande, da der greise Patriarch Josef Baumgartner von der Geschichte gehört hatte und fand, dass der Bub zweifellos politisches Talent besaß, zumal er Silbermann wie überhaupt die ganze Generation seiner Nachfolger in der Staats- und Parteiführung für überfordert und korrupt hielt. Keine drei Jahre später hatte Silbermann aus gesundheitlichen Gründen seine Regierungs- und Parteiämter niedergelegt, und Bogenschütz stand als frisch gekürter Wasserburger Direktkandidat vor der sicheren Aussicht, jüngster bayerischer Landtagsabgeordneter aller Zeiten zu werden.

## IV

Der Wahlkampf führte Bogenschütz auch nach Ettengrub, und dort trafen er und Seb Rothkehl erstmals aufeinander. Bogenschütz war noch nicht so fett wie später auf den Fahndungsplakaten, aber seine sagenhafte amphibische Hässlichkeit sowie sein Geschick, dieselbe in politisches Kapital umzumünzen, waren bereits voll ausgebildet. Was für ein Redner! Er begann meistens mit einem langen Blick in die Menge, den wulstigen Mund zu einem kleinen Lächeln gekräuselt, als wolle er sagen: Schaut nicht so gescheckert, ihr seid auch nicht viel schöner. Die Leute stutzten, lachten, und Bogenschütz bekam Applaus, bevor er überhaupt eine einzige Meinungsäußerung getan hatte. Was er bei solchen Gelegenheiten sagte, war nie besonders originell oder überzeugend argumentiert, aber wer ihm zuhörte, konnte sich der

Kraft seiner Worte kaum entziehen. Bogenschütz begann ruhig, fast gedämpft, meistens mit irgendeiner heiter erzählten, aber in einer traurigen oder bestürzenden Pointe mündenden Geschichte, und wenn er sah, dass sein Publikum mit ernster und beschwerter Miene nickte, fing er an, seiner Rede kleine Sätze eigentlich banalen und auf der Hand liegenden Inhalts beizumengen, die darauf abzielten, dem Zuhörer ein »ja, genau!« oder »da hat er recht« zu entlocken. Bogenschütz' eigentliche Kunst war, diese Zustimmungsausrufe unmerklich immer intensiver und emotionaler werden zu lassen, bis die Menge schließlich im brodelnden Rausch jedem Ruf des Redners jubelnd zu folgen bereit war.

Als Seb Rothkehl am Abend nach jener Kundgebung bleich und schweigsam nach Hause kam, hatte er erlebt, was ein Redner wie Bogenschütz vermochte: Der junge Kandidat hatte seine Rede mit der Geschichte seines gottesfürchtigen Freundes Jakob Böhm begonnen, des Revierförsters mit dem schweren Schicksal, der mit eigenen Händen der Himmelskönigin einen Schrein errichtet hatte im Ettengruber Staatsforst, und er hatte der Menge auch verraten, warum er von Böhm sprach: Weil man ihm nämlich sein Haus wegnehmen wollte, und seinen Marienhain zusammenschmeißen, mit dem Bulldozer plattwalzen, alles wegreißen. Und wer sei das, der das katholische Heiligtum entweihen wolle? Das müssten sich die Ettengruber selber fragen, das sei nämlich einer aus ihrer Mitte, traurig, aber wahr. Ihr habt da einen gewissen Heinz-Hubert Scholten bei euch wohnen, gebürtig aus Breslau oder Krakau oder was weiß ich, und der betreibt bei euch ein Busunternehmen, und jetzt will er der Staatsforstverwaltung dem Böhm sein Grundstück abkaufen, verhandelt er schon in München, weil da will er eine – Bogenschütz hält kurz inne, als müsse er sich das Wort in seiner ganzen Absurdität ins Gedächtnis rufen – eine »Seniorenresidenz Alpenblick« errichten, ein Altersheim der Luxusklasse mit allem Komfort, die Städterer und Preußen zahlen das gerne, die haben ja einen Haufen Geld und wollen gern mit ihrer Rente die gute Luft bei uns genießen, gell, und die schöne Natur, und das mit dem Marienhain, das ist dem Herrn Scholten jetzt insgesamt eher wurscht, weil in Krakau oder Breslau oder was, da haben sie es nicht so mit der Mutter Gottes, da reißen die ganz gern einmal so ein Ding einfach ab und setzen stattdessen ein Altersheim da hin mit lauter Alten, die sich auch überhaupt nicht beschweren, weil da, wo die herkommen, da ist man jetzt auch eher gegen die Jungfrau Maria eingestellt, und deswegen ist der Einzige, der sich beschwert, der Böhm Jackl, der arme Kerl, aber das wird denen zu München nicht so imponieren, wenn da irgend so ein armer Hund sich beschwert, und den Herrn Scholten, den wird das auch nicht interessieren, wo er sich doch dumm und dappig verdienen kann mit seinem Altersheim. Aber, und hier hob Bogenschütz mit finsterer Miene eine Einhalt gebietende Hand, jetzt einmal langsam. Es gibt allerweil eine vernünftige Lösung. Und wenn es eine vernünftige Lösung gibt, dann soll man die auch machen, das sei jedenfalls seine Meinung. Vielleicht lässt der Herr Scholten am Ende doch mit sich reden. Schaun wir halt einmal hin, oder? Schauen wir halt einmal vorbei bei dem Herrn Scholten, oder? Reden wir mit ihm. Dann werden wir schon sehen, ob es eine vernünftige Lösung gibt mit dem Herrn Scholten. Oder ob es eine vernünftige Lösung halt nicht gibt mit dem Herrn Scholten. Worauf Bogenschütz mit zweihundert aufgebrachten Katholiken im Gefolge zum Busunternehmen des Herrn Scholten marschierte, seine Horden vor dem Gebäude Aufstellung nehmen ließ und nach einer Viertelstunde mit dem kreidebleichen Scholten an seiner Seite und einem vergnügten Lächeln auf seinen Froschlippen wieder aus der Tür trat: Der Herr Scholten, da schau her, der habe am Ende eingesehen, dass es mit der Gaudi jetzt doch vielleicht einmal ein bisschen vorbei sein muss. Er werde von den Kaufverhandlungen mit der Staatsforstverwaltung Abstand nehmen, das habe er ihm hoch und heilig versprochen, aber das solle er doch am besten selber sagen, bitteschön, Herr Scholten, nur Mut, die Leute hören zu. Ein bisschen lauter, wenn's geht, bitteschön.

## V

Am folgenden Tag machte sich Bogenschütz auf, um dem Förster Jakob Böhm die Kunde von seiner Errettung zu überbringen und die katholische Bevölkerung an dieser rührenden Begebenheit auf möglichst farbenfrohe und eindringliche Weise Anteil nehmen zu lassen. Zu diesem Zweck hatte er eine ausgewählte Zahl von Pressevertretern eingeladen, ihn zu begleiten – darunter auch den schon erwähnten Freiherrn von Ergoldsbach, der so nicht nur Zeuge eines historischen Zusammentreffens, sondern auch selbst zum ersten Mal seinem späteren Abgott und Gegenstand seiner schriftstellerischen Bemühungen ansichtig wurde.

Glaubt man Ergoldsbach, hat sich das Zusammentreffen so zugetragen: Matthias Pascolini, Augustin Zöhr, Egid Duftinger und der fromme Förster seien in der rauchgeschwärzten Stube beisammengesessen, die Hände gefaltet, die Köpfe gesenkt und in stummes Gebet versunken. Die Düsternis der Stimmung untermalt der Freiherr mit ausgedehnten Schilderungen, das Wetter betreffend: Jagende Wolkenfetzen, peitschende Regengüsse und dergleichen. Dies alles draußen, während drinnen die vier stumm um den Tisch sitzen und im Ofen die Scheite knacken. Mit einemmal tut sich die Tür auf, Horst Bogenschütz tritt ein, völlig durchnässt, aber mit froher Botschaft. Doch noch bevor er den Mund auftut, erhebt sich der blinde Förster und wendet seine leeren Augen in Richtung des Eintretenden, während ein seliges Lächeln seine ausgezehrten Wangen runzelt. Seine tastende Hand findet die Schulter des Ankömmlings, und Jakob Böhm bricht mit zitternder Stimme das ergriffene Schweigen im Raum: »Sie hat's g'hört«, juchzt er leise. »Sie hat's g'hört!« Daraufhin alle fünf auf die Knie und ein Dankchoral angestimmt, und da spätestens an diesem Punkt ohnehin jedem Leser die Zeilen vor den tränenblinden Augen verschwimmen, bricht hier die Erzählung des Freiherrn ab.

Nun kann man an dieser Schilderung bemängeln, dass Ergoldsbach die Birnenschnapsflaschen und die Schale weißes Pulver auf dem zerkerbten Buchenholztisch in der Forsthausstube zu erwähnen verabsäumt hat, ebenso die Tatsache, dass die stumme Runde weniger im Gebet denn in jener Art leerem Stumpfsinn versunken war, den der Gebrauch der besagten Genussmittel oft nach sich zieht. Die Blindheit des Försters ist immerhin insofern keine vollkommen frei erfundene Tatsache, als Böhm zu diesem Zeitpunkt möglicherweise tatsächlich seine Umwelt nur noch eingeschränkt wahrzunehmen in der Lage war. Seine legendären Worte »sie hat's g'hört« sind ebenfalls im Großen und Ganzen wahrheitsgetreu wiedergegeben, wenngleich sie wohl in etwas abgewandelter Form fielen: »I hab's g'hört«, hatte der Förster gebrüllt, nachdem Bogenschütz schon eine Weile vergebens an die Tür gepocht hatte, ohne dass sich einer der vier in der Lage sah, sich zu erheben, geschweige denn den Weg zur Tür zu finden und sie dem unangekündigten Gast zu öffnen. Böhms mit schwerer Zunge gesprochene Worte waren möglicherweise etwas undeutlich artikuliert und daher leicht zu missdeuten.

Wie dem auch sei, schwerer wiegt Ergoldsbachs Versäumnis, auch die nachfolgenden Begebenheiten zu überliefern. Bogenschütz hatte die Tür unverschlossen gefunden und war schließlich einfach eingetreten. Als die vier am Tisch auf seine Begrüßung nicht recht reagierten, erlebte das größte Talent der nachrückenden Generation in der Bayernpartei einen seiner seltenen Momente der Ratlosigkeit. Jemand in seiner Begleitung, möglicherweise war es sogar der Freiherr von Ergoldsbach selbst, erlöste ihn, indem er ihn flüsternd darauf aufmerksam machte, wen er in dem stummen Rotbart vor sich hatte – den berühmten Augustin Zöhr nämlich, den roten Gustl, niemand anderen. Bogenschütz vermochte sein Glück kaum zu fassen. Er schickte seine Begleiter nach draußen, zog sich einen Stuhl heran und begann auf Zöhr einzureden.

Niemand hatte allerdings daran gedacht, Zöhr zu erklären, wen er seinerseits in dem froschgesichtigen Schrat vor sich hatte, der nicht aufhörte, ihm mit seinen weichen Gliedmaßen vor dem Gesicht herumzufuchteln. Es wäre wohl auch kaum geglückt, wenn es jemand versucht hätte. Zöhr sah sich außerstande, dem schrillen Gequieke irgendeinen Sinn abzugewinnen, aber so viel begriff er: Der ging nicht von allein wieder weg.

Hätte sich Bogenschütz stattdessen an Hias gewandt, wäre die Sache für ihn weniger schmerzhaft ausgegangen. Hias war noch einigermaßen in der Lage, zu begreifen, was um ihn herum vorging. Er vernahm, wie von der Würde des bayerischen Volkes die Rede war, und von gemeinsamen Interessen und von Kastenbauer, dem Sauhund, und auch er kam nicht hinterher mit der Verarbeitung des Gehörten, aber so viel begriff er, dass es nämlich interessant war, was der Dicke sagte, wenn er sich nur etwas mehr Zeit ließe, damit er hinterherkommen und Ordnung und Sinn hineinbringen könnte in das Gehörte, aber da war Zöhrs Faust schon heraufgeschnellt und hatte in dem rosigen Gesichtsfleisch des Dicken ein Loch hinterlassen, nein, kein Loch, aber der Dicke war hintübergesunken und lag auf dem Rücken und schnaufte womöglich nicht mehr, und das war Hias gar nicht recht, weil er schon noch hören wollte, was der Dicke zu sagen hatte, nur ein wenig mehr Zeit sollte der sich lassen, und er nahm eine Birnenschnapsflasche und goss dem Liegenden einen Schluck in den offenen Mund, so dass der Dicke hustete und gurgelte und spuckte und blinzelte und sich schließlich aufrichtete. Hias half ihm aufzustehen und geleitete ihn in die Kammer des Försters, wo Zöhr schlief oder vielmehr schon wieder nicht mehr, weil jetzt Hias zu der Ansicht gelangt war, ihr stöhnender, zusammengekrümmter Gast mit der aufgeplatzten Froschlippe und den interessanten, aber leider momentan unverständlichen Vorschlägen bedürfe am meisten eines Bettes, auf dass man sich am nächsten Tag, wenn sich alle tüchtig ausgeschlafen hatten, noch einmal in Ruhe zusammensetzen konnte, um alles zu besprechen.

## VI

Bogenschütz verließ das Jagdhaus tags darauf in bester Laune. Er hatte ein kräftigendes Frühstück aus Rühreiern und Speck zu sich genommen, und seine blutunterlaufene Schwellung an Lippe, Wange und Auge tat nicht mehr so weh, seit er, auf Ratschlag und fürsorglich gestützt von Hias, den Kopf in den Brunnentrog gesteckt hatte. Erstaunlich, wie erfrischt und lebendig er sich gefühlt hatte, als er japsend und tropfend den Kopf aus dem kristallklaren, stechend kalten Wasser gezogen hatte! Zöhr hatte sich nicht mehr blicken lassen. Aber das machte nichts. Denn in Hias, so fand er, hatte er einen gefunden, mit dem man ausgezeichnet zusammenarbeiten konnte. Er nahm sich vor, recht bald wiederzukommen.

Dem Förster Jakob Böhm aber ging es immer schlechter. Er aß fast nichts mehr und hatte aufgehört, sich zu waschen und zu rasieren. Selbst die Buben, die in dieser Hinsicht nicht zimperlich waren, fanden mittlerweile, dass er unerträglich stank, und ließen ihn nur noch selten in die Stube. Die meiste

Zeit lag Böhm mit leerem Blick in seinem Bretterverschlag, eine Packung Pulver und eine Flasche Birnenschnaps in Reichweite, führte gelegentlich eine Prise an die ausgezehrten Lippen und murmelte vor sich hin. Was er sagte, war kaum zu verstehen, eine wirre Mischung aus Gebet, Flüchen und grämlichem Geschimpfe, gelegentlich unterbrochen von heiseren Schreien. Sein Essen, das sie ihm hinstellten, Brotscheiben und Käse, rührte er nur selten an. Die Folge war, dass sich allerlei Getier um den Verschlag sammelte: Eichhörnchen, Mäuse und hüpfende Vögel, die ihre Scheu vor dem klapperdürren Alten mit seinem grauen verfilzten Bart schnell abgelegt hatten und sich mit Freude und Gequieke um die Beute balgten und nur, wenn ihm einer seiner Schreie entfuhr, stiebend und flatternd die Flucht ergriffen.

Ob Hias als Erster die Idee hatte oder Bogenschütz, weiß ich nicht. Hias jedenfalls war es, der mit einem Blick auf den brabbelnden Alten und lustigem Auf und Ab der Augenbrauen gesagt hatte: Der predigt ja den Tieren.

Das hörte einer und erzählte es einem Dritten, und der trug es weiter, und am nächsten Tag kamen zwei ältere Weiber aus Ettengrub, standen eine Weile in atemlosem Schweigen vor dem übelriechenden Bretterverschlag, sanken schließlich auf die Knie und stimmten einen dünnen Gesang an.

Bogenschütz, der sich dies kopfschüttelnd angesehen hatte, wurde mit einemmal von einer behänden Geschäftigkeit ergriffen. Er sprang in die Hütte, holte einen Becher, füllte ihn am Brunnentrog und trug ihn vorsichtig, um nichts zu verschütten, zu dem teilnahmslos daliegenden Förster. Vater, sagte er mit geneigtem Kopf und bekreuzigte sich. Vater, segne dieses Wasser. Böhm blickte aus trüben Augen auf und verzog die Lippen. Er solle sich schleichen, murmelte er und nannte Bogenschütz eine fette Sau, dies aber so leise, dass niemand außer Bogenschütz seine Worte verstand. Der verbeugte sich und bekreuzigte sich erneut. Danke,

Vater, sagte er, wandte sich um und reichte den Trunk den beiden Frauen. Die nahmen den Becher und tranken, in hastigen kleinen Schlucken, erst die eine, dann die andere.

## VII

Die Aufführung des »Hirt auf dem Felsen« fand nie statt. Zum nächsten Probetermin war, obwohl Töntjes mit gezücktem Cellobogen bereitsaß und sich rührende Mühe gab, Gutwilligkeit zu verströmen, die Sopranistin nicht erschienen. Meine Mutter schlug vor, jemand sollte in Hinterried nach dem Rechten sehen, und wandte sich schon suchenden Blickes nach mir um. Dann aber überlegte sie es sich anders und einigte sich mit Töntjes auf ein Programm mit Brahms-, Beethoven- und Debussy-Sonaten, alles Stücke, die beide schon hundertmal gespielt hatten und die nicht viel Probearbeit erforderten.

Einige Tage zuvor war ich Zaiserl begegnet. Meine Mutter hatte mir den Auftrag erteilt, mit dem Zug nach München zu fahren und bei Hieber am Rathaus die bestellten Noten für Sopran, Tasteninstrument und obligates Violoncello abzuholen. Man hätte sie sich auch per Post schicken lassen können, aber das hätte erstens länger gedauert, und zweitens hätte die Zustellung der Sendung dem Briefträger Kurt Duftinger Gelegenheit gegeben, die Versuche meiner Mutter, ihr Unbehagen durch verdoppelte Leutseligkeit zu kompensieren, an einer Mauer aus amtlicher Indifferenz und eisiger Korrektheit abprallen zu lassen, und diese Vorstellung war ihr äußerst unangenehm.

Mir war das sehr recht, denn das Privileg, unbegleitet eine so weite Reise zu unternehmen, war mir erst vor kurzem verliehen worden. Ich zog mir ein frisches Kleid an, knüpfte mir ein Band ins Haar und befüllte mein neues rotes Täschchen – ein Geschenk Seb Rothkehls – mit allerlei Kugelschreibern, Taschenspiegeln und Pillendöschen und was mir sonst noch an plausiblen Reiseutensilien einfiel. Dies nahm allerdings mehr Zeit in Anspruch als beabsichtigt, so dass mir, als ich am Bahnhof ankam und mein Fahrrad abstellte, aus dem Bahnhofsgebäude schon Reisende entgegenströmten, und an der Bahnsteigschranke staute sich der Gegenverkehr, und während ich mit der Frage rang, ob es diesen gleichgültig ihren Zielen zustrebenden Passanten zuzumuten wäre, mich und meine Eile zu bemerken und mich kurz durchzulassen, oder ob ein solches Ansinnen sich als mit den Gebräuchen erfahrener Reisender absolut unvereinbar erweisen und mich der Lächerlichkeit preisgeben würde, während ich solchermaßen geplagt mein Täschchen knetete und mir auf die Unterlippe biss, winkte am fernen Ende des Zuges ein blaurotes Männchen mit der Kelle, ein Pfiff ertönte, mit einem flappenden Geräusch schlugen alle Türen zu, ein Ruck durchlief den Zug von vorne bis hinten, und während der letzte Ausgestiegene die Schranke durchschritt, ohne mich eines Blickes zu würdigen, setzte sich der Zug kaum merklich in Bewegung, nahm Fahrt auf, und hinten am letzten Waggon, der in bereits beträchtlicher Geschwindigkeit vorbeischoss, waren zwei rote runde Schlusslichter angebracht, die mich Zurückgebliebene mitleidlos anstarrten, eilends kleiner wurden, bevor sie hinter einer fernen Kurve aus meinem Blickfeld verschwanden und ich allein auf dem leeren Bahnsteig zurückblieb.

Es war hoher Nachmittag. Der Himmel war weiß, ein leuchtender Dunst. Der Asphalt glitzerte in der Sonne. Es war heiß. Kein Windhauch. Am Horizont, im Süden, über den im Milchlicht zerfließenden Bergen, schichtete sich trüberes Gebräu. Vielleicht würde es ein Gewitter geben. Ich strich mir die Haare aus der Stirn und ging über den versengten Asphalt den Bahnsteig hinab, bis zum Ende, wo Disteln und Löwenzahn durch die Teerkruste brachen und Zigarettenschachteln zwischen rostigen Schottersteinen bleichten. Die gleißenden Schienenstränge, die Leitungen und Strommasten und Signale und Weichenkabel – nach ein paar hundert Metern zerfloss alles in einem milchigen Geflirr. In diese Richtung, nach Süden, tiefer hinein in die Berge, war ich noch nie gefahren. Nicht, dass man da weit gekommen wäre. Drei Stationen mit dem Zug, bis die Linie endete. Noch drei, vier Dörfer weiter, wenn man einen Wagen hatte, jedes immer noch ein bisschen ärmlicher und geduckter als das vorangegangene. Dahinter gab es Almen, grüne Weidegründe mit kurzem Gras und Sumpfdotterblumen, mit dem Unimog oder mit dem Muli zu erreichen, oder zu Fuß auf steilen Steigen. Wer festes Schuhwerk und genügend Kraft in den Beinen hat, kann weglos bis in den allerletzten Talkessel hinaufsteigen, geleitet durch Zeichen aus aufeinandergeschichteten Steinen, die seit Urzeiten den Jägern und Schmugglern als Wegweiser dienen, hinauf in Höhen, wo nichts mehr wächst und Dohlen und Gämsen leben. Und die zerklüftete Mauer aus zerbröckelndem Fels, der man schließlich am äußersten Talschluss ringsum gegenübersteht, ist am Ende auch nicht völlig undurchdringlich, man kann, wenn man die Mühe auf sich nehmen will und weder Steinschlag noch gebrochene Knöchel fürchtet, im Zickzack über grobes Geröll hinaufsteigen. Und ist man schließlich oben, ganz oben in der Scharte, wo das Tal wirklich zu Ende ist und es auf der anderen Seite, und zwar schwindelerregend steil, wieder hinuntergeht, dann ist man doch noch nirgends angekommen. Dann kann man in das nächste Tal hinabsteigen und dort die Eisenbahn nehmen, aber die endet auch irgendwo, genau wie die Fahrstraße und der Mulipfad und das Geröllkar, und wenn man erneut nach halsbrecherischem Gekraxel in der Scharte steht, dann ist man immer noch nirgends, sondern hat nur ein weiteres Tal vor sich, und in Italien ist man noch lange nicht, sondern bestenfalls vielleicht in Tirol. In meinem Rücken war mir, als spürte ich den lidlosen Blick der roten Schlusslichter, so weit entfernt schon, längst über offenes Land rollend, auf Schienen, die aus Salzburg kamen und aus Linz, zugehörig zu dem großen Liniennetz, das Wien mit Paris verbindet, Zürich mit Prag, Mailand mit Stockholm, die staubigen Steppen Ungarns mit dem Salzwind des Atlantischen Ozeans, dort draußen, weit, in meinem Rücken.

## VIII

Ich hatte eine Stunde Zeit. Der Bahnhofsvorsteher kam heraus und schrie mir zu, ich solle gefälligst von den Gleisen weggehen, der Bahnsteig sei außerhalb der Zugzu- und -ausstiegszeiten für den Personenverkehr gesperrt. Ich ging also zurück hinter die Bahnsteigschranke, wo es Schatten gab und eine Bank. Hätte ich Kleingeld bei mir gehabt, ich hätte mir aus einem zerkratzten Automaten eine bunte Kaugummikugel ziehen können. Was der Fahrplan an Informationen barg, ohnehin wenig genug, wusste ich längst, bis hinein in die durch Kreuze und Sterne gekennzeichneten Fußnotendetails: Verkehrt nicht an Sonn- und Feiertagen, Fahrradmitnahme nur mit Genehmigung des Zugführers, kein Halt zwischen Bruck und Kopferting. Hinter der spiegelnden Schalterscheibe rumorte der Bahnhofsvorsteher – weiß der Himmel, was er trieb in den endlosen Stunden zwischen Ankunft und Abfahrt, wenn es keine blechernen Durchsagen zu machen und keine Signal- oder Weichenstellungen zu bedienen gab. Ein großes Schild aus glücklicheren Tagen, einst von Otto Prokopetz mit ungelenker Hand gemalt, gab den ankommenden Touristen einen farbenfrohen Vorgeschmack auf die landschaftlichen und gastronomischen Reize des Gasthofs Teufelsschlupf, nur eine Stunde zu Fuß und mit durchgängig warmer Küche, und da auch der Krattler-Hansi, wie auf diesem Schild annonciert, am Montag seinen Ruhetag hielt, hatte niemand Anlass gesehen, das Schild zu entfernen.

Die Bahnhofsuhr zeigte mir an, wie viel leere Zeit noch vor mir lag. Ein Viertel der ursprünglichen Stunde war noch übrig, als ich Gesellschaft bekam. Die Schwingtür ging, und zwei Burschen und drei junge Mädchen, alle um die achtzehn Jahre alt, kamen herein. Eins der Mädchen war Zaiserl.

Die fünf trugen die Festgewänder des Ettengruber Trachtenvereins: Die Mädchen staken in Miederkleidern von benzinpfützenhaft schillerndem Himmelblau mit erdbeerrosa Schürzen und trugen eine höchst sonderbare grüne Kopfbedeckung, geformt wie ein Katzenfressnapf und den Ettengruber Mädchen bei Besuchen außerorts ein Quell beständiger Pein, aber unglückseligerweise auf alten kolorierten Stichen des Münchner Staatsarchivs wiedergegeben und deshalb von Kurt Duftinger mit brutaler Autorität durchgesetzt. Die Jungen trugen forstgrüne Westen über ihren weißen Hemden, offen, auf dass der farbenfroh mit dem Dorfwappen, fakultativ auch dem Wappen des Königreichs Bayern bestickte Quersteg des ledernen Hosenträgers schön zur Schau gestellt bleibe, und auf dem Kopf einen spitzen Nadelfilzhut nebst Auerhahnfeder. Die bayerische Burschentracht mit ihren aufgerollten Hemdsärmeln und kniekurzen Gamslederhosen legt die jeweiligen Unterteile der Gliedmaßen frei, und das aus gutem Grund: So ein Unterarm, dick wie zwei nebeneinandergelegte Schiffstaue, mit blonden Borsten behaart und in der Lage, die kurzen dicken Finger keulenförmig zusammenzuballen, zeigt die knochenzermalmende Kraft seines Eigentümers diskreter und eindrücklicher an als jeder noch so gut trainierte Bizeps. Die Wade wiederum gilt in ihrer schwellenden Schnellkraft als Verkörperung nicht nur läuferischer, sondern auch sexueller Leistungsfähigkeit, übrigens auch bei den Mädchen, womit die eigentlich etwas stupide permanente Drehbewegung, die ihnen die Choreographie des Volkstanzes zwischen den schenkelklatschenden, springenden und juchzenden Burschen zuweist, ihren Sinn bekommt, weil sie den knöchellangen Rock zentrifugal aufsteigen lässt und den Blick nicht nur auf allerhand weißes Unterzeug, sondern auch und zu allererst auf die nackten Waden zulässt, und zwar jedermann gleichermaßen, anders als die eigentlich näher liegende Brust, deren Umfang und Formschönheit immer nur Einzelne aus eigener Anschauung kannten und die daher auf dem Heiratsmarkt zur Kursfestsetzung ungeeignet war.

Die fünf waren laut. Die Jungen warfen sich breit auf die Sitzbank und ließen sich träge von den Mädchen mit den Hüften beiseitestoßen, anstatt ihnen Platz zu machen, und dann riss einer einen Witz, den ich nicht verstand, der aber offenbar derart lustig war, dass die Jungen mit aufgerissenen Augen und sich überschlagender Stimme schrien und die Mädchen mit ihren Händen vor dem Gesicht herumfächelten und gellende Quiek- und Kreischlaute von sich gaben, und am allerlautesten schrie Zaiserl, die mit keiner Gesichtsregung zu erkennen gegeben hatte, ob sie mich in der Bahnhofshallenecke wahrgenommen hatte oder nicht. Die anderen beiden Mädchen waren unansehnlich, die eine ein spitzzahniges Mäuschen mit dünnen, fast weißen Zöpfen, die andere ein Pfannkuchengesicht von rinderhafter Ruhe, und deshalb bekam Zaiserl von den Zudringlichkeiten und Neckereien der beiden Jungen mit Abstand am meisten ab und schien das auch zu genießen, wie sie die Grobheiten der Jungen mit katzenhaft blitzenden Augen parierte.

Plötzlich riss einer der beiden Burschen ihr das Hütchen vom Kopf. Es war mit einer Nadel festgesteckt, die gleichzeitig die Frisur zusammenhielt, weshalb der Spaß hier aufhörte und Zaiserl, während sie mit fliegenden Händen ihr Haar ordnete, rau zu zetern anfing. Der Junge wollte aber nicht begreifen, dass er zu weit gegangen war, hörte nicht auf zu grinsen und zwang so Zaiserl, immer schriller zu schimpfen, bis sich die Situation allmählich zu ihren Ungunsten neigte. Und just in diesem Moment führte der Junge das Hütchen an seine Nase, das Innere des Hütchens, wo es auf Zaiserls Haar gesessen hatte, er atmete tief ein, und kaum hatte er das getan, stieß er einen Ausruf des Ekels aus und warf das Ding von sich. Pfui Teufel, schrie er, da stinkt's nach Zigeunerwichs! Er hustete und keuchte, zusammengekrümmt und von seinem Kameraden mit allerhand Schultergeklopfe und spöttisch geheucheltem Mitgefühl unterstützt, als könne er die Entsetzlichkeit des gerade Eingeatmeten nicht fassen, und das unglückselige Zaiserl merkte, in welcher Gefahr es sich befand, denn der Kamerad des Hustenden hatte eine beiläufige Frage an sie gerichtet, und das Husten des Zusammengekrümmten war einem schüttelnden Lachen gewichen, was den fürsorglichen Kameraden zu einer weiteren Frage provozierte, zu leise, als dass ich sie hätte verstehen können. Aber aus Zaiserls veränderter Körperhaltung, aus ihrem plötzlich gestrafften Rücken schloss ich, dass es um ihre Ehre ging. Die beiden anderen Mädchen hatten auch begonnen, kichernd ihre dummen Köpfe zusammenzustecken.

Was Zaiserl erwiderte, weiß ich nicht, aber es muss gesessen haben, denn der Hustende erstarrte und der schulterklopfende Kamerad richtete sich auf. Sehr gerade hielt sie sich, das Zaiserl, und sehr leise sprach sie, und während die beiden Burschen sich mit gelupfter Augenbraue und anerkennend-spöttischem Kinnnicken den Anschein überlegener Amüsiertheit zu geben mühten, schoss sie nun ihrerseits Pfeil um Pfeil auf die anscheinend ebenfalls mehr als genug Blöße bietende Ehre der beiden Übeltäter ab und wandte sich schließlich halb um zu mir und zeigte mit einem beiläufigen Finger auf mich, die ich mich in der Hallenecke rein als

Beobachtende gewähnt hatte, so als wollte sie sagen: Bitteschön, jetzt zeigt mal, was für Kerle ihr seid.

Alle fünf betrachteten mich stumm. Die beiden fuhren noch ein Weilchen fort zu nicken, bis der Schulterklopfer dem Auslöser der ganzen Szene, er hieß meiner Erinnerung nach Manfred, mit dem Ellbogen einen Stoß gab und der solchermaßen Herausgeforderte sich in Bewegung setzte. Er stand schon fast vor mir, als ihn ein Zuruf seines Kameraden erreichte: Zu jung, krähte der in seinem Selbstbewusstsein schon fast Wiederhergestellte fröhlich, gebe es nicht, bloß zu eng. Und zu eng, blökte Manfred zurück, sei ein dehnbarer Begriff. Manfred stand vor mir, ein feister rotblonder Junge mit blütenweißem Hemd, die Ärmel aufgerollt, und einem fast grimassenhaften Grinsen im Gesicht. Servus, sagte er und wippte sein Kinn in meine Richtung. Ob er sich zu mir setzen dürfe? Und schon hatte er sich neben mich gesetzt und zwei dicke kurze Finger an meine Wange gelegt, um mich zu zwingen, ihm mein Gesicht zuzuwenden. Eine ganz eine Liebe sei ich, sagte er sanft. Ob ich überhaupt schon Haare zwischen den Beinen hätte? Ob er mal nachschauen dürfe? Geh weiter, sagte er mit schnurrendem Behagen, nur einmal ganz kurz. Ohne hinlangen, drängte er, nur schauen. Jetzt komm, das sei doch nicht schlimm, was ich mich denn so ziere, und als er seine beiden dicken kurzen Finger von meiner bleichen Wange löste und sich anschickte, damit meine zusammengepressten Knie auseinanderzuzwingen, gerade in diesem Moment erscholl posaunenstark und dröhnend aus einem schmutziggrauen Lautsprechertrichter direkt über uns die blecherne Stimme des Bahnhofsvorstehers, der die bevorstehende Ankunft des Zuges ankündigte, worauf Manfred von mir abließ und lachend und völlig versöhnt mit den anderen vieren die Bahnsteigschranke passierte.

Ich war vor Angst außerstande, mich zu erheben, und so verpasste ich auch diesen Zug. Die Noten kamen dann doch per Post, ein Anruf bei der Musikalienhandlung Hieber genügte. Meine Mutter war dennoch aufs äußerste unzufrieden mit mir.

## IX

Zwischen Hinterried und dem Teufelsschlupf lag kaum mehr als eine Stunde Fußmarsch, eigentlich keine Wegstrecke, von der sich ein so verliebter und kerngesunder Mensch wie Zaiserl hätte abschrecken lassen, wäre sie nicht heimwärts regelmäßig zwischen halb vier und halb fünf in der Frühe zurückzulegen gewesen, zu welcher Stunde das Mädchen die Kühe ihrer Eltern zu melken hatte. Das konnte nicht von Dauer sein, weshalb niemand lange protestierte, als die Hinterrieder Bauersleute ihre jüngste Tochter schließlich unter Verwünschungen aus dem Haus warfen.

Vorangegangen waren Monate des bitteren Streits in Hinterried, der nassgeweinten Kopfkissen, der schweigend eingenommenen Mahlzeiten, der hingezischten Vorwürfe und gelegentlichen Gewaltausbrüche des Bauern, der ohnehin selten mehr als das Nötigste redete und unter dem Eindruck der plötzlichen, unverständlichen und katastrophenhaft eingetretenen Schlechtigkeit seiner Tochter bisweilen in einen Zustand schnappender Raserei geriet, in dem er seinen Standpunkt nur noch mit Hilfe seines Weidesteckens zu verdeutlichen vermochte. Es gab genügend Gründe für die Eltern, Zaiserls Betragen zu missbilligen, Sitte und Glaube und Furcht vor dem Spott des Dorfes, aber in diesem speziellen Fall war es einfach so, dass die beiden alten Leute sich keinen Moment Illusionen darüber machten, dass ihre Tochter ihnen das Messer an die Kehle gesetzt hatte.

Zaiserl war eine Nachzüglerin. Es hatte zwei Brüder gegeben, aber das war sehr lange her, und von ihnen war nichts mehr übrig als zwei ovale Emaillebildchen am Familiengrabstein, bräunliche kleine Gestalten mit den Schiffchenmützen von Wehrmachtsgefreiten auf dem Kopf. Eine Schwester war in den Nachkriegsjahren an Kinderlähmung gestorben, eine andere in Straubing mit einem Tankstellenbesitzer verheiratet und mit den Eltern seit eineinhalb Jahrzehnten tödlich zerstritten, und zwar aus Gründen, die auf beiden Seiten offenbar mehr mit zugefügtem denn mit empfangenem Unrecht zu tun hatten: Die Eltern hätten auf die Frage, worin das Zerwürfnis denn gründe, sofort die niederträchtige Unterstellung angeführt, sie hätten es beim ersten Besuch des frischgebackenen Schwiegersohns an Wärme fehlen lassen. Als ob sie hätten ahnen können, dass der feine Herr Tankstellenbesitzer eine Extraeinladung braucht, bevor er sich zum Kaffee niedersetzt und sich ein Stück Zwetschgenkuchen nimmt. Die Tochter dagegen hätte geantwortet, sie könne den Eltern ihre kleinliche Rachsucht nicht verzeihen, die sie ihr wegen des Brautschmucks der Mutter aus Silber und Granaten entgegenbrächten, welchen sie einst ausgeliehen hatte und selbstverständlich längst zurückgegeben hätte, stünde nicht die besagte Rachsucht der Alten einer solchen Geste im Wege. Da aber niemand so indiskret war, jemals diesen Gründen auf den Grund zu gehen, galt der Bruch als unüberbrückbar und endgültig, und in Hinterried war man entschlossen, beim letzten verbliebenen Kind genauer darauf zu schauen, wen man sich da als Schwiegersohn ins Haus hole, als künftigen Hausherrn und Hoferben allzumal.

Meine Mutter versuchte das Leid der Nachbarn zu lindern, indem sie sie zum Tee einlud. Sie sprach vom Wetter, von der Obsternte in diesem Jahr und ob diese wohl dem Vergleich mit dem vorangegangenen standhalten könne. Und sie vermied sogar vor lauter Zartgefühl, die Stare beim Namen zu nennen, die wie nie zuvor über die Kirschbäume hergefallen waren im Juni, sondern sprach ganz allgemein von Schädlingen. Das alte Ehepaar führte dazu stumm die Porzellantassen an die Lippen, zerkrümelte verlegen ihre Kekse und erging sich in Seufzern und Allgemeinplätzen über die Unvorhersehbarkeiten des Lebens, und nach einer halben Stunde brachen sie auf, er auf die Weide, wo er einen Zaun zu reparieren hatte, sie ins Dorf hinab, um jemanden zu finden, bei dem sie sich über die unverschämte Neugier der impertinenten Frau Friedmann beschweren konnte.

Einige Tage später war die letzte, noch so illusionäre Hoffnung auf eine reu- und tränenselige Wiederkehr der Tochter zerflogen. Das Zaiserl sang nicht mehr, es molk nicht mehr vor Sonnenaufgang und entleerte keinen tropfenden, schwankenden Schubkarren mehr auf prekär ächzender Planke in die vor Fliegen schwirrende Mistgrube, sondern sie feierte im Forsthaus, berauscht von der Bewunderung der Buben, den Liebkosungen ihres Geliebten und den flüssigen und pulverförmigen Essenzen, die hier in unbegrenzter Menge bereitstanden, als hätte sie seit Jahren darin Übung.

Ohne Zaiserl konnten der Bauer mit seinem rheumatischen Rücken und die Bäuerin mit ihren Wassereinlagerungen in den Beinen die Landwirtschaft nicht auf Dauer betreiben. Sie hätten den Hof verkaufen können, aber das hätte unweigerlich den Tankwart aus Straubing auf den Plan gerufen. Was also sollten sie tun? Nachdem sie die Sache den ganzen Abend hin und her gewendet hatte, die schnurrende Katze auf dem Schoß, eine sich langsam leerende Flasche Obstbranntwein auf dem Tisch und den schnarchenden Bauern auf dem Kanapee, entschloss sich die Bäuerin zu handeln. Sie setzte einen Brief auf, gerichtet an einen entfernten Neffen ihres Mannes, den sie in ihrem Leben noch nie gesehen hatte, über dessen unverheiratete und unstete Existenz sie aber aus verschiedenen Quellen unterrichtet war, und bot ihm an, ihn als Erben einzusetzen und ihm den Hof gegen eine aus dem Ertrag der Landwirtschaft zu zahlende monatliche Leibrente, hoch genug, um davon in Unterettengrub zwei Zimmer mit fließend Wasser anmieten zu können, mit sofortiger Wirkung zu übergeben. Die Alte wog die Aussicht, künftig ihren steifen und schmerzenden Gliedern die Wohltat einer heißen Badewanne zukommen lassen zu können, gegen den Verlust ihres letzten Kindes, und sie musste einräumen, diese Aussicht wog nicht gering. Drei Tage später kam die Antwort. Der junge Mann nahm an.

## X

Die Köstlichkeit, morgens im Bett bleiben zu dürfen! Den Tag da draußen hinter den Vorhängen schläfrig begrüßen zu können wie einen Gast, über dessen Ankunft man sich freut, ohne sich deswegen Umstände machen zu müssen, ein Freund, den man zu gut kennt, als dass mehr als ein beiläufiges Nicken nötig wäre, um ihn gebührend willkommen zu heißen. Die warme schwere Mattigkeit in den Falten von Kissen und Federbett in Ruhe lassen zu können, anstatt sie aufstören und grob verjagen zu müssen mit seufzendem Entschluss und jäh zurückgeschlagener Decke, sie einfach in Ruhe lassen zu können, denn sie störte ja niemand und war eigentlich eine ganz nette Gesellschaft, ein bisschen feucht, ein bisschen üppig von Geruch, aber doch zutiefst gutmütig im Grunde. Den Gedanken ihre kleinen Ausflüge erlauben, in schattigere Gefilde voll Rätsel und Gefahren, harmlosen, da mit zwei Wimpernschlägen wegzuwischen wie Spinnweb, ihre sonderbaren Wege, ihre wunderseligen Wandlungen geschehen und sich davon unterhalten lassen. Der Morgen war des Zaiserls beste Stunde, der Scheitelpunkt ihres Tages, den sie in die Länge zu ziehen suchte, weit über den Punkt hinaus, wo sich Schläfrigkeit und regsamer Bewegungsdrang der Glieder bereits die Waage hielten, welche sich unweigerlich zugunsten der Bedürfnisse des Körpers neigte, so dass Zaiserl wie zum Trotz liegen blieb, den Kopf tief in den Kissen, ihrem und dem des Geliebten. Der hatte das Lager längst unbemerkt verlassen, um auf dem Hof unten seine Buben beim Beladen der LKW zu beaufsichtigen oder eine neue Ladung in Empfang zu nehmen oder mit dem fetten Bogenschütz zu telefonieren oder was sonst seine Geschäftigkeit erforderte. Der Wunderbare, abwesend, aber in den Tiefen der Kissen durch Geruch und Gedanken beschwörbar wie ein Dschinn im Märchen, der kommt, wenn man ihn ruft, mit seiner Brust wie gehobeltes Holz, mit seinem Zupacken an ihren beiden weichen nackten Oberarmen, mit seinem Haar, struppig und weich wie ein Kälberfell, und wenn sie ihn rief und er kam, dann schauderte es sie im Nacken und prickelte in ihren Wangen, und sie musste die Schenkel aneinanderpressen. Nur blieb er nicht, sondern verflüchtigte sich wieder, und wenn sie ihn erneut rief, dann kehrte er blasser wieder, und das angenehme Schaudern und Prickeln drang nicht mehr so tief in die Haut, umso weniger, je mehr sie sich bemühte und anstrengte, und schließlich blieb alles tot und leer, und sie verspürte ein trockenes Heulen in Brust, Kehle und Augenlidern, das jedes weitere Liegenbleiben sinnlos machte.

Was sie tat den ganzen Tag, war allein ihrem Belieben überlassen. Die ganze Bande war zuletzt wieder in den Teufelsschlupf gezogen, denn oben im Forsthaus Staufkoglerau war kein Platz mehr wegen des Andrangs der Pilger, denen Hias und Bogenschütz für obszöne Summen Wasserampullen, Bildchen und geschnitzte Rosenkränze in unglaublichen Mengen verkauften. Dem Krattler-Hansi war das ganz recht gewesen, denn der Balkangrill Plitvice wurde von Touristen mittlerweile gemieden.

Niemand verlangte etwas von ihr. Die Buben grüßten sie, wenn sie ihnen begegnete, und sprachen nicht viel mit ihr, betrachteten sie aber manchmal aus dem Augenwinkel, solange sie den Blick nicht erwiderte. Einmal hatte sie den kleinen Ernst Swiatkowski beim Spähen durch das Kammerfenster ertappt, als sie sich gerade wusch. Sie hatte das Handtuch vor ihre Brüste gerafft, geschrien und ein Stück Seife nach seinem spitzen kleinen Vogelkopf geworfen, der nicht verschwand, sondern blöde grinsend im Fenstergeviert stehen blieb, während das Seifenstück gegen die Wand daneben klatschte; als sie sich nach einem weiteren Wurfgegenstand umsah, war der Kopf plötzlich weg gewesen.

Sie war nicht gekommen, um Hias und seinen Leuten den Haushalt zu führen, so viel war klar. Die Buben ernährten sich von dem, was gerade da war, Brot und Speck und Käse in Großhandelsportionen, die man aus den Ladungen abzweigte, und gelegentlich ließ sich der Krattler-Hansi überreden, für alle eins seiner scharf gewürzten Paprikagerichte zuzubereiten. Doch damit der Tag schneller herumging, und auch weil sie sich ein wenig ekelte in den von Staub, eingetrockneten Flüssigkeitslachen und Speiseresten verkrusteten ehemaligen Gast- und Wirtschaftsräumen, begann sie hier und da für Ordnung zu sorgen, räumte die umherrollenden leeren Flaschen zusammen, schüttelte die Teppiche aus, füllte einen Kübel mit heißem Wasser und führte den Schrubber, zog glänzende, dampfende Bahnen in die stumpfe Schicht aus Unrat, und nach einer Weile begann sie zu singen, bis die Tür aufging und einer der Buben eintrat, ein vierschrötiger Bursche namens Schorschi, sie mit einem scheuen Nicken begrüßte und mit seinen schlammverbackenen Schuhen quer durch die Küche ging, über die frische nasse Fläche zu einem Schränkchen in der Ecke, das er öffnete, um ihm Verbandszeug zu entnehmen, bevor er sein Hosenbein hochkrempelte und seiner linken Wade, an der ihn ein riesiger Furunkel plagte, ein neues, dick mit Ichthyol-Salbe bestrichenes Pflaster applizierte, das alte Pflaster – bräunlich verfärbt mit einem weißgelben Fleck in der Mitte – auf dem Fußboden liegen ließ, Zaiserl im Vorübergehen erneut zunickte und die Küche verließ.

Hias bekam sie erst am späten Nachmittag wieder zu Gesicht. Er setzte sich, wie jeden Abend, an den Stubentisch und goss sich ein Glas Birnenschnaps ein, das er langsam leerte. Dabei massierte er zwischen den Schlucken mit bedächtiger Geste weißes Pulver in sein Zahnfleisch ein. Ihr kam das fletschende, abwesende Gesicht, das er dabei machte, seltsam vor, aber je mehr sie selber trank und je mehr Pulver sie selber zu sich nahm, je länger die Pausen des Schweigens zwischen zwei Bemerkungen am Tisch wurden, je trüber die Blicke unter den immer schwerer werdenden Lidern, desto weniger spielte das eine Rolle, oder überhaupt irgendetwas.

Einmal war sie hinaufgegangen zum Forsthaus. Hias war nicht da gewesen, und sein Statthalter Gidi hatte ihr nicht verraten wollen, wo er steckte. Sie hatte auf ihn gewartet, über eine Stunde lang, dann war er gekommen, war aus dem Opel gestiegen, mit Zöhr und zwei anderen, hatte ihr Winken bemerkt und ein wenig verwirrt gelächelt, hatte ihr zugewinkt und war in der Hütte verschwunden. Dann waren neue Pilger gekommen, womöglich welche aus dem Dorf, und sie war geflohen, zurück zum Teufelsschlupf, wo sich nichts verändert hatte, wo alles noch so dalag, wie sie es verlassen hatte, das schmutzige Geschirrtuch an der Türklinke hing, wo sie es hingehängt, die Fensterhöhlen klafften, wo sie versäumt hatte, den Laden zu schließen, und an jenem Nachmittag beschloss sie, sich schon untertags ein Häufchen weißes Pulver zu genehmigen, sie wusste ja, wo es aufbewahrt wurde, und es war genug davon da. Das Pulver half ihr, die endlosen Nachmittage leichter zu überstehen, es verkürzte die Zeit und ließ die Stunden angenehm ineinander verschwimmen, wenngleich es Tage gab, wo sie überhaupt nicht aus dem Bett kam, weil die Zeit bis zur Nacht so verzweifelt lang erschien und so angefüllt mit totenblasser Leere, dass an irgendein Handeln, an ein Aufrechtgehen und Schritt-vor-Schritt-Setzen gar nicht zu denken war, so dass sie liegen blieb, ein Reservoir an weißem Pulver in Griffweite. Das ging wieder vorbei. Aber das kam auch wieder und blieb jedes Mal ein bisschen länger. Hias sagte kein böses Wort, betrachtete sie nur gelegentlich zerstreut, wie sie dalag, bleich geworden und dünn und ihr Haar von strohig gelber Farbe, kratzte sich an der Nase, machte kehrt und ging nach unten, ein Gläschen zu trinken mit den Buben. Im Februar erhängte sich das Zaiserl am Firstbalken.

# 4. Kapitel

## I

Kreiskommissar Kastenbauer wollte das Tennisspiel erlernen und hatte zu diesem Zweck die Mitgliedschaft im Sportclub Schwarz-Weiß Ettengrub erworben. Das war keine Kleinigkeit gewesen. Der Vorstand hatte schwer mit sich gerungen. Einerseits war der Bewerber ein Mann von Rang und Einfluss. Andererseits war es eben einfach so, dass es nicht allzu viele Polizisten unter den Clubmitgliedern gab, zumal Kastenbauer bei seinem Antrag wahrheitsgemäß angegeben hatte, römisch-katholischen Bekenntnisses zu sein. Katholischen Bewerbern – nicht dass es je viele davon gegeben hätte – riet man meist, sich doch lieber an den Turn- und Sportverein Ettengrub zu wenden, dort werde auf sehr vernünftigem Niveau Rad und Ski gefahren und Fußball und Eishockey gespielt und was der katholikentypischen Leibesübungen mehr sind. Kastenbauers Argument, sein Ratschlag bei der steuerlichen Bewertung des Grundvermögens des Clubs könne bei Auseinandersetzungen mit der Finanzverwaltung von Nutzen sein, hatte schließlich den Ausschlag gegeben, und so hatte der Vorstand mit knapper Mehrheit für Kastenbauers Aufnahme gestimmt, allerdings mit dem festen Vorsatz, bei der nächsten Bewerbung von katholischer Seite dafür umso unnachgiebiger zu urteilen.

Als Kastenbauer zu seiner ersten Trainingsstunde erschien, fand er den Umkleideraum verlassen. Es war ganz still, von dem gedämpften Ploppen der Bälle und Rufen der Spieler draußen abgesehen, das durch die gekippten Oberlichter drang. Hier und da hingen Hemden und Hosen an den Haken. Hinten, wo es zur Dusche ging, spiegelten sich Wasserlachen auf den Fliesen, die verronnenen Reste von Fußabdrücken. Keiner war da. Kastenbauer sog die Luft durch die Nase ein. Sie war gesättigt mit einem schweren Geruch nach Käsebrot und nassem Stoff, gespeist von lauter haarigen, schwitzenden Männerkörpern im Laufe zahlloser Tennissaisons, von ihren tropfnassen Trikots, von ihren achtlos abgerollten Socken, von ihren staubbedeckten Sportschuhen. Männern, wie sie eben noch hier gewesen waren, die Brust voll Kraft, die Muskeln voll angenehmem Schmerz, sich grobe Späße zugeworfen hatten auf dem Weg zur gemeinsamen Dusche, das Handtuch in der Hand und mit unverhüllten Schläuchen, schlenkernd und schlaff und in dieser Gemeinschaft von Sporttreibenden nicht weiter von Bedeutung. Männern, die jeden Moment wiederkommen konnten, weshalb Kastenbauer sich schnell einen Spind aussuchte, aus den Kleidern schlüpfte und sich sein soeben erworbenes, kalkweißes Sporthemd über den Kopf zog, das sich angenehm kühl und leicht an seinen schmalen Körper schmiegte.

Als der Kreiskommissar auf den Platz trat, sah er an dessen fernem Ende drei Männer, einer sitzend, die anderen beiden über seine Schulter gebeugt. Kastenbauer trat auf die drei zu und stellte sich vor. Der Sitzende, ein stämmiger Mann mit grauem Bart und getönter Brille, sah auf, nickte kurz und setzte sein murmelndes Gespräch mit den anderen beiden fort. Plötzlich brachen die drei in raues Gelächter aus, einer von ihnen hatte einen Spaß gemacht. Was immer sie beschäftigte, nach einer Weile war es gelöst, der Graubärtige erhob sich und streckte Kastenbauer seine haarige Hand hin: Bert Reimeier, Leiter Aktivensport. Und das hier, sagte er und wies auf den blonden Athleten neben sich, ist der Herr Flögesheim, der zeigt Ihnen, wie's geht. Schläger haben Sie? Dann viel Spaß, tschüs.

# II

Wir mochten Heiner Flögesheim nicht besonders. Wir hielten ihn für dumm, grob und verschlagen. Er war der Trainer und glaubte es sich und dem Clubvorstand, der ihn angestellt hatte und bezahlte, schuldig zu sein, die Nähe der Jugend zu suchen und sich bei dieser Suche nicht entmutigen zu lassen. Immer wieder kam er zu uns, ein gezwungenes Lächeln im Gesicht und den Tennisschläger locker auf der Schulter, wenn wir, erhitzt vom ziellosen Herumalbern auf dem Platz, beisammensaßen und Limonade tranken, wippte ein wenig in den Sprunggelenken auf und ab und stellte eine nichtssagende Frage, ob alles klar sei, was gehe oder dergleichen, die wir unbeantwortet ließen. Es war nicht zu übersehen, dass uns Macht über ihn verliehen war. Wir machten Gebrauch von ihr, indem wir ihn einfach ansahen, mitleidlos und ohne Neugier an unseren Strohhalmen sogen, und Marina sagte leise und wie für sich: Der Heiner. Sie lächelte ein wenig dabei, gleichsam kopfschüttelnd. Der Heiner, der Heiner, der Heiner. Der Heiner wippte und biss die Zähne aufeinander, und wenn er jetzt noch nicht aufgab und ging, dann stand Marina seufzend auf und bat ihn, ihr noch einmal die Schulterstellung bei der Rückhand zu zeigen, mit einer Stimme, als tue sie es ihm zuliebe.

Marina brachte Männer leicht aus der Fassung. Sie war ein großes starkes Mädchen mit kräftigen Gliedmaßen und langen dunkelbraunen Locken, und vor allem – Adam hatte mich darauf aufmerksam gemacht, von allein hätte ich es gar nicht zu benennen gewusst – war ihr ein ungewöhnlich intensiver Körpergeruch zu eigen, ein vegetabiler Duft, nicht unähnlich dem einer Tomatenpflanze im dampfigen Treibhaus, mit dem Männer überhaupt nicht leicht fertig wurden. Sie stellte sich in Positur, den Schläger in der Rückhand, und blickte Flögesheim abwartend an: So? Flögesheim erklärte, nein, rechte Schulter runter, Fuß bisschen zurück, doch Marina verstand nicht. Er machte es ihr vor, führte den Musterschlag langsam und überdeutlich aus, auf dass die sture Schöne endlich begreife, doch die weigerte sich und zog die rechte Schulter immer höher, reckte den Ellbogen auf unmögliche Weise nach vorne, bis der unglückselige Trainer schließlich hinter sie trat und ihre Haltung behutsam zu korrigieren versuchte, sie mit zwei Fingern an der Schulter fasste, mit einem leichten Griff an das Ellbogengelenk. Kaum aber hatte er sie berührt, da erstarrte sie, gefror förmlich, ächzte leise auf, und das erschreckte ihn so, dass er zusammenfuhr, als hätte sie nach ihm geschlagen. Die beiderseitige Anspannung löste sich erst, als Marina trocken losprustete, worauf wir schon mit angehaltenem Atem gewartet hatten. Heiner Flögesheim kann unmöglich geglaubt haben, dass sein meckerndes Einstimmen in unser Gelächter auch nur ein Gramm seiner Würde hätte retten können, aber er tat es unbegreiflicherweise trotzdem.

Wir waren allesamt keine großen Talente im Tennisspiel. Marinas Freund Wig noch am ehesten, aber auch er hütete sich, dabei allzu viel Spaß an den Tag zu legen und so womöglich in den fürchterlichen Ruch der Ehrgeizigkeit zu geraten. Adam war auf dem Platz ständig in Gefahr, den Ball ins Gesicht zu bekommen und sich dabei die unglaublichsten Blutergüsse zuzuziehen, weshalb er sich darauf verlegte, abseits des Platzes seine Kunstfertigkeit im Nachahmen von Verdauungsgeräuschen mit Hilfe eines Strohhalms und eines fast leeren Limonadeglases zu vervollkommnen. So wenig mit uns anzufangen war, was das Tennisspiel betraf – keiner von uns ließ sich entgehen zuzusehen, wenn Eugen Kastenbauer ein Match bestritt.

Der Kreiskommissar war eine Legende. Wenige Jahre nachdem man ihm den Unterschied zwischen Vor- und Rückhand erklärt hatte, gab es im ganzen Club praktisch niemand mehr, der ihn schlagen konnte. Nicht dass er ein wirklich guter Tennisspieler gewesen wäre. Die erprobten Clubchampions konnten ihn nach Belieben über den Platz jagen, linke Ecke, rechte Ecke, vor, zurück, der schmale Mann rannte wie ein Hase, schrie vor Anstrengung beim Lupfen des mit letzter Not erreichten Balls, rappelte sich wieder auf, stürzte nach vorn und löffelte den Ball knapp vor dem Netz wieder in die Höhe, schlitterte zurück, rang mit einem fast schluchzenden Geräusch nach Luft, die dünnen Lippen zurückgefletscht, die grauen Augen zusammengekniffen gegen den Schweiß, der ihm von der Stirn troff. Er halte den Schläger wie einen Teppichklopfer, pflegte Flögesheim kopfschüttelnd zu kommentieren, Ballkontrolle gleich null, das Ding fliege irgendwohin, Hauptsache, weg damit. Aber was er nicht erklären konnte, der Heiner Flögesheim, war die Tatsache, dass der Ball jedes Mal wieder im Feld des Gegners landete, mittendrin. Und wenn auf diese Weise die souveränen Meister der Ballbeherrschung drei- oder viermal ihren unretournierbaren Lob auf unbegreifliche Weise wieder zurückkommen und ihren schon gewonnen geglaubten Satz um einen weiteren Ballwechsel verlängert sahen, dann begannen sie sich zu ärgern, und wenn man sich ärgert, dann schlägt man kräftiger auf den Ball als nötig, der Ball geht ins Aus, und man verliert.

## III

In den Beständen der Staatsbibliothek zu Berlin findet sich die schmale, nur elf Seiten umfassende Schrift eines anonymen, nur als »Dr. Rw.« gekennzeichneten Verfassers, die den Titel »Das Haberfeldtreiben oder Die Lynchjustiz im oberbayerischen Hochlande« trägt. Das schmale Heft ist undatiert und stammt dem Exlibris nach aus dem Vermächtnis eines »Dr. phil. Richard Böttcher«, der 1909 verstorben ist.

Auf der Titelseite ist unter einer etwas grobschlächtig ausgeführten Kupferstichillustration vermerkt, dass das Blättchen 10 Pfennig gekostet hat und im »Verlag Th. Taller, München, Thal 1, Laden 4« erschienen ist.

Die Illustration zeigt ein Mädchen oder eine junge Frau, der Tracht nach eine oberbayerische Gebirgsbewohnerin, mit üppig gefülltem Busentuch und wirren langen Haaren, die Augen vor Angst geweitet, die rechte Hand bestürzt zur Stirn geführt, in wilder Flucht. Ihr ist ein magerer Mann in Joppe und Lederhose dicht auf den Fersen, einen spitzen Hut mit Feder auf dem Kopf und in der Rechten eine Geißel, deren Rute sich unter dem Schwung des Zuschlagens biegt. In der Linken hält er eine Leine, an der ein offenbar äußerst aufgeregter scharfer Hund zerrt. Ihm folgen Dutzende weitere, gleich gekleidete Männer, die Dreschflegel und anderes Werkzeug schwingen. Im Hintergrund ist ein gestikulierender Mann zu sehen, der die Meute offenbar dirigiert. Das fliehende Mädchen steht kurz davor, von mehreren durch die Luft fliegenden Steinen sowie merkwürdigerweise einer Mohrrübe getroffen zu werden. Die Szene spielt auf einem abgeernteten Getreidefeld. Im Hintergrund sind vor einer Kette mäßiger Gebirgserhebungen rechts das steingedeckte Dach eines Bauernhauses, links ein sogenanntes »Marterl«, ein überdachtes Wegkreuz, zu sehen sowie in der Mitte eine Kirche mit spitzem Turm, die ihrer Form und Lage nach der katholischen Kirche von Ettengrub stark ähnelt.

Der anonyme Doktor beginnt seine Ausführungen mit einer Erklärung des Begriffs Lynchjustiz: »John Lynch, ein Bewohner Nordcarolinas, das von flüchtigen Sklaven und Verbrechern mit Verwüstungen und Gräueln aller Art heimgesucht war, wurde von seinen Mitbürgern mit unumschränkter Macht als Gesetzgeber und Richter ausgerüstet«, eine Sitte, die sich dem Verfasser zufolge bald über den ganzen amerikanischen Kontinent verbreitete, und so »fand

Master Lynch namentlich im Süden, wo die Leidenschaften heftiger, die Bande der sittlichen Ordnung lockerer waren, treue Verbündete«. Dergleichen, so der Verfasser, finde sich bei allen Nationen, doch »treffen wir in den Gebirgsgegenden unseres schönen Bayernlandes auf eine Art Volksjustiz, die ebenso einzig in ihrer Art dasteht, als sie allen Bemühungen, sie dem oberbayerischen Volkscharakter zu entfremden, den hartnäckigsten und erfolgreichsten Widerstand entgegensetzte« – das sogenannte Haberfeldtreiben nämlich, ein Brauch, den der Verfasser auf »eine in Bayern in früheren Jahren üblich gewesene Sitte« zurückführt: »Hatte nämlich eine Dorfschöne allzu leichtgläubig ihre Ehre verscherzt, so rotteten sich die jungen Burschen aus der Umgegend zusammen, und unter Schande und Spott von Jung und Alt wurde die Gefallene, von den Geißelhieben ihrer Verfolger getroffen, durch ein Haberfeld getrieben«, wie auf der Titelillustration anschaulich dargestellt.

Ob es diese Sitte nun wirklich gegeben hat oder nicht, bereits aus dem frühen 18. Jahrhundert sind einige Fälle überliefert, da den besagten gefallenen Dorfschönen ins Haberfeld getrieben wurde. Man bemerke den Dativ: Es wird nicht »jemand« ins Haberfeld getrieben, sondern »jemandem«. Den Akten zufolge gingen diese belegten Haberfeldtreiben denn auch ohne jegliche Treibjagd durch Hafer- oder sonstige Felder vonstatten. Vielmehr versammelten sich nächtens vor dem Haus, in dem das Mädchen wohnte, einige Dutzend Männer, die Gesichter geschwärzt und mit Rosshaarbärten verhängt, um mit Hilfe der mitgeführten Flinten, Ratschen, Kuhglocken, Töpfe und Deckel einen ohrenbetäubenden Radau zu veranstalten und unter Geschrei und Gelächter die angeblichen Sünden der Angeschuldigten öffentlich zu verlesen, und zwar in grob zusammengereimter und maßlos zotiger Form.

Diese Behandlung wurde gezielt solchen Mädchen zuteil,

die von dem Kindsvater sitzengelassen, also »in den Hafer geschickt« wurden. Das ist vermutlich auch schon das ganze Geheimnis: Das Verbrechen auf seiten des Mädchens zu suchen, ihr die Schuld an diesem Unglück und die daraus resultierende Schande aufzubürden, ist aus Sicht eines oberbayerischen Dorfburschen ein allzumal höchst einleuchtender Gedanke, der noch viel zwingender erscheint, wenn er mit entsprechender Lärmentfaltung vorgetragen wird. Und wem dann immer noch nicht ganz wohl dabei ist, der mag sich damit trösten, dass Nacht und Mummenschanz ihn davor bewahren, für seine Teilnahme geradestehen zu müssen.

Seit Beginn des 19. Jahrhunderts weckte dieser regional eng auf das Mangfall- und Inntal begrenzte Brauch zunehmend die Neugier der Germanisten und Volkskundler. Sie begeisterten sich an der Vorstellung, es mit einer Art rechtshistorischem Fossil zu tun zu haben, einem Relikt des karolingischen Rüge- und Femegerichts, das als das echte, das wahre deutsche Recht in den bayerischen Voralpentälern überdauerte, weil das komplizierte römische Recht die dicken Schädelwände des dort ansässigen Menschenschlags nicht vollständig zu durchdringen vermochte. Dafür gibt es zwar nicht den geringsten Anhaltspunkt, aber diese Deutung fand ihren Weg unter die haberfeldtreibenden Burschen des Oberlands, die fortan eine Anrufung des »Kaisers Karl in Untersberg« in ihre Bumsprügellitaneien aufnahmen, worin wiederum die Germanisten einen schlagenden Beweis für die altdeutschen Wurzeln des Brauches zu erkennen glaubten: Kaiser Karl in seiner Höhle im sagenumwobenen, Erz und Reichtum bergenden Untersberg – das war bestimmt in Wahrheit niemand anders als Wotan, der heidnische Erntegott, der in stürmischen Herbstnächten mit seiner wilden Jagd durch die Wälder donnert, delirierten sie mit aufgerissenen Augen, und mancher unter ihnen ging noch weiter und wähnte obendrein einen aus Urzeiten überkommenen Geheimbund der »Haberer« am Werk, in zwölf Bezirke gegliedert, an deren Spitze nach dem Vorbild der zwölf Paladine Karls des Großen je ein »Haberfeldmeister« stand und der auch den Volksaufstand gegen die österreichische Besatzung im Jahre 1705 ins Werk gesetzt habe. Dieser Geheimbund war so geheim, dass die Oberländer selbst von seiner Existenz gar nichts wussten, weshalb sie flugs einen solchen ins Leben riefen, denn an Vereinen hat der bayerische Landsmann stets große Freude, und an geheimen noch viel größere. So befruchteten sich die Phantasien von Dorfburschen und Volkskundlern wechselseitig auf das lebhafteste, bis in den 1850er Jahren das Haberer-Unwesen derart überhandnahm, dass sich die Staatsgewalt gezwungen sah, in mehreren Gemeinden der Grafschaften Hohenwaldeck und Valley sowie des Landgerichtsbezirks Aibling die Militärexekution anzuordnen.

## IV

Die Zahl der Anschläge, die man dem Habererbund zurechnete, hatte in diesem Jahr dramatisch zugenommen, ebenso die Gewalttätigkeit ihrer Ausführung. In einer Landgemeinde am Ammersee war ein Lastwagen mit zwanzig Polizisten aus Schongau in einen nächtlichen Hinterhalt geraten, nur zwei hatten sich retten können. In München war der Publizist Martin Wolferstetter, dessen aggressiv antiklerikale Kolumnen in evangelischen Kreisen große Popularität genossen, monatelang mit anonymen Drohbriefen terrorisiert und schließlich zusammen mit seiner Frau in seiner Wohnung überfallen und regelrecht hingerichtet worden. Zwei sozialdemokratische Landtagsabgeordnete und ein Gewerkschaftsfunktionär aus Aibling waren entführt und nach tagelangen hektischen und angesichts der immensen Waffen- und Geldforderungen der Täter völlig aussichtslosen Verhandlungen misshandelt und tot in einem Holledauer Straßengraben aufgefunden worden. Mit jedem Anschlag wuchs in der Bevölkerung, zumindest in ihrem evangelischen Teil, das Gefühl, einer gestaltlosen, aber umso bedrohlicheren Gefahr ausgesetzt zu sein, gegen die sie von der Obrigkeit um jeden Preis geschützt werden müsse.

Doch auch unter den Katholiken verbreitete sich Angst. Bei einer Razzia in einem Lehrlingsheim in Ruhpolding kamen vier junge Zimmermänner ums Leben, für deren angebliche Zugehörigkeit zum Habererbund die Regierung jeden noch so geringfügigen Beweis schuldig blieb. Ein ziemlich hochrangiger Funktionär des Altbayerischen-Landarbeiter-und-Kleinbauern-Bundes starb in der Untersuchungshaft, angeblich an den Folgen eines Blinddarmdurchbruchs, ein anderer verlor in der Justizvollzugsanstalt Aichach einen Arm und ein Auge. Der weißbärtige Graf Erwein von Schnee, Spross eines der ältesten Adelsgeschlechter des Landes und Oberhaupt der bayerischen Monarchisten, war dank der Ermittlungen eines übereifrigen Traunsteiner Staatspolizisten der finanziellen und logistischen Unterstützung des Habererbunds überführt und in seinem Schloss im Chiemgau verhaftet worden. Der alte Herr hatte sich geweigert mitzukommen und stattdessen mit der seinem Stand eigenen hochmütigen Bonhomie versucht, den Vorwurf durch stereotypes Wiederholen des Satzes »Aber bitte, das ist völlig unmöglich, mein Lieber« aus der Welt zu schaffen, bis dem jungen Staatspolizeileutnant der Geduldsfaden riss und er den steifbeinigen Greis in Handschellen legen und abführen ließ. Keine katholische Zeitung, die am nächsten Tag nicht das Bild des gedemütigten Grafen auf der Titelseite gebracht hätte.

Der Landtagsabgeordnete Horst Bogenschütz, der als Sprecher des legalen Arms der Partikularisten galt, blieb als

Parlamentarier zwar vorläufig unbehelligt. Aber sein Sekretär, ein gewisser Johannes Heß, wurde aus dem Bett heraus verhaftet und stundenlang verhört, ein Vorgang, dessen Ungeheuerlichkeit Bogenschütz und seine journalistischen Bundesgenossen gar nicht drastisch genug anprangern konnten. Heß stand mit vielen Journalisten auf vertrautem Fuße, weil er ihnen nach jedem Anschlag diktierte, Herr Bogenschütz bedauere die Opfer und, nein, die Formulierung »verurteilen« mache er sich nicht zu eigen, aber dass es zu Gewalttätigkeiten habe kommen müssen, das bedauere der Herr Bogenschütz, das könne man ruhig so schreiben. Heß' Verhaftung schlug eine Menge Wellen in der Berichterstattung der katholischen Presse. Unerwähnt blieb dabei freilich, dass der besagte Heß von mehreren Zeugen als der Mann identifiziert worden war, der sich am Tag vor der Entführung des Aiblinger Gewerkschaftlers eindringlich nach dessen Aufenthalt und Gewohnheiten erkundigt hatte, ebenso wie die Tatsache, dass die Staatsregierung, kaum hatte sie von dem Vorgang Kenntnis erhalten, trotz der relativ eindeutigen Beweislage die sofortige Freilassung des Bogenschütz-Protegés angeordnet hatte.

In Ettengrub hatte man von alldem bis dahin wenig mitbekommen. Kastenbauer ließ die Bewachung der Kaserne verstärken, nachdem aus einem Depotschuppen zwei Dutzend Sturmgewehre verschwunden waren, und widmete sich ansonsten mit verbissenem Eifer dem Tennisspiel. Er verbrachte fast jeden Tag mehrere Stunden auf dem Platz, wo er Bälle gegen die Wand schlug, stundenlang, ohne zu ermüden. Nur selten kam jemand und forderte ihn zu einem Match auf, denn den Champions war die Lust vergangen, sich von dem stillen kleinen Mann mit der unmöglichen Fußstellung öffentlich demütigen zu lassen. Wenn die anderen spielten, setzte er sich manchmal auf die Seitenbank und ließ mit unbewegter Miene seine großen grauen Augen nach links und rechts wandern, den Ballwechseln hinterher, und nur wenn einem der Spieler ein besonders unglückliches Missgeschick passierte, ein um Millimeter ins Aus geschlagener todsicherer Volley oder dergleichen, dann lachte er kurz auf, blickte zur Seite und schüttelte den Kopf.

Als sich Heiner Flögesheim neben ihn setzte, gab er mit keiner Regung zu erkennen, dass er ihn bemerkt hatte. Flögesheim saß dort eine Weile mit wippenden Knien. Dann räusperte er sich und sprach Kastenbauer an: Wegen der Clubmeisterschaften, sagte er. Ob er sich schon überlegt habe, ob er teilnehmen wolle? Wäre toll, sagte er. Dann schwieg er wieder, bevor er sich erneut ein Herz fasste. Eine Frage noch, sagte er leise, während auf dem Spielfeld gerade eine Konfusion entstand, weil man sich nicht über Aus oder nicht Aus einigen konnte. Kastenbauer wandte sich ihm zu und ließ seinen grauen Blick auf ihm ruhen. Es sei nur, sagte Flögesheim und kniff die Augen zusammen, als mühe er sich um ein schärferes Bild der Lage auf dem Platz vor ihm, es sei nur so, dass man da so Dinge höre. Kastenbauer schwieg und sah ihn an. Dinge wie zum Beispiel, sagte Flögesheim, so Sachen wie … dass geschossen werde im Wald. Schießstand quasi. Schießübungen. Ob das stimme? Dass die alle Waffen haben? Die Katholiken? Und woher die die Waffen hätten? Und wieso die das dürften? Das habe er nur mal fragen wollen, weil er gedacht habe, da wisse man vielleicht Bescheid bei der Polizei.

Kastenbauer nickte und wandte sich wieder dem Spiel zu. Nach einer Weile legte er dem ratlos dreinschauenden Trainer zwei Finger auf den Arm. Das könne er ihm alles sagen. Er solle sich nur einen Moment gedulden. Er würde gern dieses Spiel verfolgen, da er glaube, sich beim Service des Herren rechts etwas abschauen zu können. Am besten nachher in der Umkleide, wie wär's? Flögesheim nickte. Nach einer Weile beugte er sich wieder dem Kommissar zu. Wenn er erlaube, flüsterte er, werde er ein paar andere dazuholen. Das interessiere nämlich ein paar Leute. Kastenbauer nickte, und Flögesheim wandte sich zum Gehen.

## V

Ich war immer ein bisschen aufgeregt, wenn wir in die Tenne gingen, verspürte ein kleines Drücken und Heben in der Magengegend. Eigentlich war gar nichts dabei: Die Tenne war eine große, von außen ganz schmucklose Halle, die der Krattler-Hansi auf dem Hof des mittlerweile geschlossenen Balkangrills Plitvice, vormals Gaststätte zum Teufelsschlupf, errichtet hatte, und dort kamen die Leute zu Hunderten zusammen, um zu tanzen. Das Geld dafür war von Hias gekommen, die Idee dazu vermutlich auch, und Hias war es, der in einem abgetrennten, über eine steile Treppe zu erreichenden Raum mit Blick auf die Tanzfläche über das Geschehen dort unten wachte und sich im Morgengrauen die Einnahmen bringen ließ, von den Türstehern, von den Barkeepern und von den Leuten, die dort unten weißes Pulver verkauften. Die ganze Nacht saß er dort und sah in das zuckende Dunkel hinunter, in die von Farbblitzen überflackerte Masse aus unzähligen Leibern, die durcheinanderringelten wie Würmer, und wenn sich in der Masse Knoten bildeten, Verwirbelungen oder Löcher, weil einem Mädchen schlecht geworden war oder zwei Burschen mit Fäusten oder Messern aufeinander losgingen, dann drückte Hias einen Knopf auf seinem Schreibtisch, beugte sich vor und sprach ein paar Worte, ohne den Blick vom Geschehen dort unten zu nehmen, und vom Rand der Tanzfläche lösten sich zwei oder drei seiner Männer und machten sich auf, um die Störung zu finden und zu beseitigen. Sie kamen von weit her, die Jungen und Mädchen, aus dem ganzen Oberland und sogar aus München, denn so laut, so heiß und so dumpf, das gab es so leicht kein zweites Mal, und sie blieben, bis es hell wurde draußen und die Sonne durch die Bretterritzen stach wie eine spöttische Bemerkung über das dumme Zeug, das sie hier alle trieben, und das dunkle Toben zu einem schalen reuigen Kopfschmerz gerann.

Die Idee, sein Gemach dort oben mit scharlachrotem Leder ausschlagen zu lassen, war von Augustin Zöhr gekommen, dem Kinofreund. Anfangs hatte der rote Gustl regen Anteil genommen an den Planungen, und wäre es nach ihm gegangen, hätte Hias einen Smoking mit violett schillernden Aufschlägen tragen und schmale lange Zigaretten rauchen müssen, was bei Hias mit seinen lustigen Augenbrauen und seinen Kälberfelllocken ziemlich grotesk ausgesehen hätte. Mittlerweile aber hielt sich Zöhr von der Tenne fern. In der heißen Finsternis war ihm nicht wohl, er meinte ständig, abschätzige Blicke wahrzunehmen, auf seinen Schnauzbart und auf seine Art, sich zur Musik zu bewegen, und als er in seinem Rücken einen kichernden jungen Münchner das Wort »Skigymnastik« äußern hörte, zerschlug er dem Buben das Trommelfell, ging und kam nicht wieder. Hias war das insofern recht, als es im Dorf eine Menge alarmiertes Gemurmel gab und es nicht schaden konnte, wenn der rote Gustl zur Beruhigung seiner Bewunderer zu dem missbilligten Etablissement Abstand hielt.

Wer unter den Besuchern der Tenne seiner selbst nicht vollkommen sicher war, hatte Menschen wie meine Schwester Marina zu fürchten. Sie selbst tanzte wie eine Königskobra, die nackten Arme erhoben, den Lockenkopf zurückgeworfen, völlig der hämmernden Gewalt der Musik preisgegeben, doch dabei entging ihr nichts. Man sah das kaum, aber aus ihren scheinbar geschlossenen Augen ließ sie ständig Blicke hervorschnellen, die alles aufleckten, was die umstehenden Tänzer an Beobachtenswertem abwarfen, und wenn wir uns später erhitzt an der Bar trafen, breitete sie ihre

Beute vor uns aus: Wie dieser Junge fladengroße Schweißflecken und jenes Mädchen filzige Haarbüschel unter den Achseln hatte, wie dieser Kerl mit seinem rötlich bepustelten Adamsapfel seinen Blick nicht wegbekam von den auf und nieder schwappenden Brüsten jenes für ihre enge Bluse viel zu dicken Mädchens, und sie sagte das ganz beiläufig, den Blick auf ihr Getränk gesenkt, während sie mit dem Strohhalm spielte. Mit einemmal traten Männer auf uns zu, Gidi Duftinger und zwei weitere, die wir nicht kannten. Du, sagte Gidi zu Marina. Und du, sagte er zu mir. Ihr zwei kommt mal bitte mit.

Hias war sehr höflich. Er bat uns, Platz zu nehmen, und fragte, was wir trinken wollten. Er erkundigte sich nach unserer Mutter, nach dem Herrn Rothkehl und der Frau Töntjes und verschiedenen anderen Gästen, deren Namen er über all die inzwischen vergangenen Jahre behalten hatte. Marina antwortete, ich schwieg und nippte an dem Whisky, den er uns eingeschenkt hatte, er hörte lächelnd zu. Marina schien sich wohl zu fühlen. Sie legte ihren Arm auf die Sofalehne und winkelte ein Bein an, um bequemer zu sitzen, und mit der anderen Hand strich sie sich durch ihr Haar, wie um eine Verflechtung ihrer schweren Locken zu lösen. Hias schwieg und lächelte. Marina stand auf und trat zur spiegelnden Glasscheibe, die den Blick auf die wogende Masse freigab. Dann schlenderte sie, das Whiskyglas in der Rechten, durch den Raum und sah sich alles an. Bei einer Liege, die an der Wand stand, blieb sie stehen. Ob er hier schlafe, fragte sie Hias mit einem Seitenblick. Der lachte. Nein. Nur … ausruhen manchmal. Sei sehr bequem. Könne sie gern mal ausprobieren. Marina lachte auch, nicht ohne kurz die Augenbrauen zu runzeln, und setzte ihren Gang fort. Woher die Gewissheit, die in diesem Moment auf mich eindrang, kam, ist mir ein Rätsel, aber ich glaubte, nein, ich wusste, dass wir auf der Stelle hinaus mussten aus dieser lederbeschlagenen Kammer, meine

Schwester und ich, zwischen zwei Wimpernschlägen schwebte ein Schleier von Blut, gespreizten Gliedmaßen, zerrissenen Kleidern und Leichenduft durch mich hindurch, dass ich nach Luft rang und fast aufgeschrien hätte, und ich packte Marina beim Arm und riss die Widerstrebende hinter mir her, dem Ausgang zu, den ich mit letzter Kraft erreichte, und die steilen Stufen dahinter fielen wir mehr hinab, als dass wir liefen, hinaus, nichts als hinaus.

## VI

Der Busunternehmer Heinz-Hubert Scholten zählte bei den anstehenden Clubmeisterschaften zweifellos zu den Favoriten für den besonders umkämpften Titel in der Klasse der Herren über 35. Er war, wie man so sagt, ein schöner Mann: Hochgewachsen, von straffer Körperhaltung und mit einem schmalen und doch kräftigen Kopf, das schwarze, von Silberfäden durchzogene Haar stets ordentlich gekämmt, und gelegentlich kam es vor, dass die eine oder andere Dame im Club mit etwas atemloser Stimme eine gewisse Ähnlichkeit des Herrn Scholten mit dem Schauspieler Cary Grant feststellte. Seiner Firma hatte er den Namen »Enzian Busreisen« gegeben, seine Fahrzeuge zierte eine stilisierte Enzianblüte, und zum Tennisspiel trat er stets in einem tadellos gebügelten enzianblauen Trikot an, eine Farbe, die ihm, wie er wusste, ungeheuer gut stand.

Neben dem Dutzend Enzian-Bussen, die er unterhielt, gehörten ihm zahlreiche weitere Beteiligungen und Unternehmungen in Ettengrub und Umgebung, darunter die kostengünstig erworbene Aktienmehrheit bei der Firma Senftlgruber & Söhne Seilbahntechnik AG, die in dem umsatz- und ertragsstarken Geschäft des Skiliftbaus tätig, jedoch von den allesamt rettungslos dem Alkohol verfallenen Senftlgruber-Söhnen bis zur Überschuldung herabgewirtschaftet worden war. Mit der Firma Senftlgruber hatte Scholten Großes vor: Ein »Skiparadies Staufkogleralm« mit der modernsten Gondelbahn nördlich des Alpenhauptkamms, fünftausend Personen pro Stunde Transportkapazität, sechsundzwanzig Schlepp- und vier Sessellifte, Gipfelgastronomie mit Après-Ski-Diskothek im urigen Almhüttenstil, Panorama-Sonnenterrasse und zweitausend Betten, Sommerrodelbahn für die schneelosen Monate – Scholten hatte alles genau im Kopf.

Was der Kreiskommissar in der Umkleidekabine erzählt hatte, musste einen weitsichtigen Entrepreneur wie Scholten natürlich aufs höchste beunruhigen. Er hatte sich entschlossen, einige junge Männer, die er aus dem Tennisclub kannte, für Werkschutzaufgaben einzustellen und sie entsprechend ausbilden zu lassen. Kastenbauer war erneut eine große Hilfe gewesen, hatte den Kontakt zu einigen seiner Polizisten hergestellt, die in ihrer Freizeit den künftigen Werkschützern das Nötige beibrachten. Einstweilen hatten die jungen Leute nicht viel zu tun, lungerten auf dem Betriebshof des Busunternehmens herum, passten auf, dass sich keine verdächtigen Gestalten den Enzian-Bussen näherten, und verbrachten ansonsten viel Zeit im Tennisclub sowie auf dem Kasernengelände, das sie dank Kastenbauers großzügiger Genehmigung gemeinsam mit einigen Polizisten, mit denen sie sich während ihrer Ausbildung angefreundet hatten, zu Übungszwecken nutzen durften. Wenn die Sache mit dem Skiparadies Gestalt annehmen würde, dann, das wusste der Unternehmer Heinz-Hubert Scholten, würde er sie brauchen.

Und das war nicht mehr lange hin. Die Bauern, da war er sehr ruhig, würden ihm ihre Almen für lächerlich geringes Geld überlassen. Schon nächste Woche würden die ersten unterschreiben, die Schwächsten, die der Angst am wenigsten entgegenzusetzen hatten. Welcher Angst? O nein, in der Wahl seiner Mittel war Scholten äußerst delikat. Man treffe sich immer zweimal im Leben, pflegte er mit einem milden

Lächeln zu sagen, und was er damit ausdrücken wollte, war: Fürs Geschäft ist es am besten, wenn der andere auch glaubt, dass er gewonnen hat. Wer aber gewinnen will, hat Angst davor, zu verlieren. Und wenn man mit zwei Dutzend Partnern verhandelt, aber für sein Vorhaben nur eineinhalb Dutzend braucht, dann haben alle vierundzwanzig mächtig Angst, am Ende als vernagelter Narr dazustehen, als feiger und untüchtiger Bauernfünfer, der voll Misstrauen durch das moderne Geschäftsleben stolpert und sich, vor die Wahl gestellt, aus Prinzip und ohne großes Abwägen und Nachdenken für das Festhalten entscheidet, für das Niemalshergeben seiner wertlosen, von den prächtigen stählernen Liftanlagen sorgfältig ausgesparten, kuhfladenbefleckten Almwiesen, statt für den zitrusgelben Ford Capri, mit dessen Erwerb der klügere und wagemutigere Nachbar womöglich schon morgen dem ganzen Dorf beweist, dass in ihm ein gewandter und eleganter Zeitgenosse, ein Mann von Welt steckt, während man selbst das Zeichen der Primitivität und Mistgabelschwingerei auf der Stirne trägt. Nur selten konnte der andere jenseits des Holztischs in der niedrigen Küchenstube, behutsam unterstützt durch die eine oder andere leutselige Bemerkung und den beiläufig eingestreuten Hinweis, dass man beim Nachbarn nebenan mit den Verhandlungen schon weit vorangeschritten sei, der Folgerichtigkeit dieses Gedankengangs widerstehen. Und wenn doch, wenn er es mit einem Gegenüber zu tun hatte, das seit jeher ohne die Hilfe von Gedankengängen jedwelcher Art durchs Leben fand, vielmehr jeglichen Gedankengängen auf das heftigste zu misstrauen gelernt hatte und deswegen dem Festhalten und Niemalshergeben besonders hartnäckig zuneigte, dann gab es immer noch die Bäuerin: mit der ließ sich nach Scholtens Erfahrung in solchen Situationen häufig sehr vernünftig reden. Kurzum, noch vor dem Ende des Jahres glaubte er, die Sache notariell abschließen zu können.

Mit den Bauern, mit denen es etwas zum Abschließen gab, würde er zu Rande kommen, da war er sich einigermaßen sicher. Aber es gab ja immer auch noch andere. Solche, die das alles eigentlich gar nichts anging. Die gar keine Interessen im Spiel hatten, denen nicht um Mehrung von Macht oder Besitz zu tun war, sondern die einfach nur irgendetwas falsch oder richtig fanden. Mit denen es nichts zum Verhandeln gab, weil sie nicht für Gewinn, sondern für den Naturschutz kämpften oder für Sitte und Herkommen, oder denen einfach seine, Heinz-Hubert Scholtens evangelische Nase nicht passte. Und weil diese Herrschaften, das hatte Scholten in seinem langen Unternehmerleben auf bittere Weise lernen müssen, niemals ausbleiben, deshalb war es auf alle Fälle eine gute Idee, rechtzeitig ein zuverlässiges und robustes Trüppchen Werkschützer um sich und seine großen Pläne zu scharen.

## VII

Heinz-Hubert Scholten war ein großer Verfechter der Gondelbahn, und dies nicht nur aus geschäftlichem Kalkül, sondern aus Überzeugung, wie er sagte. Die Alten damals, die Pioniere der touristischen Erschließung der bayerischen Alpen, hatten noch Zahnradbahnen gebaut. Das hatte durchaus auch etwas für sich: Diese brachial in den Fels getriebenen Trassen und Tunnel, diese schwindelerregend kühn über die Schluchten gespannten Viadukte, dieses sture, die Gegenwehr des Geländes mit übermächtiger Gewalt niederringende Vorbohren und Eindringen ins noch so Unwegsame – es war nicht so, dass Scholten sich da nicht hineinversetzen konnte. Schließlich freute er sich selbst wie ein Kind auf die großen Erdbewegungen, die titanische Planier- und Schiebearbeit, mit der seine Bulldozer die Matten und Hänge dort oben in eine skifahrgerechte Form und Neigung ummodellieren würden, Arbeiten, bei denen er persönlich am Knüppel eines der riesigen Fahrzeuge mit Hand anzulegen bereits fest entschlossen war.

Dennoch verstand er, dass das einzig Mögliche heutzutage die Gondelbahn war. Am Ende kam es auf die Kundschaft an, und die hat andere Motive und Interessen als die Herren Ingenieure. Die Kundschaft will die Natur genießen. Die Natur ist bekanntlich unbetreten am schönsten, und da der Mensch nicht fliegen kann, ist die Gondelbahn die bestmögliche Annäherung an den Idealzustand, an einem gänzlich unbetretenen Ort zu sein. In der Gondel schwebt er über Baumwipfel, über Unterholz, über halsbrecherische Steilheiten und Felsabbrüche hinweg, über funkelnde Flächen frisch gefallenen Schnees, durchtupft von den Spuren wilder Tiere, die ohne Hast der Tränke am Bach dort unten zustreben, hier das hochbeinige Gestake von Rehen, dort winzige dreizinkige Zeichen, wie sie nur etwas flaumiges Federleichtes hinterlassen haben kann, hinab in die in den Hang gekerbte Schlucht, wo ein kleines Rinnsal unter lauter kugeligen Schneepolstern hindurch zu Tal gluckert. Was der Kunde von seiner Gondel aus sieht, das macht ihm Freude, und zwar nicht nur, weil er das sonst nicht leicht zu Gesicht bekäme, schon gar nicht von oben, sondern auch, weil die stündlich von fünftausend Leuten genossenen Schneepolster dabei gänzlich unzerstampft bleiben, weil die Tuschzeichnung der Tierspuren nicht stündlich von fünftausend Paar Skistiefelsohlen überstempelt wird, weil der Mensch, wenn er in die Natur strebt und zwanzig Mark für die Tageskarte zahlt, nicht Mensch sehen will, sondern die Abwesenheit von Mensch.

Für die Gondelbahn war eine Talstation vonnöten. Die Talstation, so lautete Scholtens Philosophie, ist von überragender Wichtigkeit: Der Skifahrer will hinaus aus der Welt der Supermärkte und Stauwarnungen, der pfützenreichen

Parkplätze und der juckenden Thermounterwäsche, darüber hinausgehoben werden will er, und getrieben von diesem Drang, humpelt er auf das Gebäude der Talstation zu in seinen gepanzerten Stiefeln, ein Riesenkäfer, ungelenk und vierschrötig, mit schwerem Sportgerät bewehrt und mit Strickmütze und Skibrille behelmt, flieht hinter ihre Tore, passiert das Drehkreuz und bietet dem Torwächter sein Ticket zum Lochen, auf dass er eingelassen und erlöst werde und in einem prekär schaukelnden rotschwarzen Käfig seine Himmelfahrt antreten könne in das Reich, wo es keine Schwere gibt, sondern Pulverschnee und eleganten Schwung und spiegelnde Sonnenbrillen. Und wenn er in diesem Gebäude nicht unverzüglich Trost findet, wenn dort nicht sofort mit der Erlösung begonnen wird, dann bekommt er schlechte Laune, schimpft seine Kinder und bestellt ihnen oben in der Gipfelgastronomie kein Wildererschnitzel, sondern bloß ein Paar Wiener Würstchen mit Senf.

Und hier, so Scholten, zeige sich erneut, dass Ettengrub für ein Skiparadies von Niveau eben ein vorzüglicher Standort sei. Für die Talstation sei nahezu alles schon vorhanden, was es brauche: Parkraumkapazität, Verkehrsanbindung, Bausubstanz, und zwar in Gestalt des vormaligen Balkangrills Plitvice, einst unter dem Namen Gasthaus zum Teufelsschlupf als touristisches Ausflugsziel von überregionalem, mittlerweile stark verblasstem, aber durchaus reanimierbarem Renommee, heute zu einer hässlichen, zu nächtlichen Tanz-Massenorgien missbrauchten Brutstätte des Verbrechens verkommen und daher billig zu haben. Den vorderen Teil des alten Wirtshauses mit seinen Holzbohlen, seinen vom Wetter versilberten Fensterläden, seinen Erkern und Blumenkästen würde man für den Ticketverkauf und als Wartehalle stehen lassen, da fühle man sich gleich ganz alpenländisch, wenn man ein solches Gebäude betreten dürfe. Den hinteren Teil würde man abreißen und den Hof ausschachten müssen, um Platz für

Motoren, Treibrad und Einstiegsrampen zu schaffen. Scholten hatte die Pläne bereits im Groben mit seinem Architekten besprochen. Noch gehörte ihm das Grundstück nicht, aber er hatte die Klugheit besessen, dem im Grundbuch eingetragenen Eigentümer Hrvoje Krejcj in aller Diskretion ein Angebot zukommen zu lassen, hoch genug bemessen, um dem mageren Kroaten vor Gier die Augen aus den Höhlen quellen zu lassen. Alles war glattgegangen, der Kroate hatte unterschrieben, die notarielle Ausfertigung musste jeden Tag im Briefkasten liegen.

## VIII

Im hintersten Mühlbachtal, jenseits der Teufelsschlupfklamm, treten die steilen Waldhänge ein wenig auseinander und lassen Raum für einen ovalen, langgestreckten Talkessel, in dessen Mitte einige Almhütten stehen. Sie gehörten einem Ettengruber Großbauern, der hier im Frühling sein Jungvieh herauftrieb, auf dass es sich über den Sommer unter der Obhut einer Sennerin tüchtig Fett und Kraft anfraß, um im Herbst gedeckt, verkauft oder geschlachtet zu werden. Die Sennerin, Maria Sachs mit Namen und in ganz Ettengrub als »schiache Mirl« bekannt, trotzte all jenen erhitzten Phantasien, zu denen sich leicht entflammbare Temperamente an dieser Stelle hinreißen lassen mögen: Vor der Zudringlichkeit von Jägern, Wilderern, Touristen und des Freiherrn von Ergoldsbach war sie durch ihre sagenhafte Hässlichkeit auf das effektivste gefeit. Sie schielte, ihre beiden Vorderzähne standen waagrecht nach vorn, ihr rötlichbraunes dünnes Haar war an den Schläfen fleckenweise ausgefallen.

Es war Wigs Idee gewesen, uns vieren in einer Art sportlicher Selbstherausforderung zum Ziel zu setzen, die Gunst dieser Frau zu erringen. Im Vertrauen auf sein gewinnendes Lächeln, seine angenehme Stimme und sein hübsches Gesicht trat er auf sie zu, die gerade einen Kübel dampfender Wäsche schleppte, und fragte sie nach einem Glas Milch. Ob sie ihn hörte oder nicht, war wegen ihres Schielens schwer zu sagen, jedenfalls antwortete sie ihm nicht. Wig wiederholte seine Frage. Sie kehrte ihm den Rücken zu, setzte ächzend den Kübel ab und begann die Wäsche an die Leine zu hängen. Als Wig sie zum dritten Mal behelligte, fuhr sie auf ihn zu und begann mit scheppernder, dünner Stimme zu schimpfen. Vieles war unverständlich, aber so viel wurde klar: Sie lasse niemanden herein, ihn nicht und sonst auch keinen, niemand dürfe herein bei ihr, sonst bekomme er ihren Stecken zu spüren, auch den Bauern lasse sie nicht herein, wenn er komme, und den Pascolini Hias nicht, den Zigeuner, und ganz gewiss nicht einen Preußen wie ihn, Wig, und wenn er sich nicht auf der Stelle schleiche und seine Bagage – hier fuchtelte sie in unsere Richtung, die wir mit aufgerissenen Augen und unterdrücktem Kichern hinter Wigs Rücken zusammenstanden – mit zum Teufel nehme, dann werde sie ihren Stecken holen, und dann würden wir schon sehen, was wir davon hätten, und auch keinen Polizisten, wenn einer käme, und auch den Pfarrer lasse sie nicht herein, den Krüppel, den scheinheiligen, weil wenn man da einmal anfange, dann habe man sie bald alle in der Stube und dann fräßen sie einem alles zusammen und das Geld nähmen sie am liebsten auch gleich mit.

Ein anderer hätte sich zu entschuldigen angefangen oder sich zurückgezogen, nicht aber Wig: Er schimpfte mit. Genau, rief er, der Pfarrer, die alte Betschwester, und mit der Polizei müsse man unwahrscheinlich achtgeben, dass die einem nicht Hemd und Hose stehlen, die Brüder. Und während er schimpfte, begann das Gezeter der Frau umzuschlagen, plötzlich lachte sie schrill auf, nickte heftig, zog die Lippen zurück und zeigte ihren Zahnverhau und verstummte schließlich. Wig schimpfte vorsichtshalber noch eine Weile weiter, was ihn keine Mühe zu kosten schien. Wie es denn, fragte er schließlich, schon einigermaßen außer Atem, jetzt mit dem Glas Milch aussehe? Sie habe gar keine Milch, erfuhr er. Hier seien doch bloß Jungtiere, die geben keine Milch.

Ziel unseres Ausflugs war ein Wasserfall, der sich am hinteren Ende des Talkessels über eine Felswand von etwa zwanzig Metern Höhe ergoss. In der Nähe dieses Wasserfalls hatten wir einen Spalt entdeckt, der unsere Neugier weckte: Hinter dem Spalt, der auf einem schmalen, mit Grasbüscheln bewachsenen Felsband ohne allzu waghalsige Kletterei zu erreichen war, schien sich eine Höhle aufzutun. Wie weit sie ging, ob es sich nur um eine oberflächliche Auswaschung handelte oder um den Eingang zu einem kilometerlangen Labyrinth, war ohne künstliches Licht nicht auszumachen. Wir hatten uns zu Hause mit Taschenlampen und Batterien ausgerüstet, mit Proviant, Zelten, Schlafsäcken und einem soliden Hanfstrick, falls es notwendig werden würde, sich im Innern des Berges, tief unter meterdickem Fels, in einen licht- und grundlosen Abgrund abzuseilen – eine Vorstellung, die wir mit trockenem Mund und leichtem Schwindel genossen, während wir schweigsam um das knackende Feuerchen saßen, das wir zwischen den Zelten entzündet hatten, und unsere Hände an den Teetassen wärmten.

Ich saß an eine Baumwurzel gelehnt, in der Ferne rauschte gedämpft der Wasserfall, und als Adam mir ein Stück seines Schlafsacks anbot, nahm ich gerne an, denn die Baumwurzel drückte arg und mir war trotz des vielen Rums im Tee kalt geworden. Er zog den weichen Daunenstoff über meine Schulter, und mich durchrann eine wohlige Schläfrigkeit, im Kopf kreiste mir der Alkohol, und mir war leicht und schwer zugleich, und Adams Brust und Schulter boten mir Stütze und Wärme. Ich schloss die Augen. Adams Hand auf meiner Schulter begann, leise mit meinem Haar zu spielen. Ich spürte ihn meine Schläfe und Wange streicheln, ganz sacht, als streichle er eine Schlafende und habe Angst, sie zu wecken. Eine zarte kleine Berührung. Mein Haar, mein Gesicht, seine Hand. Kurz quoll Panik in mir auf: Was fasst der mich an? Aber, dachte ich mir dann, lass ihn doch. Ist doch schön.

## IX

Ab dem hohen Mittag streift die Sonne die Oberfläche der Felswand im Schluss des Mühlbachtals, und dank dieses Umstands ist der graue Stein von Leben überzogen wie von einer Haut. Überall Moospolster und Flechten, die ihre haarfeinen Wurzeln in seine Ritzen senden, überall krabbelnde Käfer und Ameisen und winzige rote Läuse, und wo immer ein paar Krümel Platz zum Liegenbleiben finden, keimen Grassamen, sprießen büschelweise und verblühen, zerfallen im Winter zu feuchter Erde, vom Wurzelwerk durchschnürt und zusammengehalten.

Diagonal durch die Wand läuft wie eine schlecht verheilte Wunde ein rötliches Band aus brüchigerem Stein. Der Fels unterhalb des Bandes kragt weit vor, deshalb übersieht man leicht, dass sich auf halber Höhe eine Spalte befindet, ein Schlitz von etwa eineinhalb Metern Länge. Man muss das Felsband ein Stück entlangklettern, um den Schlitz überhaupt sehen zu können. Über ihm wölbt sich brüchiges Gestein nach außen, bewachsen von Gras und Farnen, und wenn es geregnet hat, fließt ein schmales Rinnsal aus dem Schlitz, rieselt das Felsband hinab und versickert unten im Geröll. Man muss kriechen, über Dreck und feuchte Kiesel, denn der Schlitz ist nicht hoch. Aber wenn man unter dem niederdrückenden Felsbauch hindurchgerobbt ist, mit zusammengepresster Brust und aufgerissenen Augen, dann weitet sich der Raum, und man atmet wieder freier.

Keine zwei Meter trennen einen vom krabbelnden, keimenden Leben da draußen. Das Tageslicht, das durch den Schlitz fällt, reicht nicht weit. Es bestreicht die weißlichen Ablagerungen, die das Tropfwasser an den Wänden der Höhle hinterlassen hat, den Sinter aus Salz und Kalk, hier knollig wie Pilze, dort als wulstiges Aderwerk. Aber man soll sich nicht täuschen, das lebt nicht, das ist anorganisch, das knirscht unversöhnlich zwischen den Zähnen, wenn man mit dem Finger eine Krume ablöst von der wässrigen Kruste und erprobend an die Lippen führt. Das lebt nicht, denn hier ist allenfalls ein Ort für augenlose Würmer und Krebse, gallertbleich und winzig. Und dort, wo das Tageslicht nicht hinreicht, da kann man spähen und die Augen zusammenkneifen, wie man will, da kommt nichts zurück, da ist das Dunkel so tief wie in der tiefsten Nacht nicht. Wer eine Lampe hat und sie anschaltet, der kann mit seinem Lichtkegel in die Tiefe tasten. Der kann erkennen, dass die Höhle sich nach links hin fortsetzt, abschüssig unter schräger Wand um einen Felsbauch herum, und wer den Mut hat, dem Lichtstrahl hinterherzukriechen, wird hinter dem Felsbauch eine zweite Höhlung finden, eine kleine Halle, in der man aufrecht stehen kann auf einem Bett aus feuchtem Sand.

Wig schnaufte vor Aufregung. Hier, flüsterte er heiser, hat der Höhlenbär seine Jungen großgezogen. In diesem Sand seien Tausende von Knochen zu finden, von Beutetieren, die das Pelztier mit scharfem Zahn zerknackte, den sehnendurchzogenen Kadaver mit seiner Tatze niederhaltend, mit den fünf fürchterlichen Krallen, jede davon so groß wie ein Geißhorn und so scharf wie eine Sichel, ehe ein Geräusch das feine Ohr des Riesen erreichte und ein beißend-schwacher Geruch seine zuckende Nase und er sich brummend aufrichtete, die Äuglein blutrot aufgerissen. Was war da? Was bewegte sich da am Höhleneingang? Fackelschein. Flackerndes Licht an den Höhlenwänden. Furchtbar hallen die Felswände wider vom Gebrüll des Bären. Ein Mensch, ein dünner, nackter, mit langen Haarflechten behangener Mensch. Geduckt, sprungbereit, die niedrig liegenden Augen regungslos auf den gewaltigen, brüllenden Schatten vor ihm fixiert. Den Speer in der Rechten. Noch nicht. Noch nicht. Jetzt! Das riesige Tier schreit auf, an der Kehle getroffen von der nadelscharfen Spitze aus behauenem Feuerstein. Schwarzes Blut pulst aus seinem Hals, während es dem Jäger nachsetzt, doch es hat den Höhleneingang noch nicht erreicht, da knicken seine Vorderpfoten ein. Da röchelt sein Schädel, groß wie ein Felsblock. Da scharren seine Krallen Steinchen auf. Da sackt das Hinterteil zur Seite. Da ist Stille.

Seht mal hier, sagte unterdessen Marina. Im Kegel ihrer Lampe schienen Kisten auf. Hunderte vernagelter Holzkisten. Attenzione, stand auf den Kisten in schwarzer Schablonenschrift geschrieben. Attenzione esplosivo. Und in Öltuch eingewickelte, längliche Ballen. Marina schlug das Öltuch zurück. Metall schimmerte auf. Lasst uns abhauen, flüsterte sie. Lasst uns sehen, dass wir verdammt noch mal von hier wegkommen.

# 5. Kapitel

## I

Ich bin, soweit ich weiß, die Einzige, die Ludwig Vanstraaten noch bei dem Namen nennt, unter dem man ihn in Ettengrub kannte: Wig. Wir sehen uns nicht oft. Dabei lebt er nicht weit weg. Uns trennt nur eine halbe Stunde mit dem Regionalzug. Er ist ein bisschen dick geworden. Seine Frau stammt aus der Umgebung. Sie haben einen Hund.

Zuletzt war ich im Winter dort. Es gibt dort, wo er lebt, unendlich weite Rübenfelder, und durch die von Nässe weißlich eingetrübte Luft darüber fährt ein kalter Wind, der einem an Hals und Ärmeln unter die Kleider dringt. Wigs Frau hatte mir ein Kopftuch geliehen, darum war ich froh. Der Hund stob japsend davon, schwarze Erde aufspritzend zwischen den Rübenschösslingen, und kehrte nach einer Weile wieder, sprang mit hängender Zunge und wehenden Ohren zwischen uns herum, als könne er nicht begreifen, dass wir so traurig dreinsahen. Wir mussten beide lachen.

Wig war Marinas Freund gewesen. Eigentlich war meine Freundschaft zu ihm älter, um ein weniges nur, aber immerhin. Er ist ja mein Jahrgang. Er war im Alter von sechzehn Jahren nach Ettengrub gekommen, nach dem Tod seiner Mutter. Mir war die Aufgabe zuteil geworden, mich um den Neuen zu kümmern, denn die Lehrer wussten nicht recht, wo sie ihn hintun sollten, den norddeutsch näselnden Katholiken, den Spross des Duftinger-Clans mit dem niederländischen Namen, und da kam ich gerade recht: Bei mir wussten sie auch nicht, wo sie mich hintun sollten. Also setzten sie Wig neben mich.

Noch nie war mir ein solches Wesen begegnet. Man hatte uns einen Waisenknaben angekündigt, ein mutterloses Kind aus Hamburg, worunter ich mir ein spitznasiges Bübchen vorstellte, bleich und still und grau wie seine feuchttrübe hanseatische Heimatstadt. Doch Wig: So leicht, so hübsch mit seinen braunen, für Ettengruber Verhältnisse unerhört langen Locken, so voller Grazie und frecher Albernheit und ohne jede Furcht. Wie ein Elf kam er mir vor, eine springende Spottgeburt mit spitzem Schuh und Bernsteinfunken in den Augen und an der Stirn zwei zierlich-spiralene Hörnlein. Wer sonst hätte die Kühnheit aufgebracht, jegliche Anpassung an den hier üblichen schwermäuligen Dialekt, und sei es auch nur dem Tonfall nach, zu verweigern und unbeirrt »Grass« statt Gras, »sacht« statt sagt und »gefleecht« statt gepflegt zu sagen? Wem sonst wäre es eingefallen, den vierschrötigen Pfingsterer Fonse, kleinäugig, misstrauisch und bereit, jeden vermeintlichen oder tatsächlichen Spott über die unleugbar ziemlich trübe Beleuchtung in seiner Dachstube mit ungezügelter Brutalität zu beantworten, abwechselnd »Don Alfonso« und »Jenosse Fingsterer« zu nennen, allem heiseren Protestgebrüll des solchermaßen Gereizten zum Trotz? Nie ereilte ihn dabei die weidlich verdiente Strafe, stets fand er Schutz unter dem Schild seines heiteren und harmlosen Gelächters, zumal sein Spott eine Waffe war, deren potentielle Schärfe der Pfingsterer Fonse und seinesgleichen auf dumpfe Weise ahnten und sich daher Zügel auferlegten. So blieb Wig unbegreiflicherweise unverprügelt, und ich saß neben ihm und staunte, bis er mir eines Tages sanft die Hand auf den Arm legte und mich vertrauensvoll darauf hinwies, dass ich wenigstens den Mund zumachen sollte, wenn ich schon die Augen nicht von ihm wenden könne.

Meine Schwester hielt sich indessen mit Staunen nicht lang auf. Kaum hatte sie den braunäugigen Jungen an meiner Seite wahrgenommen, da stand ihr Entschluss auch schon fest: Dieser sollte ihr gehören. Und ehe ich mir noch halbwegs über meine Empfindungen klargeworden war, hatte Wig die

Waffen schon gestreckt und sich bedingungslos ihrer Übermacht ergeben, ließ sich von ihr umschlingen und küssen und vergrub sein Gesicht in ihrem duftenden Haar, und so wenig sich die beiden damals in meiner Gegenwart ihrer zärtlichen Verliebtheit schämten, so peinlich vermeidet heute jener dickliche ältere Herr im Lodenmantel, der sein rechtes Bein kaum merklich nachzieht und sich dort gerade seufzend nach dem speichelnassen Stöckchen zu seinen Füßen bückt, um es zur überschnappenden Freude seines Hundes über den Rübenacker zu schleudern, den Namen meiner Schwester, der bemerkenswert schönen und mit ungewöhnlicher Willens- und Entschlusskraft begabten, leider viel zu früh und auf schauderhafte Weise ums Leben gekommenen Marina Friedmann, auch nur ein einziges Mal in den Mund zu nehmen.

## II

In Ettengrub sorgte die Nachricht, dass Kurt Duftinger eineinhalb Jahrzehnte zuvor der Urlauberin Karin Vanstraaten aus Hamburg ein Kind gemacht hatte, für Fassungslosigkeit. Niemand hatte dem Brauchtumswächter eine solch leichtlebige Tat zugetraut. Hätte man gewusst, dass Duftinger dabei im Verführungsspiel eher eine leidende denn handelnde Rolle gespielt hatte – die temperamentvolle Karin hatte sich, vom täglichem Briefwechsel mit ihrem fernen Hamburger Geliebten ebenso frustriert wie erregt und auf der Suche nach Gelegenheiten, sich Erleichterung zu verschaffen, kurzerhand den Zusteller unterworfen –, dann hätte dies den verblüfften Respekt, den man dem virilen Briefträger zollte, erheblich geschmälert. Das wusste aber keiner, und Duftinger hütete sich, dem scherzhaft drängenden Nachfragen nach dem Wie und Wann und Wo mehr als ein ärgerlich-geschmeicheltes Lachen entgegenzuhalten.

Man muss ihm zugutehalten, dass er seinen Sohn Ludwig Vanstraaten, den er bis dahin nur von einem vergilbten Babyfoto her kannte, vorbehalt- und einschränkungslos in seine Familie aufnahm. Duftinger strebte nicht nur in der Brauchtumspflege, sondern auch in seiner Position als Familienvater nach monumentalem Format und stellte an seine Angehörigen, was Loyalität und Zusammenhalt anging, die allerhöchsten Ansprüche. Selten saßen um seinen Tisch weniger als vierzehn Menschen. Sämtliche seiner Kinder lebten noch unter seinem Dach, mitsamt den Schwiegerkindern und Enkeln. Nie hätte er einer Frucht seines Samens gestattet, sich vom Vaterhaus loszusagen und einen eigenen Hausstand zu gründen: Stachi, der älteste der Brüder, hatte etwas Vernünftiges gelernt, Steuerprüfer nämlich, verdiente dreimal so viel Geld wie sein Briefe verteilender Vater, besaß ebenfalls einen mehr als stattlichen rabenschwarzen Vollbart sowie genügend Manneskraft, um alle achtzehn Monate ein neues Kind zu zeugen, deren es bei Wigs Eintreffen bereits fünf gab, und hatte trotzdem im Hause Duftinger schlechthin nichts zu sagen. Azi, der Zweite, neigte zu Schwermut, war ohne Frau und Beschäftigung und fuhr einmal im Monat nach München, um dort ein Männerbordell aufzusuchen. Gidi, der Jüngste, war selten daheim, da die meiste Zeit mit Hias unterwegs. Loni, die Tochter, hatte einen Zimmermannsgesellen geheiratet, einen misslaunigen mageren Menschen namens Unger, der zu Anfang mehrfach durch Eigensinn und Aufsässigkeit den Zorn des Patriarchen auf sich gezogen, sein Fehlverhalten mit wochenlanger totaler Isolation im Hause Duftinger gebüßt und sich daraufhin mit Hilfe der Obstbrandflasche das nötige Maß an Unterordnung angewöhnt hatte. Die Schwiegertochter, Frau seines Sohnes Stachi, ein dickliches Wesen mit braunem Flaum auf der Oberlippe, war dem Senior bis zur Vernarrtheit ergeben und obendrein so sehr mit Kinderkriegen beschäftigt, dass in ihr der Wille nach eigenen, nur ihr zugehörigen Lebenskoordinaten gar nicht erst entstand – ein Weg, den vor ihr schon ihre Schwiegermutter gegangen war, eine sehr liebe, aber außerhalb ihres mütterlichen Wirkungskreises so gut wie nicht vorhandene Frau.

So war das Haus, das Wig in seinem sechzehnten Lebensjahr bezog, beschaffen. Man stellte ihm ein Bett in Gidis die meiste Zeit verwaistem Zimmer auf und wies ihm am Tisch einen Platz zwischen Stachis Ältestem, einem weichen Knaben von elf Jahren, und der Dienstmagd zu. Seine beiden Tischnachbarn erwiesen sich als derart schüchtern, dass Wig nichts übrigblieb, als seine Mahlzeiten in stummer Kontemplation einzunehmen. Dem Tischgespräch konnte er oft nicht folgen, des hochreinen Dialektes wegen, auf den man in diesem Haus so großen Wert legte. Wig aß nicht viel, ihm schlug die schwere Kost auf den Magen.

Vater Duftinger saß nach dem Essen meist in sich gekehrt auf der Bank, kämmte mit seinen dicken Fingern seinen Patriarchenbart und horchte in sich hinein, ob sein Körper auch diesmal wieder die an ihn gestellte Aufgabe würde bewältigen können. Dabei hob sich hin und wieder ruckhaft sein gewaltig aufgewölbter Leib, traten seine Augen leicht hervor und füllten sich seine Backen mit Gasen, die er, nachdem der Andrang vorüber war, mit einem leisen Schmatzen entweichen ließ. In einem dieser Momente hielt er Wig an, der nach beendeter Mahlzeit seiner Wege gehen wollte. Er solle sich doch zu ihm hersetzen. Da her, neben ihn. Ob er, fragte Duftinger und ließ seine kohlschwarzen Augen bekümmert auf dem Jungen ruhen, ob er wisse, wie sehr er seiner Mutter gleichsehe? Die Karin, seufzte er. Als Wig schwieg, setzte er zu einem neuen Seufzer an: Das Leben! Die Karin! Ein früher Tod, ein tragischer Tod. Da dürfe er gar nicht dran denken. Die Karin! Er könne sich ja noch so gut an sie erinnern. Er könne gar nicht glauben, dass das jetzt schon sechzehn Jahre her sein soll. Er habe sie sehr gerngehabt. Wahnsinnig gut Ski gefahren sei sie. Wenn sie ins Zimmer gekommen sei, dann sei das gewesen, wie wenn einer das Fenster aufgemacht und frische Luft hereingelassen hätte. So eine Lustige! Dabei ein tiefgläubiger Mensch, im Herzen. Sei ihm sowieso lieber, wenn einer das nicht so nach außen trägt, sondern mehr … Nur der Sinn fürs Familiäre, der sei ihr halt ganz und gar abgegangen. Sie hätte ja in Ettengrub bleiben können, das Kind hier zur Welt bringen. Duftinger hielt inne und überlegte einen Moment.

Aber sie habe nicht gewollt. Sie habe halt unbedingt heimfahren wollen, nach Hamburg hinauf. Da habe er doch nichts machen können, fragte er und warf einen Blick auf Wig, der stumm zu Boden sah. Da habe er doch nichts machen können, oder? Duftinger seufzte und schwieg. Dann fuhr er seinen Arm aus, und Wig sah sich mit einemmal an seine lodenüberspannte, nach Bratenfett und Schweiß duftende Brust gepresst. Jetzt bist du daheim, Bub, hörte er Duftinger gedämpft sagen. Die Pranke, die seine Schulter umklammert hielt, begann ihn sacht zu wiegen. Jetzt bist du daheim.

## III

Wig hatte, sobald Marina ihn in Vorderried eingeführt hatte, unsere Gastfreundschaft bald der des Briefträgers vorgezogen, und schon nach kurzer Zeit verbrachte er, wie so viele vor ihm, erst die Tage, dann auch die Nächte unter unserem Dach, genauer gesagt im Schlafzimmer Marinas, wogegen meine Mutter keine Einwände hatte oder zumindest vorbrachte, zumal sie und Wig ohnehin sofort enge Freundschaft schlossen: Wig hatte bei ihrer ersten Begegnung mit sicherem Blick einen Ton angeschlagen, in dem sich tadellose Manieren und freundschaftlicher Spott zu einer Mischung zusammenfanden, der meine Mutter wehrlos ausgeliefert war. Obendrein hatte Marina die Klugheit besessen, vorbeugenderweise mit dem unschuldigsten Gesicht der Welt meiner Mutter den ganz und gar abwegigen Vorschlag zu machen, Wig das Zimmer von Seb Rothkehl zu geben, der schlafe dort doch so gut wie nie.

Kurt Duftinger freilich war weniger leicht zufriedenzustellen. Es war ein Sonntag, als er kam, um seinen jüngsten Sohn heimzuholen und uns zur Rede zu stellen. Nie sah ein bayerisches Mannsbild prächtiger aus als Kurt Duftinger in seiner Feiertagstracht: genageltes Schuhwerk, graugestrickte Wadenstrümpfe, zwei nackte Knie, bucklig und leicht gerötet, der Saum der schwarzen Lederhose, seitlich mit grasgrünem Seidenband verschnürt und mit gleichfarbiger Eichenlaubstickerei appliziert, die Hose nach oben hin stark in die Breite geschnitten wie ein Blumentopf, um den mächtig auswölbenden Leib aufzunehmen, und vorne mit einem ebenfalls reich bestickten Hosenlatz versehen, in dem eingehakt Duftingers linker Daumen seine Ruhestätte fand. In der Rechten hielt der Briefträger eine Tabakspfeife an langem Stiel – ein schönes altes Stück, dessen Porzellankopf ein liebevoll gepinseltes Miniaturporträt des Prinzregenten Luitpold zierte und das von Duftinger, ohnehin Nichtraucher, aus konservatorischen Gründen stets unbefüllt und unentzündet zur Schau getragen wurde. Die hellgraue Lodenjoppe trug er lose über den Schultern, denn er verfügte über zwei sehr kräftige und wohlbehaarte Unterarme, die er nur ungern in gefütterten Ärmelschäften verbarg, zumal ihn diese Art des Jackentragens zu einer kerzengeraden Haltung zwang, die ihm Würde und Dekor verlieh und seinen schwarzen, gewaltig über die Brust hinabringelnden Bart schön zur Geltung brachte. So stand er, Statue eines zürnenden Gottes, in unserem Hausflur und verlangte, unverzüglich zu seinem Sohn geführt zu werden.

Es war freilich noch ziemlich früh am Morgen. Meine Mutter, unfrisiert und im Morgenmantel, mühte sich, den Zornigen zur Annahme einer Tasse Kaffee zu überreden, was dieser brüsk ablehnte. Endgültig verlor Duftinger die Beherrschung, als meine Schwester Marina, von den lauten groben Worten geweckt, die Treppe herabkam, mit vom Schlaf geröteten Wangen und in ihre Steppdecke gehüllt. Grüß Gott, Herr Duftinger, flüsterte sie mit glücklichem Lächeln, während sie, die Verhüllung ihrer Blöße vor der Brust zusammenhaltend, sich auf die Zehenspitzen stellte, um dem Zurückweichenden einen Kuss auf die haarige Wange zu hauchen. Duftingers aufgerissene Augen traten leicht hervor, als er den Duft des gerade erwachten Mädchens einatmete. Er stolperte zurück. Als Marina ein überraschtes und spöttisch-befremdetes Gesicht machte und leise zu lachen begann, hob Duftinger mit überschnappender Stimme an zu keifen, woraufhin Marina kichernd und auf leichten Füßen in den Oberstock entfloh, die Decke um ihren schlanken Leib gerafft, und statt ihrer auf der Treppe einer auftauchte, der es an massig-männlicher Körperlichkeit mit dem Briefträger mühelos aufnehmen konnte: Seb Rothkehl, in seinem Morgenmantel aus flanellenem Plaid, ein lutherischer Franke zwar, aber keiner, der sich von einem wie Duftinger einschüchtern zu lassen geneigt war. Seb donnerte dem Briefträger entgegen, er möge schauen, dass er hinauskomme, sonst werde es ihn reuen. Als das nichts bewirkte, als Duftingers Gezeter in immer schrillere Stimmlagen zu treiben, trat Seb auf ihn zu und brach ihm mit einem gerade geführten Fausthieb die bis dahin so edel geformte Nase. Duftinger floh, Hemd und Joppe über und über mit Blut besudelt und die Scherben seiner zerborstenen Tabakspfeife anklagend vor sich hertragend, nicht ohne Seb und der ganzen Familie Friedmann ein grässliches Ende vorherzusagen. Wig indessen, der Anlass des ganzen Durcheinanders, hatte die ganze Zeit hindurch selig geschlafen.

## IV

Die Polizeikaserne von Ettengrub betritt man, wie alle Behörden dieser Welt, über eine Art Schleuse, einen Vorraum mit gesondertem Ein- und Ausgang, geteilt durch eine spiegelnde Glasscheibe, hinter der zwei oder drei Uniformierte sitzen. Der Schleusenmechanismus ist nicht ganz einfach in Betrieb zu setzen: Ein Gruß, freundlich oder forsch, reicht keineswegs, um das eigene Eintreten zu einem amtlicherseits wahrgenommenen Vorgang zu machen, noch viel weniger ein Klopfen gegen das Glas. Vielmehr ist es, das muss man wissen, dazu unumgänglich, seinen Personalausweis in ein Fach zu legen, das unter der Scheibe hin- und hergeschoben werden kann. Mit dieser Tat setzt sich die Schleuse rasselnd in Gang, der diensthabende Offizier hebt den Kopf, fragt nach Name, Wunsch und Termin, trägt die erteilten Auskünfte in eine Tabelle ein, hebt einen in die Tischplatte eingelassenen Hörer, entnimmt einer zerfledderten Liste eine Nummer, wählt dieselbe, spricht, horcht und fingert unterdessen ein Kärtchen nebst praktischer Anklemmschnalle aus einem Umschlag, legt diesen in das Schiebefach, das sich dem Zugriff des Besuchers öffnet, und siehe: Er ist oben, die Tore tun sich auf, er ist endlich auf Behördenniveau angelangt und darf hinein.

So jedenfalls im Normalfall. Im Falle Kurt Duftingers indes, der in seiner besudelten Feiertagstracht, Nase und behaarte Oberlippe schwärzlich verkrustet und schnaubend vor Empörung und Scham, auf direktem Weg zur Polizei gelaufen war, um Strafanzeige zu erheben wegen Körperverletzung und Kindsentführung, im Falle Kurt Duftingers blieb die Schleuse geschlossen. Die Uniformierten hinter der Glasscheibe schwenkten, nachdem sie die Sache unter sich ausführlich erörtert und in verschiedenen Telefonaten extern Rat und Anweisung eingeholt hatten, nur verweigernd ihre

Köpfe. Er möge sich erst einmal waschen, wurde ihm beschieden. Und dann um einen Termin nachsuchen. Brieflich oder fernmündlich. Duftinger schnaufte und drohte, aber die Polizisten blieben stur. Schließlich gab der Briefträger auf und verlangte seinen Ausweis zurück. Der Beamte rief daraufhin etwas über die Schulter in Richtung seines Vorgesetzten, der sich im dämmrigen Hintergrund der Amtsstube an irgendwas zu schaffen machte. Der Vorgesetzte rief etwas zurück, daraufhin sah man die beiden lachen. Schließlich wurde der Diensthabende wieder ernst, wandte sich mit runden offenen Augen dem Bittsteller zu und schwenkte erneut den Kopf, ganz langsam, nach links und nach rechts und wieder zurück.

Duftinger war natürlich als exponierter Repräsentant des katholischen Bevölkerungsteils Ettengrubs in höchstem Maße verdächtig, Kontakte zum Habererbund zu unterhalten – ein Verdacht, der nun wahrhaftig auf der Hand lag, für den es aber unglücklicherweise keinen belegbaren Anhaltspunkt gab, weshalb es ihm mit Unterstützung eines tüchtigen katholischen Rechtsanwalts gelang, in der Landeshauptstadt München eine einstweilige verwaltungsgerichtliche Verfügung zu erwirken, die in knapper und für einen Richterspruch ungewöhnlich scharf formulierter Weise forderte, dem Antragsteller seine Ausweispapiere unverzüglich wieder auszuhändigen. Beigefügt war die Abschrift einer ebenfalls von Duftinger erlangten richterlichen Feststellung, wonach das alleinige Sorge- und Aufenthaltsbestimmungsrecht für den minderjährigen Ludwig Vanstraaten dem Antragsteller zustehe, welches nötigenfalls bei den Beklagten Friedmann und Dr. Rothkehl mit polizeilichen Mitteln durchzusetzen sei. Auf diese Weise gelangte der Vorgang auf den Schreibtisch des Kreiskommissars Eugen Kastenbauer, der sich entschied, sich persönlich ein Bild von der Sachlage zu machen.

# V

Es war Seb Rothkehls Idee gewesen, im Kreise unserer Freunde das Stück »Der Pfarrer von Kirchberg« von Ludwig Anzengruber aufzuführen. Seb hatte eine Schwäche für alpenländische Mundartdichtung des mittleren 19. Jahrhunderts, die sich in seinen Augen von der späterer Zeiten dadurch unterschied, dass ihr Glaube an Ursprünglich- und Naturwüchsigkeit seinerseits noch ganz ursprünglich und naturwüchsig gewesen sei, noch ganz staunendes Erkennen des verheißungsvollen Neulandes, das betrat, wer die Raffinesse und Aufregung der Großstadt hinter sich zu lassen und gebückten Hauptes in die niedrigen Bauernstuben und schlicht ausgemalten Kirchenschiffe dort draußen einzutreten wagte, draußen auf dem Lande, das man als Provinz, als Ort stumpfester Langeweile, bedrückendsten Elends und geistlosester Schufterei gerade erst zu verachten verlernt hatte.

Wir hatten in unserem Haus eine kleine Bühne, die sich mit den im Rahmen eines Volksstücks erforderlichen simplen Mitteln passabel bespielen ließ. Wir hatten in Wig einen wunderbaren Pfarrer Hell und in Marina ein wunderbares Annerl, wogegen Seb selbst den höchsten Spaß daran hatte, den eisigen Part des Grafen von Finsterberg zu übernehmen. Was uns fehlte, war jemand, der sich für die Rolle des Wurzelsepp eignete.

Wir hatten Mühe, ernst zu bleiben, als wir aus Sebs Mund vernahmen, dass in diesem Stück allen Ernstes eine Figur namens Wurzelsepp auftaucht. Es sei schlimm genug, so klärte er uns auf, zu sehen, wie die moderne Zeit die Heimatdichtung so sehr ins Kitschige und Ordinäre verzerren konnte. Doch keiner Schöpfung dieses Genres sei übler mitgespielt worden als der dem Geist des großen Anzengruber entsprungenen Figur des Wurzelsepp: Selten sei der moderne Mensch so schonungslos in seinem Zwiespalt gezeichnet worden, predigte er. Der Wurzelsepp heiße so, weil ihn der Menschenhass hoch ins Gebirge hinaufgetrieben habe, wo er mit dem Sammeln von Kräutern und dem Stechen von Wurzeln einen kümmerlichen Lebensunterhalt zusammenkratze, weit oben über dem Treiben seiner ebenso fröhlichen wie vernagelten Kirchberger Landsleute, deren Bigotterie ihn einst vertrieben hatte, seiner Landsleute, denen er mit dem Grimm eines entthronten heidnischen Gottes von dort oben zusehe, bis zum Knirschen erfüllt von dem Wunsch, dreinzufahren und das wimmelnde Volk mit eiserner Faust zu zerdrücken, und doch vollkommen ohnmächtig. Diese Figur sei eine der großen Schöpfungen der alpenländischen Literatur und es geschehe dem modernen Menschen nur recht, wenn er in diesem Porträt seiner selbst jetzt nur noch eine alberne, verhutzeltliebenswerte Karikatur zu erkennen vermöge.

So sehr uns diese eindringliche Predigt einleuchtete, so wenig vermochte sie gegen den Lachreiz auszurichten, der uns in jeder zweiten Zeile übermannte. Vor allem Wig hatte es schwer. Sein Pfarrer Hell hatte einen so treuen, so ernsthaften und gradherzigen Text zu sprechen, voll reinen Ringens um das Richtige, dass es ihn schier zerriss. Solange die Rolle des Wurzelsepp unbesetzt war – Adam hatte sich nach einem halbherzigen Versuch erwarteterweise als vollkommen ungeeignet erwiesen –, probten wir vorläufig nur die Szenen im Pfarrhaus, wo der Pfarrer und sein Annerl miteinander Zwiesprache halten. Das Annerl, gespielt von Marina, war an sich in ihrer holden Schlichtheit ein noch viel ärgerer Kitzler. Marina selbst widerstand dem Lachreiz indessen in bewunderungswürdiger Weise: Sie machte große Augen und sang ihre Verse – zwei kirschrote Backerln, zwei Äugerln wie d'Stern – mit einer kugelrunden Unschuld, jodelte sogar, wie vom Textbuch vorgeschrieben, mit glockenheller Stimme, doch so ernst sie selbst dabei blieb, uns andere schüttelte es darum nur umso mehr, bis selbst Seb seinen Verdruss fahren-

und sich von unserem haltlosen, unwiderstehlichen, atemverschlagenden Gelächter mitreißen ließ.

In diesem Zustand fand uns Kastenbauer. Er hatte länger warten müssen, da niemand sein Läuten hörte. Er war unangemeldet und unbegleitet gekommen, und als seine schmale, verbindlich lächelnde Gestalt, begleitet von meiner Mutter, in der Tür des Bühnenraums erschien, dauerte es eine Weile, bis wir ihn bemerkten.

Marina war es, die ihn erkannte. Mit einem jodelnden Jauchzer sprang sie von der Bühne auf ihn zu. Grüß Gott, schnurrte sie und nahm ihn beim Ellbogen. Das sei jetzt aber wirklich sehr schön, dass er da sei. Er solle nur gleich mit hinauf auf die Bühne kommen. Der Kreiskommissar ließ sich widerstrebend mitziehen und fand sich schließlich auf der Bühne wieder, ein Textbuch in der Hand, in dem ihm Marinas weicher kleiner Zeigefinger flink die geforderte Stelle gewiesen hatte. Mit einem scheuen Lächeln sah er sich um, dann schüttelte er leicht den Kopf und las seinen Part. Wir warteten.

An der besagten Stelle sitzt der Pfarrer Hell in seinem Garten, beglückt und verwirrt, als der Wurzelsepp sich über den Zaun schwingt. Der gequälte Mann aus dem Gebirg hatte den Pfarrer belauscht, und jetzt entdeckt er sich ihm, gleichzeitig schleicherisch und entschlossen. Dem Mann, der das Pfaffengewand trägt, dem will er Übles, und zwar aus keinem anderen Grund, wie Kastenbauer mit gleisnerischem Gleichmut artikuliert, als weil's ihn freue, einen von denen da zu sehn, wo er vor zwanzig Jahren sich gwunden habe wie ein Wurm! Damals sei er auf die Knie gelegen vor dem Pfarrer und habe gesagt: Herr! Das Dirnlein ist mir in die Seele gewachsen, wenn sie auch eine Lutherische ist! Doch der hartherzige Vorgänger Hells habe ihm die Trauung verweigert und das ganze Dorf aufgehetzt gegen ihn. Und so, erzählt Kastenbauer ruhig und eindringlich, habe er dem Herzen gesagt, es solle stille sein, und das Herz habe gehorcht, habe sich dreingefügt, und seit der Zeit habe es ihm nicht mehr dreingeredet, recht stad sei es in ihm geworden, er habe sein Gewerk auf den Nagel gehängt, sei da hinaufgekraxelt auf die Berge, recht hoch, wo es so still und kalt ist, und jetzt sei er recht froh, den liebenswürdigen Bewohnern von Kirchberg ein Licht aufstecken zu können über ihren verliebten Pfarrer und seinen vertrauten Umgang mit seiner Dienstmagd Annerl.

Als sein Monolog geendet hatte, sah Kastenbauer auf. Wir waren stumm. Nach einer Weile räusperte sich Seb und sagte: Das sei ganz außerordentlich gewesen.

Kastenbauer ließ das Textbuch sinken und lächelte. Danke, das freue ihn. Nicht dass es ihm keine Freude bereiten würde. Aber er habe leider fürs Theaterspielen keine Zeit. Er drückte uns allen die Hand und verabschiedete sich. Niemand hielt ihn auf.

Und erst als er fort war, fiel uns ein, dass wir ganz verabsäumt hatten, ihn zu fragen, was ihn eigentlich zu uns geführt hatte.

## VI

Von Vorderried fuhr Kastenbauer direkt zum Haus Kurt Duftingers, den er in seiner Stube bei der Lektüre der Zeitung antraf. Es handelte sich dabei, wie Kastenbauer mit einem Blick bemerkte, um ein katholisches Blatt, allerdings gemäßigt und auf scharfe Abgrenzung gegenüber den Extremisten vom Habererbund bedacht. Duftinger saß mit gerunzelter Stirn auf der Bank und reinigte beim Lesen mit Hilfe eines hölzernen Zahnstochers seine starken weißen Zähne. Als seine Frau den unerwarteten Gast ins Zimmer führte, sah er kurz auf. Dann versenkte er sich wieder in die Zeitung, machte zwischen zwei Backenzähnen ein saugendes Geräusch und stieß schließlich gequetscht hervor: Sie wünschen?

Kastenbauer ignorierte diese Frage. Stumm wandte er sich der Wand zu, an der allerhand Fotografien und Porträts von Mitgliedern der Familie Duftinger hingen, die er mit hinter dem Rücken gefalteten Händen einer eingehenden Betrachtung unterzog. Schließlich blieb er vor einem großformatigen Rahmen stehen, führte die Rechte nachdenklich zum Mund und klopfte mit gekrümmtem Zeigefinger gegen das Glas. Der da, sagte er und zeigte auf das unscharfe Abbild eines mageren jungen Mannes, der in vorderer Reihe, umrahmt von Familienmitgliedern, in hockender Position in die Kamera blinzelte. Der da. Das sei doch der Gidi.

Duftinger raschelte mit der Zeitung, ohne den Kopf zu heben.

Kastenbauer wandte sich auf dem Absatz um und trat an den Tisch. Er nahm einen Stuhl, setzte sich, streckte die Hand aus und rupfte dem sprachlos starrenden Duftinger mit zwei Fingern die Zeitung aus der Hand, knüllte sie zusammen und warf sie fort. Herr Duftinger, sagte Kastenbauer ruhig. Ich will doch von Ihnen gar nichts. Sie wollen doch was von mir.

Duftinger starrte ihn eine Weile an, aus knopfrunden schwarzen Augen und mit schwer arbeitender Kiefermuskulatur. Dann zog er hörbar Luft ein, bückte sich zur Seite und hob eine lederne Mappe auf, die neben ihm auf der Bank gelegen hatte. Er legte sie vor sich auf den Tisch, schlug sie auf und entnahm ihr ein gelbstichiges Farbfoto, das er Kastenbauer vorlegte.

Das, sagte er heiser und räusperte sich, das sei sein Sohn Ludwig im Alter von drei Monaten.

Anschließend entnahm er der Mappe ein Dutzend gefalteter Bögen dünnen hellblauen Briefpapiers, rotblau umrandet und mit blassen Schriftzeilen gefüllt. Er löste den obersten Bogen aus dem Packen, entfaltete ihn und legte ihn ebenfalls vor Kastenbauer hin.

Das sei das Schreiben von ... Duftinger unterbrach sich, um seine Faust zum Mund zu führen, als müsse er husten. Er hustete aber nicht, sondern verharrte einen Moment in dieser Stellung. Dann richtete er sich wieder auf. Das, fuhr er fort, sei das Schreiben, mit dem ihn die Mutter, die tragischerweise so jung verstorbene Mutter seinerzeit von der Geburt in Kenntnis gesetzt habe.

Duftinger nahm einen weiteren Brief, faltete ihn auf und legte ihn auf den Tisch: Und hier ein weiteres Schreiben, datiert genau zehn Tage nach dem ersten. Er weise darauf hin, dass hier – Duftinger legte seinen behaarten Finger auf eine Stelle in der Mitte des Briefes – die Verfasserin dem Adressaten für seine lieben Worte danke. Und hier – Duftinger schob seinen Finger ein paar Zeilen weiter – heiße es, dass der Bub schon ganz seinem Vater ähnlich sehe. Er nahm einen weiteren Brief. Aus diesem Brief, sagte er, gehe ganz klar hervor, dass der Adressat den dringlichen Wunsch geäußert hatte, den Knaben Ludwig recht oft zu sehen und bei sich zu haben für etliche Zeit. Duftinger sah Kastenbauer an, die Augenbrauen in die Stirn gezogen. Und dass diesem Wunsch die Verfasserin leider nicht habe entsprechen wollen. Mit dem Finger tippte er auf die betreffende Zeile. Ferner, sagte er und blätterte in der Mappe, ferner befinde sich in seinem Besitz eine vollständige und lückenlose Auflistung aller Alimentenzahlungen, die er nach Hamburg geleistet habe über all die Jahre.

Und schließlich, sagte er, habe er hier die Bescheide. Er legte zwei maschinenschriftliche Schreiben auf den Tisch, auf denen der Stempel der bayerischen Justizbehörden prangte. Er gehe davon aus, sagte Duftinger, der zuletzt recht laut geworden war, jetzt wieder mit ganz ruhiger Stimme, dass er diese beiden richterlichen Anordnungen amtlicherseits als bekannt voraussetzen dürfe? Jedenfalls, fuhr er fort, bestehe er auf pünktlicher und vollständiger Umsetzung. Ob der Herr Kreiskommissar noch Fragen habe?

Kastenbauer lehnte sich zurück und lächelte. Ja, sagte er. Eine Frage. Duftinger sah ihn an. Wie es denn dem Gidi gehe?

Während Duftinger verwirrt schwieg, nahm Kastenbauer die beiden Gerichtsbescheide und begann, sie zusammenzufalten. Er faltete sie bis auf Briefmarkengröße, dann beugte er sich über den Tisch und steckte sie seinem blinzelnden Gegenüber in die bestickte Brusttasche seines leinenen Trachtenhemdes.

Er sei, sagte er lächelnd und stupste mit zwei Fingern das Papier an Duftingers regungsloser Brust zurecht, er sei zu dem Schluss gekommen, dass seine Aufgabe darin bestehe, die Anzahl der Duftinger-Söhne eher zu verringern denn zu vermehren. Daher halte er es für besser, den Buben da zu belassen, wo er ist. Zumal er sich seinem Eindruck nach dort recht wohl befinde.

## VII

Am folgenden Tag, kurz vor sieben Uhr morgens, detonierte vor dem Münchner Innenministerium ein mit Sprengstoff bepackter Lieferwagen und riss die Leiber von sechzehn Menschen in Stücke, darunter vier Passanten, der jüngste drei Jahre alt, acht Polizisten, drei Zivilbeamte sowie der Staatssekretär des Inneren, der gerade aus seiner gepanzerten Limousine gestiegen war und dem wachhabenden Kommandeur zur Begrüßung die Hand schüttelte. Die beiden ineinander verschränkten Hände hatte man später unter den Trümmern des Eingangsportals gefunden, ein Detail, das jedem Zeitungsleser dieser Tage auf merkwürdige Weise ins Gedächtnis gebrannt ist, obwohl es doch eigentlich gar nichts besagt. Als die Toten fortgeschafft, die Verletzten versorgt und der Rauch, der Mörtelstaub und der Geruch frisch vergossenen Blutes verweht waren, trat der Minister nur leicht an Stirn und Wange durch Glassplitter verwundet und mit einem schmucken Kopfverband angetan – vor die Absperrungen, wo die Fernsehkameras warteten, und gab bekannt, dass er alle Grenzübergänge nach Tirol habe sperren lassen. Erhebliche Polizeikräfte verstärkten dort die Besatzungen der Kontrollstationen. Die Geduld, so drückte sich der Minister aus, habe jetzt ein Ende. Man werde die feigen Mörder stellen und mit bis dahin nicht gekannter Härte bestrafen, koste es, was es wolle.

Mit dem Fall Duftinger konnte dieser bis dahin mörderischste Anschlag des Habererbundes, anders, als der Freiherr von Ergoldsbach in seiner Chronik düster andeutet, schon deshalb nichts zu tun haben, weil das Drama um Vater und Sohn zu diesem Zeitpunkt nur einer Handvoll Leute in Ettengrub überhaupt bekannt war. Etwa zu dem gleichen Zeitpunkt, da in München der Sprengsatz explodierte, kam in Ettengrub, genauer gesagt, in der Tenne auf dem Teufelsschlupf, Gidi Duftinger die enge Treppe zu Hias' Gemach heraufgeklettert. Seinem Vater, erzählte Gidi dem schlaftrunkenen Freund, gehe es schlecht. Er sei ganz schlecht beieinander, seit sein Hamburger Bankert, der Hundskrüppel, auf und davon sei. Er kenne doch diese Familie Friedmann. Ob er etwas dagegen habe, wenn er, Gidi, sich den Peter, den Schorsch und noch ein paar nehme und der Saubande mal einen Besuch abstatte?

Hias, den Kopf tief ins Kissen vergraben, grunzte nur. Neben ihm regte sich etwas, und aus den Tiefen der Decke tauchte der zerstrubbelte Kopf eines Mädchens auf, das Gidi verschlafen anlächelte. Servus, sagte sie. Gidi nickte knapp. Das Mädchen zog sich kichernd wieder unter die Decke zurück und begann sich an Hias zu schaffen zu machen, woraufhin sich dieser ächzend auf den Rücken drehte.

Gidi wartete. Auf Hias' Gesicht zeichnete sich ein seliges Lächeln ab, während unten unter der Decke einiges in Bewegung geriet. Er brummte einen unartikulierten Laut tiefster Zufriedenheit, der in einem langen und herzhaften Gähnen mündete.

Das Telefon begann zu klingeln. Als Hias nicht reagierte, erhob sich Gidi, ging um das Bett herum und nahm ab. Bogenschütz!, krähte es aus dem Hörer. Komm, gib mir'n Hias, schnell! Der Hias kann jetzt nicht, sagte Gidi zögernd und betrachtete, wie sich die Decke über dem mit geschlossenen Augen daliegenden, lächelnden Hias hob und senkte. Bogenschütz stieß einen fürchterlichen Fluch aus. Also, pass auf, was ich dir sage: Sie haben den Böhm verhaftet. Gestern schon. Unser Heiliger ist ein Betrüger. Sagt die Polizei.

Gidi wunderte sich noch, bevor er auflegte. Bogenschütz, fand er, habe fast begeistert geklungen beim Überbringen dieser Nachricht.

## VIII

Jakob Böhm war in der Zwischenzeit wieder deutlich zu Kräften gekommen. Die Entdeckung, dass ihm rätselhafte Heilkräfte verliehen waren, hatte auch in seinem speziellen Fall – wie man so sagt – Wunder gewirkt. Mittlerweile kamen täglich Dutzende, ja Hunderte zum Forsthaus Staufkoglerau gezogen. Die wenigsten bekamen den einstigen Förster noch persönlich zu Gesicht. Die Zeiten waren längst vorbei, da der Alte in seinem Bretterverschlag gelegen hatte, hohlwangig, murmelnd und stinkend wie ein Iltis, aber für jedermann frei zugänglich, der ein Gebrechen, eine Sorge oder eine Gewissensnot mit sich herumtrug und sie mit Hilfe eines Schlucks gesegneten Wassers und des Anblicks des Heiligen loswerden wollte. Anfangs hatte ihn der Lärm gestört, mit Gebrumm und heiserem Gebell hatte er die Gläubigen beschimpft: Sie seien alles Saubären und Huren und weh ihnen, wenn die Jungfrau in ihre schwarzen Herzen schaue, die werde sich mit

Grausen abwenden. Das hatte nur kurzfristig geholfen, nach einer Weile ergriffenen Schweigens war der Radau nur doppelt so laut über ihn hereingebrochen.

Doch über kurz oder lang waren die ergriffenen Schluchzer, das Dankesgestammel, die Jubelrufe auch für seine mit Trübsal, Wirrnis und Rauschmitteln zugebackenen Wahrnehmungsorgane nicht mehr zu überhören gewesen. Er fand zunehmend Gefallen daran, den Leuten die Hand aufzulegen, ihre trüben Augen zum Erstrahlen, ihre lahmen Beine zum Springen und ihre grämlichen Gesichter zum Leuchten zu bringen, ihre schmerzgebeugten Rücken aufzurichten und ihre scheuen Huldigungen entgegenzunehmen. Bald schmeckte ihm auch das Essen wieder, und auch sein Gefühl für Körperhygiene kehrte zurück. Er hätte sich sogar den grauen, verfilzten Bart abrasieren lassen, doch das konnte Hias ihm ausreden, der ihn auch davon überzeugte, seine löchrige und dreckverkrustete Lodenjoppe gegen eine Franziskanerkutte aus schwerem Sackleinen zu tauschen. Böhm zog wieder ins Forsthaus, das er nur selten und nie ohne Begleitung eines der Buben verließ, um in Ettengrub und Umgebung trostbedürftige Menschen gegen eine nicht unbeträchtliche Summe Geldes die heilsstiftende Wirkung seiner Gegenwart spüren zu lassen. Die Erben eines solchen Spenders, der wenige Tage nach dem Besuch des Heiligen, um einige tausend Mark erleichtert, einem Krebsleiden erlegen war, hatten den Wunderheiler schließlich bei der Polizei angezeigt, woraufhin Kreiskommissar Kastenbauer ihn wegen Betrugs und Verstoßes gegen das Heilpraktikergesetz in Haft hatte nehmen lassen. Der Ettengruber Pfarrer, sein alter Feind, hat die Vermutung, er habe seinerseits bei der Polizei wegen des komischen Heiligen vorgesprochen, stets heftig bestritten, aber damit nur bei wenigen Glauben gefunden.

Dem roten Gustl hatte der Aufstieg des frommen Försters anfangs gar nicht gefallen. Nicht nur, weil dieser ihn in der

Gunst der katholischen Bevölkerung auszustechen drohte. Hias hatte obendrein unten im Dorf zu verbreiten begonnen, Böhm habe den roten Gustl zur Umkehr und Einsicht in seine Sünden bewogen. Immer öfter begegnete er in den Blicken der Ettengruber anstelle des früher allgegenwärtigen und ihm mittlerweile schon gänzlich selbstverständlichen scheuen Respekts einem merkwürdigen, fast herablassenden Einverständnis, einem durchaus gutmütigen Platzmachen für ihn in ihren Reihen, in das sich obendrein – und das machte es für ihn völlig unerträglich – eine Spur Mitleid mischte: Aha, schienen sie ihm stumm zu sagen. Hast es also am Ende auch eingesehen. Bist also auch nur ein armer Sünder. Wie wir alle. Soll uns recht sein.

Dies trug dazu bei, in Zöhr ein erhebliches Maß an unterdrücktem Grimm entstehen zu lassen, das mit Sicherheit in einer fürchterlichen Gewalttätigkeit geendet wäre, hätte nicht Böhm an ihm ganz beiläufig ein veritables Wunder gewirkt. Der rote Gustl, inzwischen auch nicht mehr der Jüngste, war an beiden Füßen von der Gicht befallen, was ihm solche Schmerzen bereitete, dass er bisweilen kurz davor stand, sich die großen Zehen abzuhacken. Er saß, die nackten, schmerzverkrampften Füße in einem Topf voll Wasser, in der Stube des Forsthauses und litt auf derart pathetische Weise, dass die Buben schließlich den Förster holten, der vor ihm niederkniete und mit einem schiefen Grinsen begann, seine tropfenden Zehen in seine beiden Hände zu nehmen und zu kneten und zu melken, was sich derart wundersam anfühlte, dass Zöhr erstens eine Erektion bekam und zweitens eine ganze Weile überhaupt nicht merkte, dass die Schmerzen verschwunden waren und nicht mehr wiederkamen.

Dieser blödgesoffene Narr war, so musste Zöhr sich zähneknirschend eingestehen, wirklich ein heiliger Mann. Und um das Wundermaß voll zu machen, fiel im Augenblick dieses Eingeständnisses tatsächlich etwas ab von ihm. Er beugte sich der Übermacht des Heils, und da beugte es ihn, und noch ehe er es sich versah, fand er sich schon auf den Knien wieder, betend und schluchzend, betend, wie er noch nie in seinem fäulnisschwarzen Leben gebetet hatte, zur Jungfrau Maria und Vater und Sohn und Heiligem Geist, zu allen Heiligen und den himmlischen Heerscharen jauchzte er, der rote Gustl, flach auf dem Boden hingestreckt, das tränenfeuchte, von Schluchzen geschüttelte rotbärtige Gesicht im Staub, wo er schließlich entkräftet einschlief und am nächsten Morgen vom kleinen Ernst Swiatkowski geweckt wurde, mit schrecklichem Kopfweh und einem kieferzersprengenden Gefühl der Scham, das ihn erst verließ, als er sich mit einem mit Birnenschnaps gewürzten starken Kaffee und einem Fausthieb in das grinsende Gesicht des frechen Ernstl gestärkt hatte.

## IX

Augustin Zöhr war keiner, der seinem eigenen Tun und Denken viel Gewicht beimaß. Von Denken konnte bei ihm ohnehin nur eingeschränkt die Rede sein: Er besaß durchaus die Neigung, von Zeit zu Zeit neben sein Leben zu treten und es aus schläfrigen, halb geschlossenen Augen eine Weile zu betrachten. Aber schon diese Neigung beim Namen zu nennen und zu erkennen, lag weit außerhalb seines Artikulationsvermögens. Er hatte diese Neigung in sich entdeckt, als er noch als Holzknecht arbeitete. In diesem Gewerbe hat man es oft mit ausgesprochen unwegsamem Gelände zu tun. Der bequemste und billigste Weg, die zentnerschweren Baumstämme ins Tal zu bringen, führt über die reißenden Flüsse und Bäche, die tief unten in der Schlucht durch die Felsstürze gurgeln. Zöhr konnte Stunden damit zubringen, den entasteten und nacktgeschälten Stämmen bei ihrem Ritt durch die Stromschnellen zuzuschauen, vor allem, wenn ein blinder Zufall einen der Balken in einem wirbelnden Kehrwasser fing, ihn rollte und untertauchte und senkrecht stellte, so dass er im Fallen zerschlug, was ihm in die Quere kam, und ihn wieder ansaugte und einfing, der weitereilenden Strömung entriss, erneut in die Tiefe drückte und emporschleuderte, eine tödliche Gefahr für Schwimmer und Bootsfahrer, selbst aber empfindungslos und dauerhaft und kaum kaputtzukriegen. Das gefiel ihm und schien ihm auf unbestimmte Weise auf ihn gemünzt.

Das Ende des roten Gustl kam, als sich die durch die Nachricht von Böhms Verhaftung aufgebrachte Bande auf den Weg hinab ins Dorf machte und dabei der Polizei begegnete. Sie traten gerade aus dem Wald ins Freie, als sie den Mann bemerkten, ein Stück wegabwärts. Er schien allein zu sein. Der Polizist wandte ihnen den Rücken zu und rauchte, seine moosgrüne Uniform leuchtete sanft in der tiefstehenden Herbstsonne. Es wäre noch Zeit gewesen, sich in die Büsche zu schlagen. Hias zerrte Zöhr am Ärmel. In diesem Moment hatte der Polizist seine Zigarette zu Ende geraucht, und dann, im Wegwerfen des Stummels, fiel sein Blick auf die Gruppe Männer oben am Waldrand. Er erschrak so fürchterlich, dass es ihm die Schultern herumriss. Mit hastiger Ungeschicklichkeit zerrte er an seinem Pistolenhalfter und brauchte peinvoll lange, bis er die Waffe im Anschlag hatte, und als er aufschrie, sie sollten stehen bleiben, überschlug sich seine Stimme, so dass Hias fast hätte lachen müssen. Was ihm aber das Lachen verschlug, war Zöhrs Verhalten. Anstatt sich flink und geräuschlos in den Schatten des Waldes zurückzuziehen, wie er es getan hätte, ging Zöhr einfach weiter, schweren Schrittes und mit jener blicklosen, fast blöden Stumpfheit im Gesicht, die Hias von ihm schon kannte, seit jenem weit zurückliegenden Zwischenfall mit der Cognacflasche, als wolle er die Vernunft selbst herausfordern, es doch aufzunehmen mit seinem halsbrecherischen

Stiersinn, der sich hier schlechthin nicht von irgendeinem grünbefrackten pistolenfuchtelnden Hosenscheißer daran hindern lassen würde, diesen Weg herunterzugehen, wie es nun einmal sein Wille sei, und während der Polizist herumsprang wie ein Knallfrosch, heisere Befehle schrie, sie sollten stehen bleiben, sofort stehen bleiben, schritt Zöhr aus, als sei der zappelnde Uniformierte gar nicht da, mit finsterer Miene, und der Grüne reckte die Schusswaffe wie ein Bannzeichen dem sich unaufhaltsam und mit schweren Schritten nähernden Zöhr entgegen, und dieser, ohne seine Miene im Geringsten zu verziehen, griff ohne Hast und ohne seinen Schritt zu verlangsamen über seine Schulter, wo der Drilling hing, packte ihn beim Schaft und hätte ihn durchgeladen, angelegt und auf den kreischenden Polizisten abgefeuert, hätte sich nicht in diesem Moment mit ohrengellendem Knall aus dessen Pistole eine Kugel gelöst und Zöhr über dem linken Auge die Stirn durchschlagen.

Als Hias den Fallenden auffing, hatte den roten Gustl das Leben schon verlassen. Der Polizist rannte wie ein Hase, die Buben hinterher, und während Hias den Toten niederließ, hatten sie den Schützen eingeholt, entwaffnet und zu Boden gezwungen. Hias trat heran und wischte sich mit einem Taschentuch Zöhrs Blut von den Fingern. Von dem in den Staub gepressten Gesicht des Polizisten war ein angstgeweitetes Auge zu sehen und zur Seite gedrückte Lippen, aus denen er ruckhaft schnaufte und dabei den Staub mit Spuckefäden netzte. Hias wies die Buben an, ihm den Gürtel aus der Hose zu ziehen und ihn daran an der nächsten Fichte aufzuknüpfen. Während sie das taten, stöberte er im Gesträuch neben dem Weg den zweiten Polizisten auf, der dort mit heruntergelassenen Hosen niedergekauert gehofft hatte, dass ihn niemand suchen würde. Er war noch ein ganz junger Kerl, keine drei Monate im Dienst. Sie zwangen ihn mit vorgehaltener Büchse, sich nackt auszuziehen und sich mit seinem eigenen

Kot zu beschmieren, und dann jagten sie den Springenden mit dicht hinter seine Fersen gesetzten Schüssen davon, auf dass er ins Dorf laufe und dort ihr Kommen ankündigte.

Die Buben banden zwei junge Fichtenstämme zusammen, und darauf betteten sie den Leib des Augustin Zöhr, und mit vor den Mund gebundenen Taschentüchern und tief in die Stirn gezogenen Hüten hielten sie Einzug in Ettengrub, trugen den roten Gustl durch die Straßen, und niemand anders als der Postbeamte Kurt Duftinger war es, der als Erster einen heiseren Schrei tat: Mörder! Womit er keineswegs die Buben meinte. Andere folgten seinem Beispiel, und als der Zug die Kirche erreicht hatte, waren bereits gut hundert Ettengruber auf dem Kirchplatz versammelt, allesamt erfüllt von heiligem Zorn wider die gewissenlose Obrigkeit, die nicht davor zurückschreckte, Menschen zu erschießen, und zwar hinterrücks: Einer hatte angefangen, darüber zu spekulieren, dass der rote Gustl bestimmt von hinten erschossen worden war, und das hatte den Umstehenden so eingeleuchtet, dass beim dritten Weitererzählen aus der Vermutung eine Tatsache geworden war und der Vierte vernahm, dass die Leute weiter vorne das Einschussloch zwischen Zöhrs Schulterblättern mit eigenen Augen gesehen hätten.

Hias verlangte vom Mesner, der nicht zu widersprechen wagte, die Schlüssel für die Kirche. Die Buben trugen den Leichnam vor den Altar und setzten ihn dort ab. Die Menge folgte ihnen und ergoss sich in das Kirchenschiff, füllte die Hohlräume, staute sich in den Verengungen und kam schließlich unter Ächzen, Schieben und erregtem Geflüster zur Ruhe. Ein Moment der Ratlosigkeit folgte. Die Buben nahmen links und rechts von dem Toten Aufstellung. Der dicke Schorschi kam auf die Idee, Ehrensalut zu feuern, ein Vorhaben, von dem er erst nach scharfer Zurechtweisung durch Hias abzulassen bereit war, des schönen Gipsstucks und der Freskenmalereien wegen, und weil ihnen sonst womöglich der schwere Bronzeleuchter auf die Köpfe gefallen wäre. So standen sie eine Weile schweigend, während vom Schädel des Toten schwarzes Blut auf den Kirchenboden tropfte, und in der Menge begann die Empörung einer verwirrten Langeweile zu weichen.

## X

Wäre Horst Bogenschütz nur um eine Viertelstunde früher eingetroffen, die Geschichte des Freistaats Bayern wäre anders verlaufen. Wer weiß, was dann passiert wäre? Mit einiger Sicherheit kann man annehmen, dass es Dutzende, vielleicht Hunderte Tote gegeben hätte, allein an diesem Dienstag, was die Kämpfer des Habererbunds zweifellos zu weiterem Blutvergießen unvorstellbaren Ausmaßes provoziert hätte. Womöglich wäre aber auch die in der Ettengruber Kirche versammelte Masse, von Bogenschütz auf dem Höhepunkt ihrer Erregung gepackt und nach allen Regeln der Rednerkunst bearbeitet, zur Keimzelle eines wahrhaftigen Volksaufstands geworden, hätte sich aus der Kirche ergossen in blinder Gewalt, die Polizei zerdrückt, hätte sich fortgewälzt und dabei andere mitgerissen, wie eine Naturgewalt, eine Erdlawine, träge und dickflüssig, aber durch nichts auf der Welt zum Stehen zu bringen, hätte die Landeshauptstadt erreicht und die Staatskanzlei, das Innenministerium und den Rundfunk verschlungen, zerbröckelt und zerrebelt und unter klaftertiefem Schlamm auf alle Ewigkeit begraben … Nur eine Viertelstunde. Wer weiß, was dann passiert wäre? Wer weiß?

Tatsächlich aber kam Bogenschütz zu spät. Nur noch wenige, eigentlich bereits zum Gehen entschlossene Ettengruber saßen in den Kirchenbänken und wurden Zeugen seines Auftritts. Die allerdings blieben, zu ihrem Unglück, wie sich bald herausstellte.

Bogenschütz, nachdem er zu Ende geredet und die Gottlosigkeit und Niedertracht der Staatsregierung und des geldgierigen Katholikenschinders Heinz-Hubert Scholten seinen zwei Dutzend Zuhörern in den grellsten Farben ausgemalt hatte, war vor dem Leichnam des roten Gustl auf die Knie gesunken und hatte den Kopf in stummem Gebet auf die gefalteten Hände gesenkt, als mit einemmal eine blecherne überlaute Stimme durch das Kirchenschiff hallte: Achtung! – Die Fenster klirrten leise unter dem Andrang des Schalls. – Hier spricht die Polizei! Woher die Stimme kam, ob von oben, von unten, von drinnen oder draußen, war nicht auszumachen. Die Stimme rief, während die Kircheninsassen atemlos horchten, die Buben beim Namen: Matthias Pascolini! Egid Duftinger! Georg Schafböck! Peter Mayr! Ernst Swiatkowski! Einer nach dem anderen sah sich aufgerufen, zuckte zusammen, als er seinen Namen hörte, nahm Haltung an und riss entsetzt die Augen auf. Die Stimme hallte weiter: Das Gebäude sei umstellt, jeder Widerstand zwecklos. Sie hätten fünf Minuten Zeit, die Geiseln freizulassen. Nach weiteren fünf Minuten sollten sie herauskommen, einzeln, mit nackten Oberkörpern und die Hände hinter den Köpfen verschränkt. Dann werde ihnen nichts passieren. Dafür, rief die Stimme, garantiere er, Kreiskommissar Eugen Kastenbauer, mit seinem Namen.

Kastenbauer hatte nach Böhms Verhaftung die beiden unglückseligen Polizisten mit dem Auftrag ausgeschickt, das Forsthaus zu durchsuchen und mögliche Beweismittel, die den Betrugsverdacht gegen den Wunderheiler zu untermauern geeignet waren, zu beschlagnahmen. Es dauerte einige Zeit, als man den nackten und vollkommen verstörten Rekruten zu ihm brachte, aus dessen schluchzendem Gestammel den Hergang der Ereignisse auf dem Forstweg zu rekonstruieren. Bis sie den Leichnam des ermordeten Polizisten gefunden und vom Baum geschnitten hatten, war weitere kostbare Zeit vergangen. Und jetzt hatte Kastenbauer alle Mühe, seine durch die Nachricht von dem Anschlag in München ohnehin aufgewühlten Leute daran zu hindern, das Kirchentor zu sprengen und das Innere so lange unter Feuer zu nehmen, bis sich nichts mehr darin regte.

Mehrere Minuten verstrichen ohne ein Zeichen der Belagerten. Dann setzte sich mit leisem Knarren einer der Türflügel in Bewegung. Durch den Spalt sah Kastenbauer etwas Weißes. Jemand wedelte mit einem Tuch, einer spitzengesäumten Altardecke. Nicht schießen, hörte er jemand rufen, nicht schießen! Die Tür öffnete sich weiter, und aus dem Spalt trat, die Altardecke mit beiden Händen schwenkend, der massige Körper von Horst Bogenschütz. Kastenbauer winkte ihn zu sich. Bogenschütz ließ die Altardecke sinken und lief behände die Treppe hinab und aus der Schusslinie. Bei dem Kommissar angekommen, wischte er sich mit dem Tuch den Schweiß von der Stirn. Sie seien zwölf, berichtete er atemlos, und bis an die Zähne bewaffnet. Einundzwanzig Zivilisten habe er gezählt, einschließlich seiner selbst, darunter drei kleine Kinder und ein halbes Dutzend alte Frauen, wie man sie immer in Kirchen antrifft, eine davon gelähmt und im Rollstuhl. Die Banditen hätten ihn gehen lassen, um dem Kommissar eine Nachricht zu überbringen: Pascolini sei bereit, sich zu ergeben. Aber er wolle mit dem Kommissar selbst verhandeln.

## XI

Niemand war überrascht, als das Innenministerium ein Disziplinarverfahren gegen den mit sofortiger Wirkung vom Dienst suspendierten Kreiskommissar anordnete. Zu niederschmetternd war das Ergebnis der Ettengruber Aktion ausgefallen, als dass dem Minister eine andere Wahl geblieben wäre: ein weiterer Polizist tot, die Obrigkeit der Lächerlichkeit preisgegeben, die katholische Presse auf Wochen mit Stoff für Satiren, Spottgedichte und Karikaturen versorgt und Pascolini flüchtig – entkommen im Rollstuhl, holterdiepolter die Stufen vor dem Kirchtor hinab inmitten der hysterisch kreischenden, übereinanderstürzenden, fliehenden Geiseln, unerkannt in dem schwarzen Witwenkleid, das er übergeworfen hatte und eigentlich einer uralten Kirchgängerin namens Maria Zapf gehörte, deren zitternden Greisinnenkörper, entkleidet bis auf die Unterwäsche, man später in der Sakristei fand.

Zwanzig Minuten lang hatten die Polizisten das Gotteshaus unter Feuer genommen. Sämtliche Fenster waren zu buntem Glitzerstaub zerschossen, der Außenputz zernarbt und überpustelt von Einschusskratern, die geschnitzte eichene Kirchentür aufgesplittert wie Bruchholz. Der Innenminister hatte zu seiner unaussprechlichen Pein persönlich beim Erzbischof wegen dieses Sakrilegs vorsprechen müssen, und obwohl er glaubte, als verdientes und langjähriges Mitglied der Marianischen Männerkongregation zu den Sieben Schmerzen der Heiligen Jungfrau hoch in der Gunst des allergnädigsten Kirchenfürsten zu stehen, hatte ihm dieser erst seinen Ring zum Kuss reichen wollen, als er ihm Kastenbauers Suspendierung nicht nur versprochen, sondern auch ausgefertigt und unterschrieben vorgelegt hatte.

Kastenbauer hatte, nachdem er das von Bogenschütz überbrachte Angebot einer Aussprache mit Pascolini unter vier Augen gründlich erwogen hatte, den Befehl erteilt, ihm Feuerschutz zu geben. Als er sich auf zwei Schritte dem Portal genähert hatte, öffnete sich die Tür. Heraus trat Hias, nackt und mit erhobenen Händen zum Zeichen seiner Wehrlosigkeit, mit dem friedfertigsten Lächeln der Welt im Gesicht und zutraulich in die Stirn gezogenen Augenbrauen, trat auf Kastenbauer zu, als wollte er ihn in die Arme schließen, was er zur vollkommenen Verblüffung der angespannt zielenden und blinzelnden Polizisten auch tat. Und die Polizisten hoben offenen Munds ihre Köpfe, senkten ihre Waffen angesichts dieser Szene der Versöhnung zwischen diesem nackten Mann und ihrem schmalen kleinen Kommissar, und ehe sie noch begriffen, was sich da abspielte, hatte Hias Kastenbauer beim Kragen gepackt, mit einem Ruck ins Kircheninnere gezogen, und mit trockenem Knall fiel die Tür ins Schloss. Ein, zwei Pulsschläge später fingen sämtliche Polizisten gleichzeitig an, aus allen zur Verfügung stehenden Rohren zu schießen.

Man fand Kastenbauer nach dem Ende der Belagerung auf der Empore hinter der Orgel, seinerseits nackt und ohne sichtbare Verletzungen, aber bewusstlos. Was ihm in den zwanzig Minuten widerfahren war, weiß kein Mensch. Fest steht, dass zu diesem Zeitpunkt die restlichen Buben längst entkommen waren, durch einen Entwässerungsschacht unter der Krypta. Als ehemalige Ministranten kannten sie ohnehin alle Hohlräume und Verstecke des spätbarocken Sakralbaus, und einer unter ihnen, Sohn eines Klempners, war einst seinem Vater bei Erneuerungsarbeiten an dem Kanal zur Hand gegangen. Einer musste zurückbleiben, um den Kanaldeckel wieder an Ort und Stelle zu platzieren und dafür zu sorgen, dass die vermeintlichen Geiseln nicht die Nerven verloren, und das war Hias gewesen. Er hatte unter den vom Dauerbeschuss weidlich zermürbten Ettengrubern ausgeharrt und ihnen mit lustigen Bemerkungen und aufmunternden Scherzen Mut gemacht, nicht ohne ihnen das Versprechen abzunehmen, ihn nicht an die Grünfräcke zu verraten, woran sich alle hielten, sehr zum Stolz des Freiherrn von Ergoldsbach, der bei seiner Schilderung dieses Vorfalls im Übrigen im Großen und Ganzen überraschend nahe an der Wahrheit bleibt.

# 6. Kapitel

## I

Was gibt es Schöneres als einen nebenher aus dem nassen Neuschnee geklaubten, jäh aus der Schulter geschleuderten Schneeball auf dem Hinterkopf eines vollkommen Arglosen zerplatzen zu sehen? Dem Getroffenen haut es den Kopf nach vorn, und während er noch schreit, empört und überrascht, wirft er den Kopf wieder nach hinten, weil ihm Schnee in den Kragen gleitet und eisigfeucht das nackte Rückgrat hinunterglitscht, und währenddessen hat man Zeit, einen neuen Schneeball zu backen und sich bereitzuhalten, dem Empörten genau in dem Moment, wo er sich umwendet, um den Schuldigen auszumachen und Rache an ihm zu üben, erneut eins zu verpassen, und zwar – zapp! – zwischen die Augen.

Seb, jäh erblindet, schnaufte und blinzelte und schüttelte den Kopf, das Brillengestell schief auf der Nase – mir wurde für einen grauenhaften Moment ganz still ums Herz –, aber er fasste sich schnell, putzte sich den Schnee aus den Augenhöhlen, und ich wappnete mich für seinen Gegenangriff, zumal sich mir inzwischen von hinten Marina näherte, die mit ihren Fäustlingen einen ganzen Arm voll Schnee zusammengerafft hatte, um ihn auf mich niedergehen zu lassen, eine Gefahr, der ich mit einem Satz zur Seite entkam, als Sebs erstes Rachegeschoss mich an der Schulter traf. Seb, brüllend, buk und warf, buk und warf, er beschoss mich wie einen Hasen, ich floh, und hinter mir, vor mir, neben mir schlugen Sebs Granaten ein, bis ich schlitternd Deckung fand hinter einer Mülltonne am Straßenrand. Die hallte dumpf wider unter dem Einschlag von Sebs Geschossen, der schnaufend und mit Gebrüll näher kam, bis ihn Wig von der Seite unter Feuer nahm. Wig und Adam hatten sich bis dahin damit aufgehalten, Marina durch den Schnee zu hetzen, niederzuwerfen und ihr so viel Schnee wie möglich ins Gesicht, in den Kragen und unter die Kleider zu stopfen, und hatten erst von ihr abgelassen, als sie spuckend und schnaubend und atemlos lachend um Gnade flehte, rücklings in den Schnee gestreckt und ihren vor Eifer und Schneeabreibung geröteten Hals den Feinden schutzlos dargeboten. Seb hatte sich kauernd hinter einem Auto verborgen, das neben einem Schuppen unter einer Plane überwinterte. Erhitzt und außer Atem beschlug ihm ständig die Brille, so dass er das Glas mit dem Daumen reinigen musste, und wenn dies geschehen und die Brille wieder an ihrem Platz war, beeilte er sich, die schneeverkrusteten und klammfeuchten Wollfäustlinge wieder über seine roten und juckenden Finger zu bekommen, den Abwehrkampf gegen Wig wiederaufzunehmen, Schnee zusammenzubacken und mit aller Schnellkraft, zu der er fähig war, dem Feind entgegenzuschleudern. Wig war aber nicht aufzuhalten, Haken schlagend und mit wendigen Sprüngen wich er Sebs Würfen aus, und wenn ihn doch einer traf an der Brust oder an der Schulter, dann ließ er sich dadurch nicht beirren, sondern sprang weiter auf Sebs Festung zu, bereit, sie zu stürmen. In der Hand hatte er einen kompakten, kugelrunden Schneeball von idealer Größe, und den hatte er dazu bestimmt, aus nächster Nähe mit äußerster Gewalt Sebs Stirn zu treffen. Als er nahe genug heran war, sprang er, stützte sich mit einer Hand noch auf dem Autodach ab, um zusätzliche Höhe zu gewinnen, riss die Beine auseinander und den Wurfarm in die Höhe, und Seb barg im Angesicht des unausweichlichen Getroffenwerdens sein Gesicht in den Armen und duckte sich, und in diesem Moment, einem Moment großer Stille, wo kein Atemzug die Geräuschlosigkeit störte, vernahmen wir einen trockenen, knackenden Knall.

Da hatte jemand geschossen.

Ich hatte keine Gelegenheit, darüber länger nachzudenken, denn in diesem Moment kam Adam über mich, hatte sich von hinten angeschlichen und warf sich mit zwei Fäusten voll Schnee auf mich, um mir dieselbe Behandlung angedeihen zu lassen wie zuvor Marina. Ich bäumte mich auf, um ihn abzuwerfen, aber vergebens, sein Gewicht, rittlings auf meinem Rücken, drückte mich in den Schnee, seine rauen, eisverkrusteten Wollhandschuhe fuhren mir übers Gesicht und schaufelten neuen Schnee heran, da begann er, zwischen Schal und Pulloverkragen eine Lücke zu suchen, um mir die eisige Masse unter die Bluse zu stopfen, was eindeutig zu weit ging, was ich auf keinen Fall geschehen lassen durfte, schon drangen sie ein, seine zwei stumpfen Schaufel- und Stopfwerkzeuge, ich spürte an der Brust ihre haarige, nassfrostige Berührung, was einfach überhaupt nicht sein konnte, was unbedingt aufhören musste. Mit vor Zorn zusammengebissenen Zähnen stemmte ich mich hoch, griff hinter mich, bekam eine Handvoll Haare zu fassen und riss den Kerl nach vorne, dass er schrie, half mit einem Aufbäumen der Hüften nach, und er rollte vor mir in den Schnee, und schon war ich auf ihm. Ich verspürte den irren Drang, ihm weh zu tun, ihm mit wuchtigen Fausthieben den Kopf in den Schnee zu treiben, aber ich hielt mich im Zaum und zementierte ihm stattdessen Gesicht und Hals dermaßen mit Schnee ein, dass er prustete und nach Luft schappte und mit allen vier Gliedmaßen herumzappelte, ohne mich recht zu fassen zu kriegen, die ich kampferhitzt auf seinem Brustkorb kniete. Plötzlich erschlaffte er und stellte jede Gegenwehr ein, er kämpfte nicht mehr, sondern spähte angestrengt aus seiner Schneekuhle heraus, und erst da bemerkte ich, dass wir angeleuchtet wurden. Zwei gleißend helle Scheinwerfer waren auf uns gerichtet.

Ich richtete mich auf und schirmte mit der Hand meine Augen gegen die blendende Helle. Ich hörte das Tuckern eines Motors. Ein Auto hatte hinter uns gehalten. Ich kniff die Augen zusammen. Da stand einer, schwarz im überhellen Licht. Und daneben noch einer. Zwei Männer standen da. Während ich mir den Schnee vom Mantel klopfte, nahmen die schwarzen Schemen Kontur an, und ich sah, dass das, was der eine da an einem Schulterriemen trug, einem Gewehr ähnelte. Eine Maschinenpistole. Er hielt sie mit beiden Händen fest, an den dafür vorgesehenen Griffen, den Kolben locker in die Hüfte gestützt. Der Lauf aus schwarz schimmerndem Eisen war ohne jeden Zweifel auf uns gerichtet. Der Waffenträger schwieg und schwenkte den Lauf sehr langsam nach rechts, auf Adam, der im Schnee saß und blinzelte. Dann ebenso langsam wieder zurück.

Seb kam durch den tiefen Schnee herbeigestolpert, mit einer Fäustlingshand winkend. Hinter ihm folgte Marina. Er rang nach Atem, machte mit seinen schneeverkrusteten Wollpfoten beschwichtigende Gesten und grinste: Alles in Ordnung. Ehrlich. Nur eine Schneeballschlacht. Marina duckte sich hinter Sebs Rücken, am Schütteln ihrer Schultern sah ich, dass sie sich kaputtlachte. Die beiden Männer, offensichtlich ratlos, traten beiseite, denn hinter ihnen hatte sich die Autotür geöffnet. Ein dritter stieg aus dem Wagen.

## II

Der Mann, der aus dem Auto stieg, trug einen weichen grauen Mantel mit breitem Revers, darunter einen sorgfältig übereinandergelegten Schal und auf dem Kopf einen Hut mit schmaler Krempe. Er war nicht groß. Man hätte ihn im trüben Halbdunkel des Winterabends für einen Jungen halten können, wäre er nicht so großstädtisch gekleidet gewesen. Es dauerte eine Weile, bis ich Kastenbauer erkannte.

Er befahl seinem Begleiter, die Waffe sinken zu lassen, trat auf uns zu und reichte mir eine behandschuhte Hand, die ich ergriff, um mich aufzurichten. Anschließend half er auf ebensolche Weise Adam auf die Beine. Beide waren wir über und über mit Schnee bedeckt, die Gesichter gerötet und schweißnass. Kastenbauer griff sich unters Revers und holte ein gebügeltes und gefaltetes Taschentuch hervor, das er mir reichte. Es roch nach Kölnisch Wasser.

Ich war verwirrt und wusste nicht, wie ich ihn ansprechen sollte, ebenso wenig offenbar Seb, der herangetreten war und dem Kastenbauer mit verbindlichem Lächeln die Hand schüttelte. Er schien über unsere Namen und Lebensumstände vollständig im Bilde, fragte Seb nach dem Wohlergehen meiner Mutter und mich, ob ich weiterhin beabsichtige, Rechtswissenschaften zu studieren. Dann wies er mit einer beiläufigen Geste auf seine Begleiter. Er bitte die Beunruhigung zu entschuldigen. Für uns gebe es nichts zu befürchten, sie seien zu unserem Schutz da. Das gelte auch und besonders für den geschätzten Herrn Rothkehl, sagte Kastenbauer mit einer knappen Verbeugung in Sebs Richtung, woran man ermessen könne, dass er zwischen legitimem bayerischem Patriotismus einerseits und radikalkatholischem Spalter- und Banditentum andererseits sehr wohl zu unterscheiden wisse. Sollte indes der Fall eintreten, dass wir uns – beispielsweise durch die Machenschaften eines gewissen Herrn Duftinger – einmal bedroht fühlten, wäre er froh, wenn wir es ihn wissen ließen. Es würde ihm eine Freude bereiten, uns in diesem Fall nützlich sein zu können. Unter dieser Nummer sei er immer zu erreichen, sagte er und reichte mir seine Visitenkarte.

Im gleichen Moment schlug neben uns ein Schneeball ein. Und dann gleich noch einer. Und dieser traf und riss dem zusammenzuckenden und jäh verstummenden Kastenbauer den eleganten grauen Hut vom Kopf. Ein, zwei Wimpernschläge schwiegen wir alle, Marina eingeschlossen. Barhäuptig sah der kleine, schmale Mann mit einemmal aus, als wenn er furchtbar fröre.

Der Gewehrträger riss nach einem Moment der Erstarrung mit einem Fluch die Waffe hoch und sandte eine Salve in die Richtung, aus der das Geschoss geflogen war. Er sprang fünf Schritte durch den Schnee und gab eine weitere Salve ab. Die Männer sprangen in ihren Wagen, der Motor heulte auf, Schnee und Kiesel spritzten, Türen schlugen.

## III

Eugen Kastenbauer, vormals Kreiskommissar in Ettengrub, hatte dank seiner beim Tennisspiel geknüpften Verbindungen schnell wieder Anschluss gefunden im zivilen Berufsleben. Er war jetzt in verantwortlicher Stellung für den Unternehmer Heinz-Hubert Scholten tätig, eine Herausforderung, die ihm viel Freude bereitete, vielseitig, anregend und zudem, das war ja schließlich auch wichtig, keineswegs schlecht honoriert. Zu seinen Aufgaben zählten die Beratung der Geschäftsführung in strategischen Fragen, die Optimierung der unternehmensinternen Prozesse und Strukturen unter Sicherheitsaspekten sowie die Leitung der Werkschutzabteilung. Deren Ausbau war umso dringlicher geworden, als der Landtagsabgeordnete Horst Bogenschütz mit dem Märchen durch die Lande zog, niemand anders als Scholten habe die Verhaftung des Försters und Wunderheilers Jakob Böhm in die Wege geleitet, und zwar in der Absicht, sich in den Besitz des Forsthauses zu bringen, woselbst er ein ausschließlich Angehörigen der evangelisch-lutherischen Konfession vorbehaltenes Altersheim mit dem angesichts des dichten Baumbestands rings um das Forsthaus vollkommen albernen Namen »Alpenblick« zu errichten plane. Herr Scholten war daher sehr glücklich, in Kastenbauer einen so qualifizierten, belastbaren und erfahrenen

Mann für diese zentrale und so lange vakant gebliebene Position gefunden zu haben. Der neue Mann berichtete direkt an die Geschäftsführung, mit anderen Worten an Scholten oder, wie er ihn vom Club her nennen durfte, den Hubert.

Mit vielen seiner vormaligen Mitarbeiter aus der Polizeikaserne hielt Kastenbauer Kontakt. Er war ja, so glaubte er, nicht unbeliebt gewesen. Hatten nicht die Männer seine kleine graue Gestalt irgendwie doch ins Herz geschlossen, mehr vielleicht, als wenn er mit zotigen Witzen, Gebrüll und Alkohol eine ungute Vertraulichkeit herzustellen versucht hätte? Respektierten sie nicht seine Selbstbeherrschung und unterließen es ihrerseits, ihn zum Kartenspiel einzuladen, ihm gutmütige Spitznamen anzuhängen oder auf andere Weise seinen Stand zu unterminieren? Fiel ihnen das nicht umso leichter, als sie sich kaum jemals über Willkürlichkeiten oder Erniedrigungen zu beklagen hatten und durchaus fühlten, woher das kam?

Mit seinen neuen Leuten war es schwieriger. Bei der Polizei hatte er es immerhin mit Männern zu tun gehabt, die eine Ausbildung genossen hatten, die Offiziere sowieso, aber auch die Mannschaftsdienstgrade hatten mindestens sechs Monate Schliff auf dem Übungsgelände hinter sich, und das verleiht dem Mann eine gewisse Statur. Bei seinen Werkschützern aber lagen die Dinge oft komplizierter. Mancher unter ihnen hatte keinen rechten Halt, und zwar ganz buchstäblich: Wer einen wie Ludger Voß anpacken wollte, wer einen solchen greifen und zurechtschütteln wollte, der griff ins Leere, oder eigentlich nicht ins Leere, sondern in etwas Weiches, etwas Gallertartiges, das einem auf sehr unangenehme Weise an den Händen blieb. Der dünne Ludi, wie sie ihn nannten, dessen mageres Gesicht im Wesentlichen aus Brille, einigen Barthaaren und zwei Schneidezähnen bestand, war ein Tierquäler, immer schon gewesen, selbst die Monate, die er wegen Raubes hatte im Gefängnis sitzen müssen, hatten ihm diese Neigung nicht abgewöhnen können, allen unaussprechlichen Demütigungen und Vergewaltigungen, denen er dort seitens der Wärter und Mitinsassen ausgesetzt gewesen war, zum Trotz. Einem, der an keiner Katze vorbeigehen kann, ohne sie mit gackerndem Lachen in Fetzen zu schießen, einem solchen darf man keine Waffe in die Hand geben.

Umso froher war Eugen Kastenbauer darüber, dass es ihm gelungen war, einige seiner besten Leute von der Polizei mitzunehmen. Der eine hatte Schulden, der andere baute gerade ein Haus, der dritte hatte eine anspruchsvolle Frau, so dass an Gründen, in die gut bezahlten Dienste der Firma Scholten & Consorten GmbH zu treten, kein Mangel herrschte. Vor allem sein ehemaliger Oberleutnant Zwerghuber, ein bei zahlreichen Polizeisportmeisterschaften ausgezeichneter Freistilringer, war ein unschätzbarer Gewinn für die Sicherheit des Unternehmens und seiner Mitarbeiter. Mit diesen Leuten, so hoffte Kastenbauer, würde er die Werkschutztruppe schon in den Griff bekommen. Und wenn sich jemand wie der dünne Ludi, der in seiner Not sogar gewagt hatte, bei ihm vorzusprechen und ihn unter viel Gespuck und nervösem Gegacker angefleht hatte, ihn vor den Übergriffen seiner Vorgesetzten und Kameraden in Schutz zu nehmen, wenn sich tatsächlich einer als hoffnungsloser Fall herausstellen würde, dann würden sie wissen, wie zu verfahren war, ohne ihn mit allzu viel Details zu belasten.

## IV

Wenn es nach dem Anschlag auf das Innenministerium noch eines Anstoßes bedurft hätte, die Staatsregierung von der Notwendigkeit einer harten Linie zu überzeugen, so war dieser Anstoß mit der Schießerei vor der Ettengruber Kirche geliefert worden. Auch die öffentliche Meinung, einge-

# Schön gelesen?

Meine Meinung
zum
Leseexemplar:

______________________

(Autor, Titel)

*Absender:*

Ihre Meinung ist uns wichtig und interessiert sicher auch die Kollegen und Kolleginnen in anderen Buchhandlungen. Dürfen wir Ihre Stimme deshalb zu Werbezwecken veröffentlichen? *(ggf. streichen)*

*Bitte ausreichend frankieren*

Aufbau Verlag
Werbung
Lindenstraße 20-25

10969 Berlin

schlossen ein großer Teil der katholischen Presse – so freudig diese auch die Gelegenheit ergriff, den Versager Kastenbauer kübelweise mit Spott und Schande zu überschütten –, vertrat in diesen Tagen noch den Standpunkt, dem »Berufskriminellen Matthias P.« dürfe nach seiner allfälligen Verhaftung kein langer Prozess gemacht werden. Erst als Pascolinis Verhaftung länger ausblieb, als mit dem üblichen Fahndungsaufwand zu erklären war, dafür aber andere in immer größerer Zahl hinter Gitter gesteckt wurden, begann sich das Blatt zu wenden, und aus dem Berufskriminellen wurde ganz allmählich und unmerklich, ohne dass irgendein Reporter oder Chefredakteur den Entschluss dazu gefasst hätte, jener »bayerische Hiasl«, den der Freiherr von Ergoldsbach und wir alle so gut zu kennen geglaubt haben.

Dazu kam, dass in diesen Tagen an der Spitze von Staat und Regierung wieder einmal einer jener turnusmäßigen Wechsel anstand, die der seit 1948 geltende Koalitionsvertrag der Allparteienregierung aufzwang: Nach der strikten Kriterienmatrix des Koalitionsvertrags hatte das Amt des Staatspräsidenten an einen katholischen, gemäßigt-partikularistischen Liberalen aus Mittelfranken und das des Vorsitzenden des Ministerrats an einen evangelischen, bundestreuen Christlich-Sozialen aus der Oberpfalz zu gehen. Da in beiden Fällen aber weit und breit kein Einziger auch nur halbwegs plausibler Kandidat zu finden war, der diesen Kriterien genügte, blieb der Freistaat Bayern für längere Zeit formell führungslos, was dem Innenminister Spielraum verschaffte, ungehemmt von Rücksichtnahmen und höheren Weisungen die öffentliche Sicherheit und Ordnung im Freistaat Bayern, wie er sich ausdrückte, mit eiserner Hand wiederherzustellen.

Er tat dies, indem er sämtliche Kreiskommissare Ober- und Niederbayerns sowie der Oberpfalz nach München einbestellte, sie als Flaschen, Versager und Schlappschwänze beschimpfte, ihr peinliches Schweigen mit vorgestrecktem

Unterkiefer und funkelnden Augen eine Weile im Raum nachzittern ließ und schließlich unter mürrischem Abwinken dem Leiter der Abteilung Politik und Verfassungsrecht das Wort erteilte, einem grauen Männlein mit Brille und spärlichem Bartwuchs, der den stumm lauschenden Polizisten den Unterschied zwischen Gefahrenabwehr und Strafverfolgung und die daraus resultierenden juristischen Freiräume im Kampf gegen den partikularistischen Terror auseinandersetzte. Was das Ministerium von den solcherart Belehrten erwartete, war, von diesen Freiräumen großzügig Gebrauch zu machen. Er freue sich, rundete der Minister, der mittlerweile seine gewohnte Gemütlichkeit wiedergewonnen hatte, die Veranstaltung ab: Die Habererbund genannte Mörderbande sei mit dem heutigen Tag unschädlich gemacht. Sie haben Vollmacht, zu tun, was Sie für nötig halten, meine Herren. Der Unglücksrabe, der es dennoch wagen sollte, einen Anschlag aus seinem Verantwortungsbereich zu melden, solle sich das Schicksal des einst so geschätzten Kollegen Kastenbauer zu Herzen gehen lassen.

Diese in behäbigem Bayerisch vorgetragene Mahnung des Ministers jagte vor allem dem neuen Kreiskommissar von Ettengrub einen heiligen Schrecken ein. Der Mann hatte zuvor die Abteilung Personal und Beschaffung der Zweigstelle Altötting des Landesvermögensamts geleitet, verdankte seine Beförderung seiner Mitgliedschaft bei der Marianischen Männerkongregation zu den Sieben Schmerzen der Heiligen Jungfrau und war mit dem Polizeiwesen kaum und mit den hiesigen Verhältnissen überhaupt nicht vertraut. In seiner Not wandte er sich an seinen Vorgänger, der sich mit dem größten Vergnügen bereit erklärte, ihm mit Rat und als Befehlshaber einer schlagkräftigen Werkschutztruppe auch mit Tat bei der Abwehr der terroristischen Gefahr zur Seite zu stehen.

# V

Die Schilderung der Flucht des Matthias Pascolini nach dem Vorfall an der Ettengruber Kirche gehört zu den vergnüglichsten Passagen im Werk des Freiherrn von Ergoldsbach. Der Verfasser schämt sich nicht seiner Freude am Witz und am Geschick seines Helden, der wieder und wieder rettungslos umstellt zu sein scheint und wieder und wieder mit tänzerischer Leichtigkeit in allerletzter Sekunde entrinnt, zum zähneknirschenden Grimm seiner allerdings ziemlich vertrottelt agierenden Verfolger, und seinen Lesern fällt es nicht schwer, diese Freude zu teilen. Voller Anteilnahme beschreibt Ergoldsbach den Würgereiz und die Atemnot, die Pascolini in seinem Versteck in einem von Werkschutzmännern umstellten Kuhstall im Berchtesgadener Land ausstehen musste: Wie sie den Stall nach seiner Weigerung, mit erhobenen Händen herauszukommen und sich zu ergeben, unter Feuer nahmen und Hias unterdessen, sich wieselflink unter den durch die geborstenen Fensterscheiben hineinpfeifenden Kugelhagel hindurchduckend, eine an ihren Schusswunden verendeten Kuh ausweidete, die schillernden, dampfenden Gedärme in ein halbleeres Milchfass stopfte und die Durchsuchung des Stalls zusammengekauert und regungslos in der anfangs noch körperwarmen, dann langsam erkaltenden Bauchhöhle des gestorbenen Tiers überdauerte. Ergoldsbach geht sogar so weit, einer dänischen Dogge aus dem Besitz eines Pfarrers im Leitzachtal einen tränenseligen Nachruf zu widmen, die bei einer weiteren halsbrecherischen Flucht Pascolinis ihr Leben lassen musste, indem sie sich gutmütigerweise Jacke und Hose anziehen und einen Hut aufsetzen und in diesem Aufzug mit einem Fußtritt durch die Pfarrhaustür in die Arme der vor dem Haus aufgestellten Verfolger hatte jagen lassen, die, verwirrt und im Dunkel der Nacht getäuscht, sofort zusammenliefen und auf das hakenschlagende, jaulende Wesen aus allen Rohren feuerten, während der eigentlich Gesuchte am Hinterausgang des Hauses auf dem Fahrrad des geistlichen Herrn pfeifend davonradelte.

Das liest sich alles sehr aufregend und anrührend, leidet aber an dem Makel, dass der vermeintliche Gehetzte sich tatsächlich die ganze Zeit über in Tirol aufhielt und dort ein ziemlich geruhsames Leben führte: Er saß in einer Wohnung in der Nähe des Innsbrucker Hauptbahnhofs, die er kaum verließ, korrespondierte mit Lieferanten und Zwischenhändlern auf dem Balkan und in Süditalien, langweilte sich nicht wenig und wartete auf Nachrichten von Horst Bogenschütz, der während seiner Abwesenheit treuhänderisch die Führung seiner Geschäfte übernommen hatte.

Dennoch sind, um dem Freiherrn Gerechtigkeit widerfahren zu lassen, die von ihm geschilderten Vorgänge nicht allesamt gänzlich aus der Luft gegriffen. Kastenbauer hatte ein Kopfgeld von 15 000 Mark auf Hias ausgelobt, und kaum ein Tag verging, an dem die Firma Scholten & Consorten nicht drei oder vier heiser geflüsterte Anrufe erhielt: Pascolini sitze, mit Cowboyhut und Death-Metal-Jeansweste als Trucker verkleidet, mit drei Spießgesellen in der Autobahnraststätte Holledau und verzehre gerade ein Schweineschnitzel Zigeunerart mit Herzoginkartoffeln! Pascolini spiele seit drei Stunden an einem Automaten im Busbahnhof von Rottach, verliere beträchtliche Summen und fluche mit italienischem Akzent! Die meisten dieser Anrufe waren wertlos, aber die, denen man nachgehen musste, reichten immer noch aus, um Kastenbauer und seine Leute rast- und ruhelos von einem Ende Oberbayerns zum anderen hetzen zu lassen, stets ergebnislos, die spottlustige katholische Presse immer auf den Fersen. Einige der Falschmeldungen waren viel zu elaboriert, um als bloße Missverständnisse oder Früchte primitiver Denunziantengier durchgehen zu können. So scheint es die verkleidete und unter dem erstickten Protest ihres gefesselten und geknebelten geistlichen Besitzers in den Tod gejagte Dogge tatsächlich gegeben zu haben. Viel spricht dafür, dass sich der Habererbund einen Spaß daraus machte, die Sicherheitsbehörden im Allgemeinen und den Ex-Kommissar von Ettengrub im Besonderen auf diese Weise zu piesacken und lächerlich zu machen.

## VI

Österreich und Bayern sind sich ähnlich, ohne dass man genau sagen könnte, warum. In den letzten tausend Jahren haben die beiden Länder einander permanent mit Krieg, Elend und Brandschatzung überzogen, haben sich wechselseitig ihre nationalen Opfermythen gestiftet – mit der Sendlinger Mordweihnacht die einen den anderen und mit Andreas Hofers Heugabelguerilla die anderen den einen –, und erst als es gegen die Preußen und um ein noch gar nicht existierendes Gebilde namens Deutschland ging, kämpften sie Seit an Seite und verloren, woraufhin die einen begannen, die Deutschen als die anderen zu definieren, und die anderen nicht. Wäre die Schlacht bei Königgrätz anders verlaufen, hätten die Preußen verloren, wäre Bayern in einem katholischen Alpen- und Donau-Deutschland aufgegangen, dann hätten die Historiker ohne Zweifel in den Staubschichten der Ereignisse zahlreiche eindrucksvolle Tonscherben freigelegt, mit denen sie ihrem Beruf gemäß den Beweis hätten führen können, dass es angesichts dieser oder jener historischen Umstände zwangsläufiger- und folgerichtigermaßen so und nicht anders habe kommen müssen. So ist es aber nicht gekommen, und deshalb muss man sich an so ärgerlich unzwangsläufige und unfolgerichtige Dinge wie Mentalität, stammesgeschichtliche Wurzeln, Verwandtschaft des Dialekts und dergleichen halten, um die unbestreitbare

Familienähnlichkeit zwischen Bayern und Österreich zu erklären.

Wer indessen wie Hias in seinem Innsbrucker Exil zu einem allzu ausgedehnten Besuch bei der Verwandtschaft gezwungen ist, der beginnt über kurz oder lang, das Andersartige und Trennende sehr viel schärfer und eindringlicher wahrzunehmen als die Ähnlichkeiten. Je länger er unter ihnen weilte, desto dümmer und gemeiner fand Hias die Tiroler, desto mehr brachte ihn ihre mit Krächzlauten durchsetzte, auf eckigen Rädern über steinige Wege dahinrumpelnde Sprechweise gegen sie auf, desto öfter stachen ihm die Hässlichkeit ihrer Dörfer, ihre Neigung zu grasgrünem und himmelblauem Plastik und ihr fehlender Sinn für Stattlichkeit und bäuerliche Zier ins Auge, und all diese Irritationen wuchsen sich wie bei einem eingebildeten Kranken zu einem Leiden aus, das zum ärztlichen, strikt physiologischen Befund in keinerlei Verhältnis steht. Denn eigentlich und gemessen daran, dass in Bayern zur gleichen Zeit Schwärme von zunehmend erbitterten und zu jeder Grausamkeit bereiten Polizisten und Milizionären seinem Phantom nachjagten, ging es ihm in Innsbruck ausgezeichnet.

Nur einsam war er. Sein einziger Umgang in der großen Stadt waren die Prostituierten vom nahe gelegenen Hauptbahnhof und sein alter Freund Gidi Duftinger, der noch aus alten Zeiten ausgezeichnete Kontakte zu der weidlich verkommenen Besatzung einer abgelegenen Grenzstation an einer kleinen, selten befahrenen Passstraße pflegte und deshalb ungehindert in regelmäßigen Abständen nach Tirol ein- und mit wohlgefülltem Kofferraum wieder nach Bayern zurückreisen konnte. Gidi hielt Hias über die Verhältnisse in der Heimat auf dem Laufenden und überbrachte ihm Geld und Botschaften von Bogenschütz, die im Wesentlichen immer gleich lauteten: Alles laufe ausgezeichnet, er solle sich keine Sorgen machen und um Himmels willen bleiben, wo er sei, damit er nicht dem Kastenbauer in die Hände falle.

Mitte Dezember kam Gidi nach Innsbruck, um im Auftrag der ganzen Familie Duftinger auf dem dortigen Christkindelmarkt Weihnachtsgeschenke einzukaufen. Es hatte tagelang geschneit, die Passstraße war nicht geräumt worden, daher hatte er für die Fahrt dreimal so lange gebraucht wie sonst. Außerdem hatte er zu wenig Geld mitgebracht, denn die Mark hatte im Verhältnis zum Schilling in den letzten Tagen noch einmal massiv an Wert verloren, deswegen war er mürrisch und reagierte gereizt auf Hias' Klage, ihm frören bald die Zehen ab. Sein Bruder Ludwig, sagte Gidi düster. Der Vater sei ganz magenkrank vor lauter Wut wegen dem Buben. Da könne man kaum mehr zuschauen. Und die Nase hätten sie ihm auch gebrochen, ohne Grund, einfach so. Und keiner tue etwas dagegen. Aber jetzt, sagte Gidi, jetzt habe der Spaß bald ein Ende. Weil jetzt liege der Bub auf den Tod im Krankenhaus, mit fünf Kugeln im Leib. Jetzt habe der Spaß ein Ende.

Noch nicht gleich jetzt. Aber bald. Noch liege zu viel Schnee. Über den Kastenbauer lachen zwar alle, aber man müsse es ihm ja nicht extra leicht machen. Schneetapper könne man nicht brauchen. Aber so im März, April, wenn der Schnee zerronnen sei und das Gras recht braun und flach daliege und nichts verrate, wer darauf wohin und woher. Dann sei die beste Jahreszeit.

Als Gidi dies gesagt hatte, war seine Laune ganz wiederhergestellt. Er lud seinen alten Freund auf einen Glühwein ein, und die beiden standen im Schnee und hielten ihre frostprickelnden Gesichter in den nach Zimt und Spiritus duftenden Dampf und nahmen winzige Schlucke von dem Getränk, das ihnen mit Blut und Wärme bis in die Spitzen ihrer ertaubten Gliedmaßen drang, und dachten an das fürchterliche Gericht, das der Habererbund über das Landgut Vorderried mit seinen mit Tannenzweigen und Bastschnüren winterfest gemachten Staudenbeeten, mit seinem kleinen Bühnensaal in der umgebauten Tenne und mit seinen lustigen, harmlosen Bewohnern in allernächster Zukunft halten würde.

## VII

Als die Schüsse verhallt, Kastenbauer und seine Leute verschwunden und das Röhren ihres Automotors verklungen war, lösten wir uns aus unserer Erstarrung. Wir fanden Wig auf dem Rücken liegend, totenbleich und mit klapperndem Unterkiefer, hysterisch kichernd, umsprüht von seinem eigenen rubinroten Blut und an Schultern, Brust und Oberschenkel von insgesamt fünf Kugeln getroffen. Seb, Adam und ich betteten den ächzenden Verwundeten, begleitet von den spitzen erstickten Klageschreien Marinas, auf die steifgefrorene und von Einschusslöchern durchsiebte Abdeckplane des Autos, das ihm vor den Maschinengewehrsalven lebensrettenden, wenn auch nicht vollständigen Schutz geboten hatte, und zogen ihn über den weichen, unablässig herniederfallenden, Blut, Erde und Aufgescharrtes still und fleißig auslöschenden Schnee nach Vorderried, nach Hause.

Als wir mit Wigs fünffach durchschossenem Leib auf der schmutzigen Plane durch die Haustür kamen, verfiel meine Mutter, kaum hatte sie halbwegs die Fassung wiedergewonnen, in aufgeregte Geschäftigkeit. Sie war seit Wochen unleidig gewesen, hatte viel am Küchentisch gesessen, eine erkaltete Tasse Pfefferminztee mit Honig vor sich, in der sie gedankenverloren rührte, mit strähnigem Haar und einem bitteren Zug um den Mund, den ich kannte und mit zusammengekrampfter Seele hasste. Der Anblick des wachsbleichen Buben und unserer verschwitzten, erschöpften und entsetzten Mienen eignete sich offenbar, um sie auf andere

Gedanken zu bringen. Ich meine mich sogar zu erinnern, dass sie in die Hände klatschte. Sofort machte sie sich ans Werk, setzte heißes Wasser auf, kramte in der Küchenschublade nach einer Schere, um dem bleich daliegenden Jungen die blutverkrusteten Kleider vom Leib zu schneiden, und wies jedem eine Aufgabe zu: Seb schickte sie nach dem Heizstrahler im Keller, mich nach dem Verbandskasten, Adam nach einer Decke im Oberstock und Marina zum Hinlegen auf das Sofa im Wohnzimmer, auf dass sie nicht länger allen im Weg herumstehe und mit ihrem hysterischen Gekreisch auf die Nerven gehe.

Die Wunden, die am weißen Leib des Jungen klafften, schienen mir grauenerregend. Aus zweien quoll in unregelmäßigem Rhythmus unaufhörlich neues Blut, dick und schwärzlich, aus einer weiteren stach ein spitzer weißer Knochensplitter. Meine Aufgabe war es, den Schwamm, mit dem meine Mutter das Blut abgewaschen hatte, in heißem Wasser auszudrücken, und ich hatte alle Not dabei – des Schlachthofgeruchs wegen, der aus dem mit karminroten Schlieren durchzogenen Wassergetropf, das ich aus dem Schwamm presste, aufstieg und in meinem Hals etwas zum Aufquellen brachte, das mir den Atem abzudrücken drohte. Wig, der bei Bewusstsein war, verfolgte mit geknicktem Hals und unter kraftlos flatternden, halb geschlossenen Lidern die energischen Griffe, mit denen meine Mutter seine Wunden versorgte und ihm blutstillende Verbände anlegte, was sie mit viel Geschick und überraschender Kenntnis tat. Dann blinzelte er, und sein matter Blick fiel auf mich. Und da lief ein kaum merkliches Lächeln über sein Gesicht.

Der Beschluss lautete, dass Adam und ich Wig ins Krankenhaus fahren sollten. Meine Mutter hatte noch allerhand Einwände geltend gemacht: Der Junge sei nicht transportfähig, er müsse sich schonen, wer weiß, wie viel Blut er verloren habe. Doch auf Sebs etwas schärfer als notwendig hingezischte Frage, ob sie ihm denn die Kugeln mit dem Küchenmesser herauszuoperieren gedenke, hatte sie nichts zu erwidern gewusst. Umso heftiger bestand sie darauf, dafür Marina in ihrer Obhut zu behalten. Dem Mädchen gehe es gar nicht gut, sie habe sie noch nie so blass und still erlebt, und sich in dieser Verfassung nächtens in ein Auto zu setzen und über winterliche Straßen zu holpern, das komme überhaupt nicht in Frage. In der Tat war Marina an Leib und Seele zu sehr geschwächt, um dem Willen ihrer Mutter zu trotzen, und so nahmen Adam und ich, nachdem wir den mittlerweile vor Angst und Schmerzen wimmernden Wig auf die Rückbank gebettet hatten, in Sebs Wagen Platz, ich, da ich seit kurzem einen Führerschein besaß, hinter dem Lenkrad und Adam auf der Beifahrerseite.

## VIII

Es war dunkel, und der Lichtkegel vor uns verlor sich nach wenigen Metern in weißem Geflirr. Das Gebläse fauchte dicke feuchte Wärme ins Wageninnere, die Scheiben beschlugen fortwährend, so dass Adam, während ich mit vorgerecktem Kopf das Auto über die Schneeschlieren durch die Finsternis steuerte, alle Hände voll zu tun hatte, mir ein Minimum an Sicht frei zu machen. Dann fielen auch noch die Scheibenwischer aus, blieben mit einem knirschenden Geräusch stehen, zwei schräge Balken im weißlich flirrenden Gesichtsfeld, das sich schnell noch weiter eintrübte durch den am angewärmten Glas haftenden Schnee, was uns keine andere Möglichkeit ließ, als die Fenster runterzukurbeln, abwechselnd Gesicht, Arm und Schultern in den schneidenden Fahrtwind zu recken, mit zusammengepressten Augen und nach Luft schnappend, und mittels eines eingeklappten Regenschirms ein notdürftiges Sichtfeld in den Schnee zu wischen, was vor allem für mich, die ich gleichzeitig Steuer, Gas und Bremse bedienen musste, ungeheuer anstrengend und obendrein halsbrecherisch gefährlich war, und als wir nach einer Weile merkten, dass wir immer noch fuhren, dass wir immer noch die Oberhand hatten und es dem Schnee und der Kälte und den ganzen Widrigkeiten da draußen immer noch nicht gelungen war, uns zu stoppen und niederzuwerfen und zum Aufgeben zu zwingen, und dass Wig möglicherweise überleben würde, da überfiel uns ein Drang zu lachen, Adam und mich, über den Schnee, den uns der Wind in die Kragen geblasen hatte, und über die gefrorenen Schweißtropfen in unseren Augenbrauen und über die Kraft, die in uns steckte und es uns leichtmachte, sich mit Gebrüll wieder hinauszubeugen in diesen unbeschreiblich kalten Fahrtwind und es dem verdammten Schnee erneut zu zeigen, es ihm immer wieder mit Gebrüll und Gelächter zu zeigen, und selbst der ächzende Wig auf der Rückbank versuchte mit schwacher Stimme, einen Witz zu machen: Wir sollten endlich die verdammten Fenster zumachen, er habe keine Lust, sich hier den Tod zu holen, klar?

In der Notaufnahme baten sie uns zu warten. Der leitende Stationsarzt wolle uns noch sprechen. Sie schoben Wig durch eine Schwingtür davon. Wir sahen ihn mit einer Hand matt winken, den Kopf zu heben fehlte ihm die Kraft. Als sich der Türspalt mit einem flappenden Geräusch hinter ihm geschlossen hatte, wurde mir bewusst, wie müde ich war. So furchtbar müde. Adam neben mir legte die Hand um meine Schulter. Ich lehnte mich an ihn. Er nahm meine immer noch eiskalten Wangen in die Hände und strich mir mit den Daumen das zerschmolzene Eis aus den Augenbrauen, und ich lehnte an seiner Brust, unter seinen streichelnden, großen, sanften Händen, die mir über das Haar strichen und über die Wangen, und schlief ein.

Wir waren allein. Es gab zwei Bänke, der Boden war bräunlich gekachelt, an der Decke blinzte eine Leuchtstoffröhre. Es gab nichts zu tun für uns, als zu warten. Mal schlief ich, mal wachte ich auf unter seinen Küssen.

Der Doktor kam, in Begleitung eines uniformierten Polizisten. Man müsse vorsichtig sein, sagte er, aber es sehe ganz gut aus. Er habe viel Blut verloren, doch die Wunden seien vergleichsweise ungefährlich, er habe unglaubliches Glück gehabt. Der Herr von der Polizei hier habe ein paar Fragen an uns.

Wir antworteten: Nein, Angehörige seien wir nicht, im eigentlichen Sinne. Freunde eher. Nein, sein Vater sei noch nicht benachrichtigt. Die Telefonnummer hätten wir nicht bei uns, aber die Familie Duftinger stehe bestimmt im Telefonbuch. Ja, wir seien Zeugen dessen, was vorgefallen war. Zunächst nur eine harmlose Schneeballschlacht. Dann sei ein Auto gekommen, aus dem drei Männer gestiegen seien, die uns zur Rede gestellt hätten. Wig habe auf einen der drei Männer einen Schneeball geworfen, auf den Anführer gewissermaßen. Daraufhin habe sein Begleiter geschossen, ein Mann namens Heiner Flögesheim. Und der Anführer heiße …

Der Polizist schnitt uns mit einer Geste das Wort ab. Das reiche, sagte er, während er uns, das linke Auge zugekniffen, betrachtete. Dann ließ er sich noch einmal unsere Namen buchstabieren, legte knapp die Hand an seine Schirmmütze und ging.

## IX

Mitte Januar stiegen die Temperaturen. Draußen strich ein warmer Wind von den Bergen herab, brachte die kahlen Bäume zum Schwitzen und die Dachrinnen zum Gurgeln, entzog den Eisschichten auf den Wiesen ihr Frostfunkeln und den Menschen ihre Entschlusskraft, und drinnen bullerte ungerührt von den frühlingshaften Temperaturen die Heizung und füllte Wigs cremeweißes Krankenzimmer mit lauer Stickigkeit. Sein Bett verfügte über eine hochkurbelbare Rückenlehne und eignete sich somit ausgezeichnet dazu, abwechselnd zu schlafen und fernzusehen, zwei Möglichkeiten, Zeit verstreichen zu lassen, von denen Wig in den Wochen seiner Rekonvaleszenz ausgiebig Gebrauch machte. Adam und ich leisteten ihm Gesellschaft, wann immer wir konnten, gelegentlich auch Marina, die aber oft nicht mitkommen konnte, weil sie noch zur Schule ging und unsere Mutter, panisch vor Angst angesichts des unaufhaltsamen Erwachsenwerdens ihrer Töchter, sie zu ihrem großen Kummer sonst kaum noch aus dem Haus gehen ließ.

Nicht dass sie viel verpasst hätte. In dem hellen Krankenzimmer, ganz in Cremebraun und Weiß gehalten, war zwischen Wand links und Wand rechts, zwischen Teppichboden und Zimmerdecke, zwischen Gabardinevorhängen und Schrankwand immer ein bisschen zu wenig Luft zum Atmen, immer ein bisschen zu viel leere Zeit, die wir damit zubrachten, uns wechselseitig mit immer verstiegeneren Albernheiten zu übertreffen, drei- und vierfach gespiegelten Ironien und Absurditäten, deren Witz und Sinn keinem Uneingeweihten und am Ende auch uns selbst kaum noch zugänglich waren und deren nachlassende Wirkung uns zu immer höheren Dosierungen zwang, was mit entsprechenden Nebenwirkungen einherging: Schläfrigkeit und schwere Glieder, eine trockene Augenreizung und leichtes Kopfweh. Die Schwestern und Krankengymnastinnen, die gelegentlich Wigs Zimmer betraten, müssen uns gehasst haben.

Nach einigen Wochen war Wig soweit wiederhergestellt, dass man ihm erlaubte, auf seinen eigenen wackligen Beinen das Krankenzimmer zu verlassen, auf Krücken zwar, aber immerhin: Wir seufzten vor Erleichterung. Unser bevorzugter Aufenthaltsort wurde fortan ein kleiner Steg, vom Klinikgebäude auf breiten Wegen bequem zu erreichen. Dort saßen wir in jenen ungewöhnlich warmen Januartagen, ließen uns die Föhnwinde über die Stirn streichen und taten so, als sei März. Denn in der Tat, alles außer dem Kalenderdatum war Frühling um uns herum. Wig prahlte, er würde ins Wasser springen, würde ihn nicht sein Gipsbein daran hindern. Früher, in besseren Tagen, hatte es hier vielleicht ein Ruderboot gegeben. Der Steg war alt, die Pfosten moosbewachsen, die Planken an den Nagellöchern schwärzlich aufgefault, und Adam, von Wigs Prahlerei herausgefordert, fand eine Weile Spaß daran, das morsche Bretterwerk mit rhythmischer Gewichtsverlagerung zum Knirschen und zum Schwanken und mich zum Kreischen zu bringen, wenngleich das Wasser nicht allzu tief war an der Stelle: Man konnte bis auf den bräunlichen Schlickgrund sehen, übertanzt von Schwärmen transparenter kleiner Fische.

Ich saß an das Brettergeländer gelehnt und hielt mein Gesicht in die Sonne, deren Glut rötlich durch meine geschlossenen Lider drang. Wigs und Adams Gemurmel und Gelächter verfloss mit dem Hintergrund, mit dem Ruf eines ebenfalls vom Wetter saisonal in die Irre geführten Vogels aus dem Gehölz jenseits des Sees, mit dem Streichen des leichten Winds in den kahlen, grün schimmernden Zweigen über uns, der mir die sonnenbeglänzte Stirn kühlte, und während sich mein Brustkorb hob und senkte und das Blut ruhig durch meine Adern pulste, war mir so leicht und frei und stark wie seit langem nicht, wie vielleicht noch nie in meinem Leben. Meine Winterjacke hatte ich längst ausgezogen und ließ den leichten Wind an meinen Hals, und als ich die Augen öffnete, sah ich Wigs lockenumkränztes Gesicht, ein überraschtes Lächeln darin, und Wig sagte: Die Falte in deiner Stirn. Er wies auf eine Stelle zwischen meinen Augenbrauen. Die sei weg. Das sei ja toll. Das stehe mir echt gut. Er lachte und schwieg einen Moment, ohne mein plötzlich auf so wundersame Weise entfinstertes Gesicht aus den Augen zu lassen, und dann wandte er sich mit jäher Geste Adam zu, dessen Fuß er packte, um ihn gegen seine strampelnde und ringende Gegenwehr unter viel Geschrei und Gejohle ins Wasser zu werfen.

# 7. Kapitel

## I

Der Innenminister brauchte nicht lange, um zu begreifen, welchen Fehler er mit der Verhaftung des mutmaßlichen Betrügers Jakob Böhm begangen hatte. Anfangs hatte er geglaubt, dem Erzbischof einen Gefallen zu tun, denn der Kirchenfürst hatte ihm zuvor beiläufig unter vier Augen seine Sorge über die so rapide um sich greifenden sektiererischen Umtriebe in Ettengrub mitgeteilt. Nach den Anschlägen vom September schien sich sowieso jedes andere hoheitliche Staatshandeln außer Verhaften, Einsperren, Schießen und Niederschlagen von selbst zu verbieten, zumal diese Art der Politik ohnehin am besten zu dem zupackenden Temperament des Ministers passte. Doch nachdem Böhm einige Monate Haft hinter sich hatte, begann man sich im Ministerium mit wachsender Dringlichkeit die Frage zu stellen, ob es wirklich ratsam war, den Wundertaten des frommen Försters in öffentlicher Verhandlung auf den Grund zu gehen. Und plötzlich sah sich der Minister von Leuten umgeben, die mit hochgezogenen Brauen ihre Juristenköpfe schüttelten: Das sei es natürlich nicht. Eine Hauptverhandlung sei zum gegenwärtigen Zeitpunkt äußerst untunlich. Was er denn dann bitte mit dem Kerl anstellen solle, wollte der Minister wissen. Da hoben die Berater ihre Schultern, pressten die Lippen zusammen, und in ihren Blick schlich sich eine winzige Spur unterwürfiger, furchtsamer Schadenfreude darüber, dass sie es nicht waren, die diese Entscheidung zu treffen und zu verantworten hatten.

Immerhin ließ auch Böhm keine Eile erkennen, an seinem Zustand als Untersuchungsgefangener etwas zu ändern. Der fromme Förster blühte in der Haft förmlich auf. Dem Wachmann, der ihn in seine Zelle geführt und ihm die Fesseln abgenommen hatte, hatte er seinen mit der Zunge befeuchteten Finger auf eine himbeerförmige Warze neben dem rechten Nasenflügel gelegt, die daraufhin binnen Tagen in sich zusammengeschrumpelt und abgefallen war. Der Vollzugsbeamte, der zunächst einen tätlichen Angriff gemutmaßt und den Förster mit dem Knüppel niedergeschlagen hatte, war damit bekehrt und tat Buße, indem er sich persönlich für Wohl und Sicherheit des Heiligen während seiner Zeit der Prüfung hinter Gefängnisgittern zuständig erklärte. An Heilbedürftigen fehlte es in dem stinkenden, überfüllten und von Elendsgestalten aller Art bevölkerten Gefängnisbau nicht. Der von seiner Warze befreite Wachmann trug Sorge, dass nicht mehr als zwei oder drei am Tag den Heiligen behelligten, der die meiste Zeit, abgesehen von drei täglichen, sehr nahrhaften und wohlschmeckenden Mahlzeiten aus der Küche der von einem Gallenleiden erlösten Gefängnisdirektorsgattin, in seiner sauberen, hellen und geräumigen Einzelzelle kniete und zur Mutter Gottes betete. Böhm hatte bereits mehrere Kilo zugenommen, sein schwarzes, von Silberfäden reich durchwirktes Haupt- und Barthaar war wieder voll und seidig, und da auch der kriminellste unter seinen Mitgefangenen auf seinen Segen nicht verzichten wollte, war sein Vorrat an weißem Pulver stets gut gesichert.

Längst war aus Jakob Böhm ein über die Landesgrenzen hinaus berühmter Mann geworden. Aus dem ganzen katholischen Deutschland pilgerten sie zu ihm, auch aus Österreich und von jenseits der Alpen kamen fromme Kranke, und eines Tages hielt sogar ein klappriger Reisebus vor den Gefängnistoren, aus dem ein ganzes, Rosenkränze murmelndes Altersheim aus der polnischen Stadt Zakopane ins Freie kletterte, nur um sich von dem mürrischen Gefängnispförtner die Auskunft zu holen, sie könnten gleich wieder heimfahren: Niemand wurde vorgelassen, der nicht eine vom Gefängnisdirektor unterschriebene Genehmigung vorzuweisen hatte. An diese Passierscheine zu kommen, war nicht leicht, wurde immer schwieriger, und schließlich versiegte die Quelle ganz, was weniger mit der Wertsteigerungsstrategie des knappen Angebots als mit der Tatsache zu tun hatte, dass die Staatsregierung nicht mehr ein noch aus wusste.

Der Direktor handelte durchaus mit dem Segen seiner Vorgesetzten, als er Böhm vor der Welt verschloss. Es gab auch so schon viel zu viele Geheilte, die Böhms Verteidiger in den Zeugenstand hätte rufen können. Andererseits hatten die Zugangsrestriktionen zur Folge, dass kaum noch jemand aus eigenem Augenschein über Böhms Zustand nach einigen Monaten Haft berichten konnte, weshalb sich in der katholischen Presse – zunächst als Gerücht, dann als etablierter Fakt – die Erzählung durchsetzte, Böhm mache hinter den Gefängnismauern Furchtbares durch, sei nur noch ein Schatten seiner selbst und bereite sich durch Fasten, Buße und Gebet darauf vor, für seinen Glauben den Tod zu empfangen. Keiner verstand die Martern des Heiligen in grelleren Farben auszumalen als der Landtagsabgeordnete Horst Bogenschütz, der kaum einen Tag verstreichen ließ, ohne in einer Rede, einem Zeitungsinterview oder einem offenen Brief an diesen oder jenen Minister die Regierung ultimativ aufzufordern, den heiligen Mann freizulassen. Nichts hätte die Regierung lieber getan, hätte sie es nur gekonnt, ohne den Eindruck heraufzubeschwören, sie beuge sich Bogenschütz' Drohungen.

Ausgerechnet der Justizminister, das niedrigste und machtloseste unter den Regierungsmitgliedern, ein gemütlicher kleiner Allgäuer mit einem Kartoffelgesicht und einer Leidenschaft für Lakritzbonbons, der am Kabinettstisch kaum je den Mund aufmachte, in dem Wissen, dass ihm ohnehin niemand zuhören würde, der immer brav mitlachte, wenn der Kollege aus dem Innenressort ihn mit leutseligen

Witzen über seine geringe Körpergröße quälte, ausgerechnet dieser Mann hatte am Ende die rettende Idee. Er verfügte zwar über keine nennenswerten Beziehungen zum erzbischöflichen Palais, dafür war er mit dem Abt des in seinem Wahlkreis gelegenen Klosters St. Cäcilien gut bekannt. Dieser erwärmte sich schnell für den Vorschlag, den Förster als Laienbruder aufzunehmen, ihn unter den ebenso fürsorglichen wie wachsamen Schutz der dortigen Benediktinerbrüder zu stellen und auf diesem Wege der klostereigenen Mineralquelle, dem Cäcilienbrunnen, zu neuer wirtschaftlicher Blüte zu verhelfen. Man war auf beiden Seiten sehr glücklich über dieses Arrangement, und auch der Innenminister musste gegenüber seinem fröhlich glucksenden Kabinettskollegen mit vor unterdrücktem Zorn zugequollenen Augenlidern dankend anerkennen, dass er ihm die Haut gerettet habe.

## II

Für den Landtagsabgeordneten Bogenschütz entwickelten sich die Dinge auf das Schönste: Nahezu die gesamte partikularistisch-katholische Bewegung hörte auf sein Kommando, und für die Gemäßigten war er gerade deshalb als Gesprächspartner und einziger potentieller Garant einer friedlichen Verhandlungslösung unentbehrlich. Bogenschütz peitschte mit der Linken und zügelte mit der Rechten und durfte nur nicht aufhören, nicht erlahmen und lockerlassen mit der einen oder anderen Hand, solange war er der mächtigste Mann im Freistaat Bayern. Lockerzulassen fiel ihm aber sowieso nicht ein, dazu machte ihm das Ganze viel zu viel Spaß, und das trug erheblich zu der provokant guten Laune bei, die ihn in solch eklatanten Gegensatz zu den anderen, meist ganz zu recht sorgenzerquälten Politikern seiner Zeit setzte, sehr zum Ärger derselben.

Man kann ihm angesichts des schieren Arbeitspensums, das er zu bewältigen hatte, den Respekt nicht ganz versagen. Sein politischer Drahtseilakt hätte alleine schon mehr als ausgereicht, einen weniger fähigen Mann vollauf beschäftigt zu halten. Bogenschütz aber nahm es überdies auf sich, während Hias' erzwungenem Exil auch noch dessen Geschäfte zu besorgen. Er ließ es sich nicht nehmen, mit eigener Hand die Warenlisten und Lieferpläne aufzustellen, die Fahrer und Kuriere auszuwählen und mit den nötigen Papieren auszustatten und die Ladungen persönlich in Empfang zu nehmen. Der wackere Gidi half ihm nach Kräften. Ihm überließ Bogenschütz, den Kontakt zu den Grenzern zu pflegen und sie pünktlich mit weißem Pulver zu versorgen, genügend, um sie bei Laune zu halten, aber nie so viel, dass sie womöglich übermütig geworden wären. Das weiße Pulver war indessen unter Bogenschütz' Ägide als Schwerpunkt der Geschäftstätigkeit ein wenig in den Hintergrund getreten. Auf den Landtagsabgeordneten ging die Idee zurück, größere Kapazitäten für andere Ware frei zu machen, die in diesen Tagen auf dem süd- und ostbayerischen Markt auf rapide wachsende Nachfrage und entsprechend explodierende Margen stieß. Hias' Leuten war es egal, ob sie Pulverquader und Schnaps oder Sturmgewehre und Sprengstoff transportierten, solange ihnen nur selbst das weiße Pulver nicht ausging – und dafür sorgte Bogenschütz mit einer Hingabe, als arbeite er auf eigene Rechnung.

Das Arrangement, mit dem die Regierung sich aus ihrem Dilemma im Fall Jakob Böhm befreien wollte, hatte für Bogenschütz zwar seine erfreulichen Seiten: Seit sich in der Regierungspolitik der Wind zu Lasten des Innenministers gedreht hatte, sah er seine eigenen Segel noch praller gefüllt als ohnehin schon. Dennoch war er aufs äußerste unzufrieden mit dieser Lösung. Er bat Gidi, erneut nach Innsbruck zu fahren und Hias zu bitten, ihn zu einer bestimmten Zeit unter einer bestimmten Nummer anzurufen.

# III

Die Alpen sind ein hohes und raues Gebirge. Sie von Süden nach Norden zu überqueren ist keine Kleinigkeit, auch für den Wind nicht, den Südwind, mag er auch die ersten Hügel wie im Spiel überstreichen, das breite Tal der Etsch entlang, wo Platz genug ist, auch wenn zu beiden Seiten die Hänge steiler werden, aus ihren flach gewölbten, mit schütterem Gestrüpp überzogenen Gipfeln stellenweise Felsen brechen wie Backenzähne. Weit auseinander stehen sie und lassen übergenug Raum, noch bläst er leicht dahin, der Südwind, schwappt hinüber in das lang hingezogene Becken des Gardasees, die ersten Felswände, die sich ihm entgegenstellen, nimmt er wie nichts, noch merkt er nichts davon, dass jeder Höhenmeter, den ihn die Stein- und Geröllriegel zu steigen zwingen, etwas kostet, ein klein wenig seiner Wärme. Doch die Felsschründe werden jäher, die Talsohlen schmaler, dann verschwinden sie ganz, die Wiesenstücke entlang des Wassers, der Fluss wird zum Bach, tief eingekerbt zwischen baumbestandenen Hängen. Bald gibt es keine Baumkronen mehr zum launigen Durchstrubbeln, keine schwankenden Fichtenwipfel mehr, sie ducken sich weg unter dem Südwind, kauern sich krüppelhaft in die von Felsblöcken durchsetzten Schründe, dann bleiben auch sie zurück, nur noch taubes, von gelben und grauen Flechten überzogenes Geröll, und steigt und steigt, in den brüchigen Fels hinein, zwischen Grasbändern und rötlichen Platten festeren Gesteins, und jeder Meter kostet Kraft, kostet Schwung, kostet Wärme, es ist empfindlich kalt geworden, und der Wind muss seine Last abwerfen. Die Feuchtigkeit, die er mit sich führt, fällt aus, gerinnt zu kleinen Dampftropfen, die sich zu Wolken zusammenballen, zu gewaltigen Wolkenhaufen, turmhoch, ein Gebirge über dem Gebirge, aber durchlässig für den immer noch weiterklimmenden

Wind, der jetzt leichter steigt, zwischen nassem Dunst und weißlichem Geschiebe, die Meter kosten nicht mehr so viel Wärme, eingehüllt in feuchte Schwaden. Und dann geht Regen nieder, ergiebiger Regen, in Schieflage gepeitscht durch den unablässig steigenden Wind, und weiter oben Schnee, auf den Gletscherfeldern, den eisigen Abbrüchen, hinauf durch ragenden Fels und Schutt und Eis, hinauf die letzten Rinnen, hinauf in die schartige Schneide des Hauptkamms, wo nur noch prekäre Wächten aus festgebackenem Schnee ins Nichts hinaus lecken, hinauf und hinaus und …

Hinab geht alles viel leichter. Lichtblau wölbt sich ein unermesslich großer Himmel, der Hauptkamm bleibt zurück, die strahlend weißen, sich himmelhoch auftürmenden Wolkenmassen auch, und mit jedem Meter, den er fällt, steigt die Laune des Südwinds, nimmt er zu an Übermut, Rauflust und Wärme, gewinnt jetzt, um die Last der Feuchtigkeit erleichtert, viel mehr Wärme, als er zuvor beim Steigen hatte hergeben müssen, schüttelt den Schnee in feuchten Klumpen aus den Fichten, faucht hinab in die Wiesenhänge, deren Schneehülle unter seinem heißen Atem zergeht und zu Wasser zerrinnt, das seinerseits den Weg ins Tal aufnimmt, in dünnen eiligen Schnüren zusammenrinnt und zusammenfließt zu gurgelnden, braungrauen Sturzbächen, gewalttätig, von gleichem Temperament wie über ihm der dahinschießende Wind, gewissermaßen das irdische Geschwister des Föhns. So heißt dieser Südwind nämlich hierzulande, ein aus dem Lateinischen entlehntes Wort, Favonius, was so viel heißt wie Frühlingswind, und in der Tat gibt es nichts Frühlingshafteres, als sich in märzgrauen Straßen von diesem funkensprühenden Nichtsnutz, diesem Wolkenvertreiber und Schneevernichter durch die Haare fahren zu lassen, unbedeckten Hauptes und mit geöffneter Jacke, Hals und Brust preiszugeben den reißenden warmen Böen, selbst wenn man noch Januar schreibt, was entschieden zu früh ist für jede Art von Frühling und sich daher bei allem Übermut ein wenig unbehaglich und aus dem Takt geraten anfühlt.

Es sei der Föhn, sagte Hias seinem Freund Gidi, der ihn besorgt ansah. Den vertrage er nicht. Müde mache ihn der, dass er manchmal gar nicht recht aus dem Bett komme. Hias lächelte halb, ohne Gidi anzusehen. Und dann tue ihm der Schädel immer so weh. Furchtbar sei das.

Sie saßen in dem kahlen Zimmer unweit des Innsbrucker Hauptbahnhofs, das Hias bewohnte. Hias hatte sich geweigert, ins Freie zu gehen, auf ein Bier oder einen Kaffee in einem der Wirtsgärten unten am Ufer des von Schmelzwasser cremebraun angeschwollenen Inns. Er hatte sich auch geweigert, die von Gidi angegebene Nummer zu wählen und Bogenschütz anzurufen. Gidi mochte noch so viel in ihn dringen, dass die Regierung den Böhm jeden Tag ins Kloster stecken könne, dass man handeln und dass er, Hias, unbedingt dabei sein müsse, dass das Risiko sehr gering sei, weil Bogenschütz über Kontakte die Wachmannschaft des Gefängnisses auf seine Seite gezogen habe. Und dass er sich Sorgen mache. Dass er ihn so gar nicht kenne. Hias hatte nur den gesenkten Kopf geschüttelt und halb gelächelt und sich an die Stirn gefasst. Er vertrage diesen Föhn halt einfach nicht, diesen kreuzverfluchten Föhn.

## IV

Vielleicht war es der Föhn, der Heinz-Hubert Scholtens Skiparadies Staufkogleralm das endgültige Garaus bereitete. Alles war rechtzeitig fertig geworden, im Dezember hatte man Eröffnung gefeiert, unter schwersten Sicherheitsvorkehrungen selbstverständlich, denn Scholten war nicht so naiv, die Augen davor zu verschließen, welch erstklassiges Anschlagsziel aus Sicht des Habererbundes die Eröffnungsgondel abgeben musste, die sich, mit einem Dutzend hochrangiger Vertreter von Politik, Kultur und Gesellschaft angefüllt, und mit einem enzianblauen Seidenband verziert unter großem Hallo und Sektkorkengeknall wie von selbst aus der Haltebucht löste, ohne jedes Quietschen und Rucken vom Leitseil ergriffen, über allerhand kunstvoll angeordnete Führungsrollen, und schließlich mit hinreißendem Schwung ins Leere pendelte. Das wusste Heinz-Hubert Scholten genau, und deshalb hatten Kastenbauer und seine Leute schon Tage zuvor jeden Stein in der Umgebung umgedreht, stand hinter jedem Baum ein bewaffneter Werkschutzmann, das Gewehr im Anschlag und die Augenbrauen spähend zusammengezogen, auf dass kein Verdächtiger es wage, sich der Talstation auch nur auf hundert Schritt zu nähern.

Für ein Tourismusunternehmen sind derlei Vorkehrungen freilich eine zweischneidige Sache. Der Tourist ist ein schwieriger Kunde: Bemühungen, ihn beim Skifahren vor Terror und Blutvergießen zu schützen, lösen bei ihm weniger Dankbarkeit als einen blinden Fluchtreflex aus, und tatsächlich ergab sich Scholtens Kundschaft in aller Regel kraftlos dem Impuls, der Gefahr von vornherein aus dem Weg zu gehen, woanders hinzufahren oder einfach daheim zu bleiben. Scholten tröstete sich einstweilen mit der Erkenntnis, dass seit den Anschlägen vom September die Umsätze im Fremdenverkehrsgewerbe in ganz Bayern in nie dagewesenem Ausmaß eingebrochen waren.

Einstweilen tat er so, als sei er immer noch der ungekrönte König des Tennisclubs, und leistete sich sogar die Extravaganz, beim jährlichen Höhepunkt des evangelischen Gesellschaftslebens in Ettengrub, dem Schwarz-Weißen Faschingsball, als Einziger im Saal unter lauter Schwarz und Weiß ein Seidencape in leuchtendem Enzianblau zu tragen, woran niemand groß Anstoß nahm, denn immerhin hatte Scholten die ganze Sause, wie jedes Jahr, aus eigener Tasche äußerst großzügig bezuschusst. Einige Wochen später hätte es schon Gemurmel gegeben über solch keckes Betragen. Denn im Kassenhäuschen des Skiparadieses Staufkogleralm wendete sich auch an den folgenden Wochenenden die Lage nicht zum Besseren. Und als in der vorletzten Januarwoche der Föhn einsetzte und den mit ungeheuren Mühen und Kosten skifahrgerecht ummodellierten Almwiesen mit solcher Wucht den Schnee wegfraß, dass die funkelnden neuen Liftanlagen binnen Tagen auf braunem, schlammverkrustetem Gras standen, da wurde die Wahrheit offenbar und war nicht mehr zu leugnen, und Heinz-Hubert Scholten sah sich genötigt, seinen Misserfolg, den Verlust des gesamten bilanziellen Eigenkapitals und das Ende seiner unternehmerischen Existenz dem Konkursrichter zu melden.

Dass das Ende so schnell eintrat, hatte auch damit zu tun, dass das Unternehmen zur großen Überraschung seiner Gläubiger über keinerlei Liquiditätsreserven mehr verfügte. Scholten hatte, wie sich auf Nachforschungen des Konkursverwalters herausstellte, einige Wochen zuvor sein gesamtes Barvermögen dem Tennisclub Schwarz-Weiß Ettengrub e. V. gespendet. Nahezu gleichzeitig hatte der amtierende Vereinsvorstand seinen Rücktritt erklärt und eine Sondervollversammlung einberufen, auf der die Mitglieder einstimmig Eugen Kastenbauer zum neuen Vorsitzenden wählten.

Zu der Sitzung war Scholten zwar erschienen, umringt wie eh und je von Kastenbauer und seinen Werkschutzmännern, aber die Mitglieder hatten ihn eigenartig verändert gefunden: Der Cary Grant von einst war kaum noch wiederzuerkennen. Die Damen, die früher bei seinem Anblick flach zu atmen angefangen hatten, fanden ihn jetzt merkwürdig mager und ungepflegt. Sein schwarz-silbernes Haar, das er früher alle vierzehn Tage vom Friseur im Nacken ausscheren und in der Stirn in einen akkuraten Seitenscheitel hatte legen lassen, stand wild in alle Richtungen, und durch die einst so marmorglatten Kanten von Kiefer und Kinn war ein dünner grauer Stoppelpelz gebrochen. Merkwürdig fanden sie auch, dass er selbst nicht mehr für den Vereinsvorstand kandidieren wollte und das Reden ganz Kastenbauer überließ. Was dagegen kaum einen störte, war die Beobachtung, dass der gesamte neue Vereinsvorstand in Camouflage-Militäroveralls mit schwarz-weißen Baretten erschienen war.

## V

Zu den wenigen Mitgliedern, die der Sondervollversammlung des Tennisclubs fernblieben, gehörten die Bewohner von Vorderried. Obgleich wir alle seit Jahren treu unsere Mitgliedsbeiträge zahlten, hatten wir uns angewöhnt, die Vereinsangelegenheiten als spießige Wichtigtuerei zu betrachten und offizielle Einladungen des Vorstands ungeöffnet und ungelesen in den Papierkorb zu werfen. Das rächte sich, als einige Tage später mein Freund Adam Pfaff auf dem Rückweg von Wigs Krankenlager nach Vorderried an einer Straßensperre mit blendenden Scheinwerfern von einer Streife der frisch gegründeten schwarz-weißen Bürgermiliz gestoppt wurde.

Adam hatte keine leichte Zeit hinter sich. Er hatte Wig kurz nach dessen erster Operation gestanden, dass er alle Versuche, sich das Mädchen Camilla Friedmann aus dem Kopf zu schlagen, aufgegeben habe: Sie seien, sagte er seufzend am Krankenbett, unterbrochen von langen Schweigepausen und den mageren Kopf nachdenklich in die Hände gestützt, im Grunde genommen kein bisschen weniger aussichtslos wie seine Leidenschaft selbst. Das sei jetzt halt einmal so, sagte er leise. Wig stand zu diesem Zeitpunkt unter starken Medikamenten, litt obendrein nahezu unerträgliche Schmerzen und ließ es daher seinem Freund gegenüber an Empathie fehlen, so dass dieser bald zu seiner Gewohnheit zurückkehrte, seine Herzensangelegenheiten mit sich selber auszumachen. Seine sonstige Übung, den ihm eigenen überquellenden Reichtum an Missgeschicken und Niederlagen in lauter lustige und liebenswerte Anekdoten umzumünzen und sich mit diesem konvertiblen Zahlungsmittel unsere Zuneigung zu kaufen, versagte in diesem Fall.

Wig war für diese Art von Vertraulichkeiten auch der völlig Falsche. Es kam auch sonst vor, dass er der Versuchung nachgab, sich von Adams Ungeschick zu Grausamkeiten reizen zu lassen. Aber nie hatte er dies so ungehemmt getan wie an diesem sonderbaren Frühlingstag mitten im Januar, an dem er mit einemmal entdeckte, wie ich, das Mädchen Camilla Friedmann, ohne die finstere Falte in meiner Stirn aussah.

Nie hatte Adam Ärgeres zu ertragen von seinem Freund und dessen plötzlich erwachtem grimmigem Übermut. Kaum hatte er sich nach seinem Sturz ins Wasser wieder auf den Steg gerappelt, triefend und hustend, trat ihm Wig mit seinem Gipsbein schon wieder in die Seite, so dass er erneut das Gleichgewicht verlor und zappelnd und schreiend im eiskalten See versank. Das fand Wig wahnsinnig komisch, und auch ich musste lachen. Adam kletterte unter gutmütigem Protest erneut ins Trockene und stand triefend und schlotternd auf dem Steg, bis ich mich erbarmte und anbot, ihm aus Wigs Zimmer ein paar trockene Sachen zu holen, die ihm allerdings zu Wigs großer Freude ein gutes Stück zu klein waren und daher ziemlich albern an ihm aussahen. Mit dem Argument, er könne doch nicht eine Dame oder einen Krüppel an seiner statt laufen lassen, schickte Wig ihn in die Kantine, um Bier und Brezen zu holen, und als er weg war, beugte er sich über mich und küsste mich auf den Mund.

Adam hielt bis spät abends durch. Wieder und wieder ließ er sich wegschicken, mehr Bier zu holen oder Zigaretten oder was auch immer, und jedes Mal kam er mit dem Bestellten in der Hand zurück, im Gesicht halb verletzter Trotz, halb die scheue Bitte, ihn doch jetzt endlich in Ruhe und dabei sein zu lassen, doch Wig sah sich dadurch nur mit jedem Mal zu noch größerer Gemeinheit herausgefordert, und mich, die ich verwirrt und glücklich und glucksend wie eine Sprudelflasche in Wigs Armen lag, hatte schon längst jeder vernünftige Gedanke verlassen.

Kurz vor Mitternacht hatte er genug. Wig hatte angefangen, ihn »Schnulli« zu nennen und eine im Wesentlichen frei erfundene Geschichte zu erzählen, wonach Adam eine perverse Hingezogenheit zu Babysaugern verspüre, sich von den feuchten Gumminippeln sexuell erregen lasse, woran kein Wort wahr war bis auf die Tatsache, dass Adam als Kind zu seiner großen Scham erst kurz vor der Einschulung von dem trostspendenden Saugwulst hatte lassen können. Eine Weile hatte er tapfer mitgelacht, dann war er verstummt und hatte uns schließlich, als ich auf sein Gähnen und seine Ankündigung, er sei jetzt müde und wolle fahren, keine Anstalten zum Mitkommen gemacht hatte, allein gelassen.

Unter den Milizionären, denen er an der Straßensperre in die Hände fiel, war auch Heiner Flögesheim. Sieh an, sieh an, sagte der Tennistrainer, als er sich durch die Beifahrertür ins Innere des Wagens beugte und Adam erkannte. Flögesheim ließ sich auf den Sitz fallen und zog die Tür zu. Er solle weiterfahren, befahl er, das Sturmgewehr mit dem Lauf nach oben zwischen den Beinen. Zum Tennisclub. Hauptsache, gesund und evangelisch, sagte Flögesheim, während er den stumm das Lenkrad umklammernden Adam von der Seite her betrachtete. Jetzt werde jeder gebraucht. Selbst so ein Depp wie er.

# VI

In den ersten Tagen begnügte sich Kastenbauers schwarz-weiße Bürgermiliz im Wesentlichen damit, die wichtigen Verkehrskreuzungen in Ettengrub besetzt zu halten und diensttaugliche evangelische Männer von der Notwendigkeit zu überzeugen, sich ihr anzuschließen. In den katholischen Autos, die sie gelegentlich anhielten und durchsuchten, fand sich so gut wie nie etwas Beschlagnahmenswertes, und so gingen die zunehmend gelangweilten Milizionäre dazu über, die Insassen der Fahrzeuge peinlichen Leibesvisitationen zu unterziehen und sich auf diese Weise ein wenig Abwechslung zu verschaffen. Das schoss in Kastenbauers Augen über das angestrebte Ziel, ein Zeichen evangelischer Präsenz und Stärke zu setzen, weit hinaus, und deshalb griff er umso begeisterter zu, als ihm aus verdeckter Quelle Informationen über den Aufenthalt des Matthias Pascolini zugespielt wurden. Diese Informationen, über deren Herkunft man nur Mutmaßungen anstellen kann, besagten, dass Hias am Tag zuvor unweit des Innsbrucker Hauptbahnhofs beim Kauf einer Leberkässemmel gesehen worden sei.

Eugen Kastenbauer hatte bereits bei der Gründung im Tennisclub der schwarz-weißen Bürgermiliz in aller Eindringlichkeit vor Augen geführt, dass dem Terror des Habererbundes in Ettengrub nicht das Rückgrat gebrochen werden könne, solange Pascolini da draußen frei und unbekümmert herumlaufe, weswegen dessen Ergreifung in der Liste ihrer Aufgaben und Ziele an allererster Stelle stehe. Kastenbauer zögerte daher nicht lange und sandte seinen besten Mann nach Tirol. Günther Zwerghuber, dreifacher Goldmedaillengewinner bei den bayerischen Polizeisportmeisterschaften im Freistilringen, kannte Hias vom Sehen: Sie waren sich vor Jahren schon einmal begegnet, im Keller der Ettengruber Polizeikaserne.

Der Ex-Polizeioberleutnant musste verdeckt agieren. In Tirol hielt man sich zwar aus den Konflikten jenseits der nördlichen Grenze heraus, sympathisierte aber im Großen und Ganzen doch offen mit den Katholiken, weshalb Kastenbauer von offizieller Seite auf keinerlei Hilfe zählen konnte. In Innsbruck fragte sich Zwerghuber bis zu Hias' Wohnung durch, wartete den Einbruch der Dunkelheit ab, klingelte an der Tür, überwältigte den Überraschten mit Hilfe eines Fausthiebs und eines Chloroformschwämmchens, fesselte ihn und verpackte sein Opfer im Kofferraum seines Wagens.

Für die Rückreise wählte er jene entlegene Passstraße, die auch Gidi für den Grenzübertritt bevorzugte. Die Männer, die in der kleinen Grenzstation Dienst schoben, freuten sich zunächst, ihren alten Kollegen zu sehen und mit einem Gläschen auf sein Wohl in der Wachstube die bleierne Langeweile ihres Dienstes für eine Weile unterbrechen zu können. Doch als dieser sich beharrlich weigerte und darauf bestand, er habe es eilig und müsse unbedingt weiter, er sei schon viel zu spät und Kastenbauer erwarte ihn, da schlich sich ein gereizter Ton in ihre lärmende Wiedersehensfreude. Sie begannen ihn spaßhaft »Herr Zivilist« zu nennen und mit allerlei Fragen zu necken, ob er jetzt lieber mit seinen neuen Preußenfreunden saufe und ob ihm der feine Herr Scholten schon den Klachel vergoldet habe und dergleichen. Und als auch das nichts half, wurden sie dienstlich und forderten ihn auf, Ausweis, Führerschein und Versicherungskarte vorzulegen, auszusteigen und den Kofferraum zu öffnen.

Hias war während der Fahrt die holprige und kurvenreiche Passstraße hinauf halbwegs wieder zu sich gekommen. Er lag in seinem licht- und luftlosen, dröhnenden Verlies, wurde reichlich und unvorhersehbar hin und her geschleudert, das Gesicht eine einzige pochende Schwellung und die Hände auf schmerzhafte Weise auf dem Rücken zusammengebunden, und fügte in seinem immer noch vom Chloroform stark eingetrübten Gehirn allmählich und unter größten Mühen den Gedanken zusammen, dass er in großen Schwierigkeiten steckte. Doch während er dalag und mit dem geschundenen Kopf, mit Schultern, Hüften und Knien gegen Metall und Filz schlug, während er versuchte, seine Kräfte zusammenzunehmen und sich zu konzentrieren auf das Wichtige, das da eben durch die Fluten von Übelkeit und trüben Traumfetzen zu ihm durchgedrungen war, fiel ihm dieser Gedanke immer wieder auseinander, so dass er den Widerstand irgendwann aufgab und sich den Herandrängenden nicht länger entgegenstemmte, den gestaltlosen Kämpfern, den Schattenfetzen, die ihm, dem Wehrlosen, übelwollten. Und war nicht dieser da der Polizist Ramsauer, und dahinter, das musste Zöhr sein, der tote Gustl, und so meckernd lachte nur Otto Prokopetz. Er presste die Augen zusammen und drückte sein Gesicht in den warmen stinkenden Brei, der aus seinem Inneren hervorquoll, und in diesem Moment wurde ihm gewahr, dass das Geschleuder aufgehört hatte, dass es still geworden war, von dem dumpfen Gemurmel und Gelächter abgesehen. Da schnappte ein Schloss auf und stach Licht zu ihm herein, und inmitten der schmerzenden Helle trat sein erstes Opfer heran, der Opelfahrer, der Mann aus seinen Bubentagen, dessen Kofferraum er erst mit Konterbande, dann mit seinem erschlagenen Leichnam gefüllt hatte, sein kahler Spatenkopf von gleißendem Licht bekränzt, und beugte sich herein zu ihm, und da quoll es auf in ihm, und er ließ seine Angst in allen seinen Muskeln explodieren und schnellte mit einem ohrenzersprengenden Schrei seinen zusammengefalteten Leib auseinander, dem Bösen entgegen. Seine Stiefelspitze traf den Kopf des Ex-Polizeioberleutnants oberhalb des Wangenknochens an der Schläfe, und zwar mit solcher Kraft, dass Zwerghuber an Ort und Stelle starb. Und noch ehe die sprachlosen Grenzpolizisten ringsum ihre Fassung wiedergewonnen hatten, war Hias bereits stolpernd, mit hinter dem Rücken zusammengebundenen Händen, das linke Auge zugeschwollen und Erbrochenes am Hemd und in den Haaren, im schütteren Gebirgswald verschwunden.

## VII

Der Freiherr von Ergoldsbach scheint an der zärtlichen Zuneigung, die Horst Bogenschütz für Hias empfand, keinerlei Zweifel zu hegen. Voll innigstem Verständnis schildert er die Gewissensqualen des Politikers, der seinen Freund in Not wusste, aber leider überhaupt gar nichts tun konnte, um ihm zu helfen. Die Lektüre dieser Passage ist beinahe nicht auszuhalten, so sehr leidet man mit ihm. In der Tat hatte die Nachricht, auf welchem Wege und unter welch bestürzenden Umständen Hias sein Innsbrucker Exil verlassen und die Grenze nach Bayern überquert hatte, Bogenschütz aufs äußerste alarmiert. Als sein Mitarbeiter Johannes Heß sie ihm überbrachte, schmiss er die Wurstsemmel, die er gerade hatte essen wollen, klatschend gegen die Fensterscheibe und presste aus vollen Backen einen außerordentlich ordinären Fluch hervor. Es war dies das erste Mal seit vielen Monaten, dass ihm seine gute Laune abhandenkam, wenn auch nur für einen kurzen Moment.

Man muss Bogenschütz zugutehalten, dass es in den Wäldern um Ettengrub nach Bekanntwerden von Hias' Flucht in der Tat von Milizionären und Polizei wimmelte. Bereits zwei Stunden nach dem Ereignis waren Kastenbauers Truppen ausgerückt, um das Gebiet rings um die Passstraße zu umstellen und systematisch zu durchkämmen, mit Hunden, Hochleistungsscheinwerfern, Nachtsichtgeräten und schwer bewaffnetem Begleitschutz zur Abwehr möglicher Störmanöver von katholischer Seite. Letzteres erwies sich freilich als überflüssig.

Einige aus Hias' alter Bande murrten zwar, man kenne sich doch viel besser aus in den Wäldern als die Kastenbauer'schen, vor denen man sich schließlich nicht zu verstecken brauche, schießen könne man selber, und außerdem sei der Hias irgendwo da draußen. Aber Gidi mochte sich dieser Sicht der Dinge nicht anschließen. Er wiegte sorgenvoll das spitznasige Haupt und machte ein bedrücktes Gesicht: Es sei zu früh, man müsse den richtigen Zeitpunkt finden, und außerdem müsse man raffinierter vorgehen, nicht einfach alle miteinander mit Geschrei in den Wald rennen und sich dort von den Schwarz-Weißen wie die Wildsauen über den Haufen schießen lassen. Da seien Taktik und Feingefühl gefragt.

Die Worte Taktik und Feingefühl aus Gidis Mund zu hören, war für die Buben mehr als ungewohnt. Sie rätselten, was ihrem bisher so rauflustigen Freund plötzlich den Schneid abgekauft haben könnte, doch ihnen fiel kein rechter Grund ein. Also musste das Wetter schuld sein. Der Föhn, der viel zu warme Wind, der seit Tagen aus den Bergen herabstrich, der konnte auch einen Robusteren als den bleichen Briefträgersohn närrisch machen. Und in der Tat lagen sie mit dieser Vermutung gar nicht so falsch: Der Wind hatte allen Schnee längst weggeleckt, nur in schattigen Winkeln und Gräben lagen noch einzelne schmutzige Streifen, und auch das Schmelzwasser war längst vergurgelt und versickert. Auf den Wiesen und Hängen lagen Matten aus grauem Laub und Stängeln, trocken und tot und niedergedrückt und verfilzt, denen auch die groben Tritte noch so vieler schwerer Stiefel nichts mehr antun konnten, anders als das saftige Gespitz, die irregeleiteten hellgrünen Sprossen, die den März gekommen glaubten, empfindlich lebendig und so leicht geknickt und zertreten. Jeden Moment, so glaubte Gidi, musste das Signal des Habererbundes kommen, zuzuschlagen und dem von evangelischem Hochmut gekränkten Vater Gerechtigkeit zu verschaffen.

Wie dieses Signal allerdings beschaffen sein sollte und was überhaupt der Habererbund genau zu unternehmen vorhatte, darüber machte sich Gidi bestenfalls nebelhafte Vorstellungen. Darum heiße es ja Geheimbund, tröstete er sich. Den Kontakt, über den er an den mysteriösen Bund herangetreten war, hatte ihm Bogenschütz vermittelt: Ein Bergführer aus Partenkirchen, so hatte der Politiker ihm geraten. Der Mann habe mit dem Geheimbund zwar selbst nichts zu tun, kenne aber seinerseits Leute, die ihm nützlich sein könnten. Also war Gidi nach Partenkirchen gefahren. Der Alpinist hatte sein Anliegen mit jener sonnengegerbten, geduldigen Verschlossenheit angehört, die ihm das langjährige schnatternde Werben seiner Kunden um seine Zuneigung ins Gesicht geprägt hatte. Am Ende hatte er ihn grob angefahren: Er habe keine Ahnung, was er eigentlich von ihm wolle. Wenn irgendein Postbote aus Ettengrub mit seinem Bankert nicht allein fertig werde, dann interessiere ihn das einen feuchten Dreck. Im Übrigen habe er keine Zeit zu verschenken, und die halbe Stunde, die er sich den Schmarren jetzt habe anhören müssen, koste zehn Mark, bitteschön. Das Geld strich er missmutig ein und ließ Gidi stehen.

Das habe schon seine Richtigkeit, hatte Bogenschütz Gidi beruhigt. Wer hinter dem Habererbund stecke, was die Haberer für Leute seien, das wisse zwar keiner. Aber so viel könne er mit Gewissheit sagen: Das seien keine Anfänger. Die seien doch nicht so blöd zu sagen, aber selbstverständlich, jederzeit gerne und hier bitteschön die Auftragsbestätigung mit Unterschrift und Stempel. Die wüssten genau, was sie tun. Jetzt müsse man nur noch darauf warten, dass der Schnee vergehe. Dann werde man schon sehen.

# VIII

Hias' Ergreifung schien eigentlich nur eine Frage der Zeit zu sein. Kastenbauer hatte an seine Leute den Befehl ausgegeben, in einer langgezogenen Kette zu marschieren, alle zehn Meter ein Mann und den Abstand nie größer als zwanzig Meter werden lassen, jeder mit einer langen Stange ausgerüstet. Diese Kette zog sich langsam durch den Wald wie ein Schleppnetz über den Meeresboden und trieb alles Lebendige vor sich her, störte Wildsauen und Rehe auf, durchstocherte jedes Dickicht, durchwühlte die Erdhöhlen unter den Wurzelballen umgestürzter Bäume, machte so viel Lärm wie möglich, mit Hundegebell und Geschrei und aufgeregtem Hinundhergelaufe und Gerüchten, in diesem Abschnitt hätten die Hunde Witterung aufgenommen, in jenem hätte man einen frischen Kothaufen entdeckt, jeden Augenblick müsse das Signal kommen, dass Pascolini gefasst sei. Aber ein solches Signal kam nicht, und Spuren fanden die Männer auch keine.

Unter ihnen war auch Adam. Sie hatten ihm eine Stange gegeben, aber keine Waffe. Das hatte Kastenbauer persönlich so verfügt, der dem Jungen, als sie ihn zu ihm brachten, ein paar zerstreute Fragen gestellt und befunden hatte, man solle ihn erst mal eine Weile genau im Auge behalten. Sein Mann für diese Art Aufgabe war der Tennistrainer Heiner Flögesheim persönlich, der schon von Berufs wegen zum Pädagogen taugen sollte. Flögesheim bekam den Auftrag, sich des jungen Adam Pfaff anzunehmen, und ließ ihn seither nicht mehr aus den Augen.

Der erste Tag war ein blinder, brüllender Angsttraum aus Schlamm, Schmerz und Stiefeltritten gewesen. Der zweite Tag hatte einen kaum besseren Verlauf genommen. Am Abend des dritten stieß ihn Flögesheim, während hinter dem hohen Maschendraht die Sonne unterging, gemeinsam mit einem Dutzend weiterer Rekruten zum Liegestütze-machen auf den Tennisplatz. Adam fiel mit dem Gesicht auf den noch warmen Platz, und es war gar nicht daran zu denken, seine schmerzenden, vor Entkräftung zitternden Arme dazu zu bringen, sich auch nur ein einziges Mal durchzustrecken und das schlaffe Gewicht seines Körpers in die Höhe zu stemmen, nicht auch nur ein einziges Mal, so dachte er, während sich der Hartgummi körnig in seine Wange prägte und unwiderstehliche Weichheit und Friedseligkeit versprach und durch die Maschenrauten des Zauns der Abendhimmel rötlich leuchtete. Doch als er plötzlich die Kante von Flögesheims Stiefelsohle im Kreuz spürte und dessen Hand, die in seine Haare griff und an ihnen riss, da war mit einemmal durchaus daran zu denken, und nicht nur das, die Arme pumpten und beugten und pumpten und beugten und pressten den Boden unter ihm weg, fünfmal, zehnmal, und hörten nicht mehr auf, und plötzlich verspürte Adam, dass der Schmerz gewissermaßen seine Farbe veränderte, nicht nachließ, im Gegenteil, eher noch wütender zustach, aber nicht so, dass er Aufhören schrie, nicht als Grenze und Schranke, sondern im Gegenteil, er schrie Weitermachen! Weitermachen! Weitermachen! Adam konnte gar nicht genug von ihm kriegen, er durchfuhr ihn jetzt mit jauchzender, überschnappender Begeisterung, jagte durch seinen Leib mit Feuer und Schwert, peitschte die alten Lügen und Schwächen seines Leibes vor sich her, trieb ihm den freundlichen, harmlosen, ungeschickten und liebenswerten Adam aus allen Poren hinaus, schmiedete ihn mit ungeheuren Hammerschlägen, und als sein langer dünner Körper endlich zusammenbrach und ihn für einige Minuten das Bewusstsein verließ, dort auf dem Hartplatz des zum Miliz-Hauptquartier umgewidmeten einstigen Tennisclubs Schwarz-Weiß Ettengrub, da hatten die anderen längst aufgehört und saßen, Heiner Flögesheim eingeschlossen, mit angezogenen Knien und scheuer Ehrfurcht im Gesicht in der immer dichter werdenden Dämmerung um ihn herum und staunten.

## IX

All dem Lärm und all dem Aufwand zum Trotz bekam Hias kaum etwas mit, als die Kette der Verfolger an seinem Versteck vorbeizog. Er lag auf dem Rücken ausgestreckt in schwärzester, tropffeuchter Finsternis und glaubte zu sterben.

Vier Tage und vier Nächte verbrachte er im Inneren der Höhle im obersten Grund des Ettengruber Mühlbachtals, bis er den letzten Rest des weißen Pulvers, das er während mehr als zwei Drittel seines Lebens in stetig wachsender Dosis zu sich zu nehmen gewohnt gewesen war, aus seinem Leib geschwitzt, gekrampft und gefiebert hatte. Wieder hatten ihn jene furchtbaren Gestalten, jene hitzigen, gleißend durchblitzten Schattenfetzen heimgesucht, und wieder hatte er sie einen nach dem anderen niedergerungen, hatte sie erneut erwürgt und erschlagen und in den Tod zurückgezwungen und hatte staunend miterlebt, wie er selbst lebendig blieb entgegen seiner ganz zwingenden Erwartung – furchtbar geschwächt zwar, halb erfroren und zu drei Vierteln verdurstet, aber am Leben. Er lag auf dem Rücken im feuchten Sand, zu schwach, um sich zu regen, und die lackschwarze substanzlose Finsternis drückte auf seine schmerzenden aufgerissenen Augen, und Blut pochte durch seine Adern, und er atmete und zog kalte feuchte Luft ein und stieß sie wieder aus und bot seinen weit geöffneten Mund den kalten nadelscharfen Wassertropfen dar, die aus unbekannter Höhe von oben aus der Schwärze fielen, im Rhythmus seines Herzschlags getaktet, präzise wie ein Metronom, einer nach dem anderen.

Er war bei Bewusstsein, aber nicht ansprechbar, als Gidi, Peter und der dicke Schorschi ihn am frühen Abend des fünften Tages fanden. Inzwischen hatte Kastenbauer – zur großen Schadenfreude nicht nur der katholischen Presse – seine Truppen unverrichteter Dinge abziehen müssen. Nur eine Handvoll Posten hatte er zurückgelassen, allerdings ohne viel Hoffnung. Sie sollten Almhütten und Jagdunterstände besetzt und die Augen offenhalten, darunter auch die unterhalb der Höhle gelegene Staufalm. Das war kein großes Hindernis: Die Männer der Pascolini-Bande waren seit ihren Schmugglertagen gewohnt, sich im Bergwald mit der nötigen Umsicht und Geräuschlosigkeit zu bewegen.

Auf dem Weg zur Höhle hatten sie die ursprüngliche Bewohnerin der Staufalmhütte gefunden, in einem Dornengestrüpp. Dorthin hatten Kastenbauers Leute die schiache Mirl geschleppt, die zuvor mit dem Weidestecken auf sie losgegangen war, um sie am Durchsuchen der Hütte zu hindern. Im letzten Licht des verlöschenden Tages und auf den ersten Blick sah das, was da zwischen den Dornenruten lag, wie ein Haufen Lumpen aus. Doch dann hatte Gidi ein Büschel rostbraune Haare gesehen. Und eine Hand, eine bläulichweiße. Sie musste noch eine ganze Weile gelebt haben.

## X

Wer unerwidert liebt, tut das nicht allein deshalb, weil ein unfreundliches Schicksal ihn dazu verurteilt. Er hat etwas davon. Er treibt die unerwiderte Liebe wie einen Nagel durch seine Existenz. Sie führt nirgends hin, sie hat kein Ziel, sie weist ihm keine Richtung, sie bleibt, was sie ist: Er, der liebt, liebt sie, die geliebt wird. Man beachte das Passiv: Er fühlt vielleicht Schmerzen, aber die Leidende ist sie. Er fixiert sich selbst an ihr, die zu seinem Mittelpunkt wird und sein nichtiges und gewichtsloses Herumgerissen- und Umhergewehtwerden in ein possierliches Drehen verwandelt, eine schöne, rasche und ordentliche Bewegung, und nur dort, wo der Nagel durchgeht und für ihn sozusagen der Spaß aufhört, steht er stille.

Seit Adam Pfaff aber, wenngleich unfreiwillig, der schwarzweißen Bürgermiliz beigetreten war, hatte sich seine Situation auf unklare Weise verändert. Während der Atempausen, die ihm Flögesheims erbarmungsloses Training gelegentlich ließ, spürte er, wie sein von den Spring-, Kletter- und Marschierübungen unausgelastetes Gehirn an der Lösung des Problems arbeitete. Er war, nicht ohne sich über seine Unbeteiligtheit zu wundern, gespannt auf das Ergebnis.

Es gab kaum noch eine Minute, die er nicht in Gesellschaft Heiner Flögesheims verbrachte. Der Trainer hing an seinem jüngsten Schützling mit der gleichen Zuneigung, die ein Meister seinem Meisterstück gegenüber empfindet: Diesen hatte er geschmiedet, er war sein Werk, und wenn Adam beim fünfundzwanzigsten Durchrobben des Schlammgrabens sein atemloses Japsen einstellte und das verzerrte fletschende Grinsen in seinem Gesicht einem Ausdruck metallischer Unbewegtheit wich, dann ballte er die Hand zur Faust und freute sich still.

Abends redeten die beiden miteinander über Frauen: Adam über mich und Flögesheim über Marina. Nicht, dass sie einander ihre Herzen ausgeschüttet hätten. Sie tauschten, unterbrochen von langen Pausen finsterer Kontemplation, ihre Beobachtungen aus, rauchten dabei und tranken Bier aus Flaschen und bestärkten sich wechselseitig in der Meinung, dass bei den Geschwistern Friedmann jeweils ein eklatantes, aber irgendwie durchaus typisches und daher gar nicht unbedingt bedauernswertes Missverhältnis zwischen der Verworfenheit des Charakters und der Vortrefflichkeit der jeweiligen Geschlechtsorgane bestünde. Und Adam, den dieses Gespräch auf eine dunkle Weise erregte, hatte mehr denn je das Gefühl, dass sich ihm in seiner neuen Existenz als Mann und Soldat jenseits des Festgenageltseins an dem Mädchen Camilla Friedmann eine Fülle neuer Möglichkeiten eröffnen könnte.

Flögesheim hatte auf Kastenbauers Anweisung die Aufgabe übernommen, die Staufalm und ihre unmittelbare Umgebung zu bewachen. Er hatte Kastenbauer gebeten, ihm als Hilfe und Verstärkung seinen neuen Schützling Adam zur Seite zu stellen, und der hatte keinen Grund gesehen, ihm diesen Wunsch zu verwehren. Sie hatten Proviant für vierzehn Tage, ein batteriebetriebenes Funkradio und zwei Schusswaffen: Flögesheims vollautomatisches Sturmgewehr und eine Polizeipistole samt Halfter, die ihnen Kastenbauer auf Flögesheims Drängen dagelassen hatte. Mit ihr wollte er Adam das Schießen lehren. Sie hatten zu diesem Zweck hinterm Stall einen provisorischen Schießstand eingerichtet. Die rückwärtige Bretterwand der Hütte diente als Kugelfänger, davor standen auf einer Bank aufgereiht ein Dutzend leerer Flaschen und Dosen. Flögesheim maß im kurzen Almgras zwanzig Schritt ab und zog mit der Stiefelspitze eine Furche, hinter der er Adam Aufstellung nehmen ließ.

Adam hob den Arm. Das schwarze Gerät in seiner Hand war erstaunlich schwer. Er kniff ein Auge zu und stellte das andere auf eine weißlich glänzende Glasflasche scharf, eingefasst von der verschwommenen Kerbe im Pistolenlauf am Ende seines ausgestreckten und um ein Winziges schwankenden Arms und wieder aus ihr verschwindend, so dass er die andere Hand zum Stabilisieren brauchte, was nicht recht half, weil es das Schwanken eher noch verstärkte. Abdrücken, sobald es ihm irgendwie richtig erscheint, beschloss er, und der Züngel drückte ihm hart in die Fingerbeuge, und dann schlug es ihm mit einemmal, ohne dass er irgendeinen Entschluss gefasst hätte, einfach so und mit jäher Gewalt, den steif durchgestreckten Arm nach hinten. Es war sehr laut. Ihm sangen die Ohren, und er rieb sich die Schulter, die schmerzte, als hätte einer mit dem Knüppel draufgehauen, und blinzelte: Da stand sein Ziel, nackt und blass und über seine Zeit hinaus unversehrt, mit dünnem Hals und schmalen Schultern, während die Gewalt des Schusses das Blei einen halben Meter darüber eineinhalb Fingerbreit ins faserige Holz getrieben hatte.

## XI

Da Hias, fiebernd und schwach wie ein Baby, nicht auf eigenen Füßen stehen konnte, mussten sie ihn tragen. Das war ungeheuer mühsam. Ihm fehlte die Kraft, sich festzuklammern, so dass er ihnen immer wieder vom Rücken rutschte. Sie wollten vor Sonnenaufgang außer Hörweite sein, daher drängte die Zeit. Mit mahlenden Kiefern und schweißüberströmt stolperten und arbeiteten sie sich Meter für Meter den Hang hinauf, bis schließlich Gidi einen gepressten Fluch ausstieß und Hias zu Boden gleiten ließ. So gehe das nicht, befand er und machte sich mit Hilfe eines Messers daran, eine junge Esche zu fällen. Dann band er Hias' Hände und Füße zusammen, und dadurch fädelte er den gestutzten und von Zweigen befreiten Stamm, den Peter und Schorschi hinten und vorn auf die Schulter nahmen und mit einem Ruck hochhoben. So ging es besser. Nach einer Weile verlor Hias, dessen ganzes Gewicht an seinen Hand- und Fußgelenken hing, das Bewusstsein. Sie trugen ihn mit zusammengebissenen Zähnen den Hang hinauf. Sein Kopf nickte nach hinten, aus seinem klaffenden Mund hing ein dünner Speichelfaden, und ab und zu ließ er ein Stöhnen hören.

Mittlerweile war es längst Tag geworden, und ein wachsamerer Mensch als Adam hätte die Vorgänge am anderen Ende des Talkessels bemerken und Verdacht schöpfen können. Das tat er aber nicht. Er trat vor die Hütte in die frische, funkelnde Frühe, um sich am Brunnentrog zu waschen. Er hatte tief und traumlos geschlafen und war mühelos erwacht, hatte die Decke zurückgeschlagen und war auf die Beine gesprungen. Kraft war in ihm, federnde Kraft. Dazu schien ihm das raue Balkenholz zu passen, aus dem die Hütte gefügt war, außen von Alter und Wetter versilbert, innen von hundert Jahren des Bewohntseins geschwärzt, und der Rußfang am Ofen und hinterm Haus der Nussbaum mit seinem schief gewachsenen, in sich wie ein Schiffstau verdrehten Stamm. Das war alles so knorrig und so gut. Ihm war am ganzen Leib, als müsse er Bäume fällen, mit gewaltig geschwungener Axt, sie in Scheite hacken den ganzen Tag bis zum Sonnenuntergang. Er stand vor der Hütte, sein nackter Oberkörper schauerte in der Morgenkühle, und er beschloss, sich die Haare lang wachsen zu lassen, auf dass sie wild und sonnengebleicht aussähen, und sie mit einem Lederband zurückzubinden, damit sie ihm bei seinen kraftvollen und wilden Taten nicht im Weg herumhingen. Und dann fiel sein Blick auf eine menschliche Gestalt, die einige Schritte entfernt im Gras lag.

Mit zwei geduckten Sprüngen floh Adam zurück ins schützende Dunkel der Hütte und schlug die Tür hinter sich zu. Mit heiserem Flüstern rief er nach Flögesheim. Der Gerufene steckte den Kopf durch die Kammertür und sah ihn fragend und alarmiert an. Adam machte mit dem Kopf eine Bewegung zum Fenster. Der ehemalige Tennislehrer kroch auf allen vieren in die Stube, richtete sich ein wenig auf, um durch die Ecke des Fensters zu spähen. Was da reglos und mit dem Gesicht nach unten zwischen den Halmen lag, hatte ein kariertes Hemd an, Schnürstiefel und eine ausgewaschene Jeanshose. So hatte es in der Beschreibung gestanden, die Kastenbauer an seine Leute hatte verteilen lassen.

Adam kroch zu dem Pistolenhalfter, das an der Wand hing, und hob geräuschlos den Riemen vom Haken. Er entnahm die Waffe ihrem Behältnis. Wieder wunderte er sich, wie schwer sie war. Sie zog an seinem Arm. Er nahm die Waffe in beide Hände und hob sie mit dem Lauf nach oben. Der Trainer hatte sich inzwischen das Sturmgewehr gegriffen.

Er würde die Tür aufreißen, dachte Adam, mit drei Schritten würde er bei der Gestalt dort draußen sein, und bevor der dort draußen überhaupt begreift, was passiert, würde er feuern, das ganze Magazin leer, es würde hell dort draußen sein, blendend hell, und er würde schreien, während er schießt und die ganze in dieser Waffe zusammengepresste mörderische Gewalt auf diesen Feind dort draußen loslässt, aber das würde er erst merken, wenn die Waffe durchklickt unter seinem verkrampften Abzugfinger, und dann …

Flögesheim lachte trocken. Mit etwas mehr Kraft als nötig öffnete er das Fenster, zielte und gab drei Schüsse auf die liegende Gestalt dort draußen ab. Sie zuckte auf unter den Einschlägen, sonst geschah nichts. Dann gab Flögesheim Adam mit einem halben Grinsen den Befehl, den Toten hereinzuholen. Dann müsse man Kastenbauer benachrichtigen. Der würde zufrieden sein, da könne er sicher sein.

Adam trat ins Freie und ging auf die Gestalt zu, bückte sich und packte sie an der Schulter, um sie umzudrehen. Sein Blick, der letzte seines Lebens, erfasste das augenlose Gesicht der Sennerin, ihre weißen Lippen zu einem toten Grinsen verzerrt und die fast waagrecht nach vorne stehenden Zähne freigelegt, und fiel dann auf einen runden metallenen Gegenstand, nicht unähnlich einer Brotdose, von dem Leib ins platte Gras gedrückt und mit der Aufschrift: Attenzione esplosivo.

Als der Detonationsdonner durch den Talkessel rollte, hatten die drei Lastenträger eben die Anhöhe erreicht. Von da an ging es nur noch bergab. Gidi wandte kurz den Kopf und lächelte.

# 8. Kapitel

## I

Einige Zeit zuvor war in Seb Rothkehls Büro im Georg-Heim-Haus in der Münchner Lerchenfeldstraße, wo die Schriftleitung des Bayerischen Volksanzeigers ihren Sitz hatte, ein junger Mann namens Johannes Heß aufgetaucht. Er hatte sich keinen Termin geben lassen, im Vertrauen darauf, dass man ihn auch so empfangen werde, was auch geschah: Heß war der Büroleiter und engste Vertraute von Horst Bogenschütz und als solcher trotz seiner jungen Jahre ein Mann, dessen Wort im partikularistischen Flügel der Partei uneingeschränktes und im gemäßigten Flügel immerhin so viel Gewicht besaß, dass man ihn unbedingt ernst nehmen musste.

Heß war, anders als sein fettleibiger Herr und Meister, von gewinnendem Äußeren, groß und schlank, mit einem Paar metallblauer Augen und einem dicken Schopf blonder Haare versehen und insgesamt von der Art, gegenüber der Gesprächspartner beiderlei Geschlechts oft und leicht schwach werden, wie man so sagt. In Vorwegnahme dieses Schwachwerdens hatte Heß sich angewöhnt, in jeder Lebenslage ein wenig lockerer zu bleiben, als es sich ein weniger gut aussehender Mensch in der gleichen Situation erlaubt hätte, eine irritierende Entspanntheit der Augenpartie, ganz egal, wie respektgebietend sein Gegenüber war und wie erhitzt das Gespräch, was ihn in den Augen der Mehrheit noch attraktiver, einer Minderheit dagegen völlig unerträglich machte.

Zu dieser Minderheit gehörte Seb, und Johannes Heß hatte den Mund noch nicht aufgemacht, da war Seb schon entschlossen, ihm sein Anliegen, wie immer es beschaffen sein mochte, abzuschlagen. Heß ließ sich allerdings viel Zeit damit. Er stand, während Seb verdrossen wartete, in Betrachtung der gerahmten Fotos an der Wand versunken, die Hände in den Rücken gestützt und den Kopf genießerisch zur Seite geneigt: Es handelte sich um Werke des Landschaftsfotografen Hans-Utz Meystermeyer, eines Bekannten und häufigen Gastes meiner Mutter. Vor einem Bild blieb er stehen. Es zeigte unser Haus. Vorderried?, fragte Heß über die Schulter und wies mit dem Daumen auf das Bild. Ohne Sebs Antwort abzuwarten, nickte er. Tolles Bild. Sei aber auch ein besonders schöner alter Hof. Seit dem frühen 15. Jahrhundert dokumentiert, soviel er wisse. Erst Lehen des Klosters Tegernsee, dann der Grafschaft Falkenstein. Jahrhundertelang im Besitz einer Familie Straub. 1871, im Jahr der Reichsgründung, dann die Zwangsversteigerung. Schulden beim Rossjuden. Vielen sei es damals so ergangen. Ein großes Unglück, seufzte Heß und wandte sich ab von dem Bild. Es gebe noch Nachkommen in Ettengrub, nicht viele allerdings.

Und jetzt, sagte Heß und ließ sich mit erneutem Seufzen in einen Sessel fallen, sei der Hof auf die Familie Friedmann gekommen. Heß lehnte sich zurück und verschränkte die Hände hinter seinem Kopf. Friedmann – sei das eigentlich ein jüdischer Name? Er wisse selber, dass die Friedmanns evangelisch seien, aber das heiße ja nichts, es seien viele konvertiert im 19. Jahrhundert, das müsse er einem Historiker nicht erzählen. Gewiss, setzte er dem schweigenden Seb auseinander, die Familie Friedmann sei für das Schicksal der eigentlichen Vorderrieder Bauern nicht verantwortlich, man könne sie dafür nicht haftbar machen, schon gar nicht juristisch. Aber das müsse man wissen. Müsse die Hintergründe kennen. Dann verstehe man manche Dinge leichter. Hier richtete er, ohne das geringste Zeichen der Anspannung, seine metallenen Augen auf Seb.

## II

Es war nicht das erste Mal, dass Seb Rothkehl aus den Reihen seiner Parteifreunde mehr oder weniger wohlmeinende Ratschläge erhielt. Man nahm ihn beiseite, am Rande von Versammlungen und Vorstandssitzungen, oder verabredete sich zwanglos mit ihm zum Mittagessen, plauderte erst über allerhand Oberflächlichkeiten, lästerte über die Anführer und Anhänger des jeweils anderen Parteiflügels – Seb galt als »unabhängig«, was ihn für Vertraulichkeiten mit beiden Seiten offen machte – und lachte ein bisschen miteinander, um dann plötzlich eine bekümmerte Miene aufzusetzen: Es gehe ja niemanden etwas an, mit wem er Freundschaft pflege. Aber in diesen Zeiten sei es wichtig, zu wissen, auf wen man zählen könne. Niemand wolle sich in sein Privatleben mischen, um Gottes willen. Es sei nur so ... Ach, wahrscheinlich sei es gar nicht wichtig. Aber es sei danach gefragt worden. Von höherer Stelle. Wahrscheinlich habe es gar nichts zu bedeuten. Er solle sich keine Sorgen machen. Und einen sehr herzlichen Gruß an die Frau Gemahlin, bitteschön. Eine großartige Frau. Echtes bayerisches Kernholz. Ihren Onkel, den Baumgartner Bepperl, habe man ja noch gut gekannt. Was für ein Mann! So entschlossen, so geradeaus, so durch und durch katholisch ...

Was Johannes Heß ihm mitzuteilen hatte, war dagegen von anderer Qualität. Es gehe nicht, sagte der junge Mann, der da in bequemer Haltung in seinem Sessel in seinem Büro saß, dass er mit der Friedmann schlafe. Man erwarte von ihm – und das sei jetzt nicht seine persönliche Meinung, sondern die der Partei, wenngleich er in niemandes Auftrag hier sei –, man erwarte von ihm, sofort jede Verbindung zur Familie Friedmann zu kappen. Sofort. Die Familie Friedmann sei in Schwierigkeiten. In sehr großen Schwierigkeiten. Zu denen er, Sebastian Rothkehl, durch seine Unbeherrschtheit noch beigetragen habe. Das sei jetzt aber nicht wichtig. Wichtig sei vielmehr, dass die Partei es ihren Funktionsträgern nicht erlaube …

An dieser Stelle verlor der dunkelrot angeschwollene Seb die Beherrschung, packte den jungen Emissär mit der einen Hand an seinem blonden Haarschopf und zog ihn aus dem Sessel, mit der anderen griff er seinen Hosenbund, trat seine Bürotür auf und warf den zappelnden und schreienden Johannes Heß mit dem Kopf voran die Treppe hinunter.

Am Abend erzählte Seb, was sich zugetragen hatte. Mit zwei Fingern zeigte er die Größe des Lochs im Kopf des Saukerls, das mit fünf Stichen habe genäht werden müssen, und sein schöner Miesbacher Trachtenjanker sei ganz vollgeblutet gewesen. Er war sehr zufrieden mit sich.

Am nächsten Morgen weigerte sich der Ettengruber Metzger, meine Mutter zu bedienen. Beim Bäcker ging es ihr ebenso, und beim Gemüse- und beim Blumenhändler auch, allem entrüsteten Protest und allen Hinweisen, dass sie schließlich eine alte und gute Kundin sei, zum Trotz zeigte man ihr die Tür, teils mit bekümmertem Bedauern, teils mit verschlossenem Grimm. Das war zwar empörend und vollkommen lächerlich, aber für sich genommen nicht allzu schlimm: Es gab ja noch den Supermarkt in Unterettengrub, und da fragte man nicht nach der Konfessionszugehörigkeit seiner Kunden.

Einige Tage darauf fand Marina in unserem Briefkasten einen zusammengefalteten Zettel. Darauf standen vier kurze, handgeschriebene Zeilen: Noch, so lasen wir, sei Zeit, sich zu retten. Der anonyme Briefschreiber empfahl uns, zu laufen, so schnell wir könnten. Und nichts mitzunehmen. Uns Gesindel helfe hier keiner, wenn die Haberer kommen. Weil alle lachten, wenn wir verrecken: Ha Ha Ha! Bei diesen drei Lachlauten hatte der Briefschreiber so fest aufgedrückt, dass die Stiftspitze das Papier durchstoßen hatte. Die Schrift kam uns weiblich vor, rund und etwas ungelenk, als bediene sich der Schreiber ihrer sonst allenfalls zum Verfassen von Einkaufszetteln. Wir lachten und schüttelten die Köpfe über so viel Niedertracht und tauschten allerhand Betrachtungen aus, wozu die Leute im Schutz der Anonymität fähig seien und wem wohl unter den Nachbarn so etwas zuzutrauen wäre.

## IV

Kastenbauer rief persönlich an. Er habe uns etwas mitzuteilen, sagte er. Etwas, das uns ohne Zweifel interessieren werde. Die Sache sei dringlich und erfordere unser persönliches Erscheinen, daher schlage er vor, dass wir uns am Vormittag des folgenden Tages um neun Uhr im Clubhaus Schwarz-Weiß einfinden, und zwar alle: meine Mutter, Marina und ich sowie der Herr Doktor Rothkehl.

Vor dem Eingang des Clubgebäudes waren hinter aufgestapelten Sandsäcken bewaffnete Männer postiert. Sie mussten von auswärts sein, wir kannten ihre Gesichter nicht. Einer der Wachtposten fragte uns, was wir wollten. Seb Rothkehl sagte es ihm. Der Posten nuschelte ein paar Worte in ein Funkgerät. Nach einer Weile sahen wir hinter der spiegelnden Türscheibe Heiner Flögesheim herankommen. Er entriegelte die Tür. Er stand sehr aufrecht da in seinem tarngefleckten Militäroverall. Unter seinem Barett war ein Kopfverband erkennbar, und auf seiner Wange unterhalb des linken Auges klebte ein großes weißes Pflaster. Er blickte uns stumm und steinern an. Dann stieß er die Tür auf und ließ uns eintreten.

Als Marina an ihm vorbei ins Gebäude trat, lachte sie leise. Der Heiner, der Heiner, der Heiner, sagte sie und strich ihm mit der Fingerspitze über die Wange. Hast du dir weh getan?

Flögesheim packte sie am Unterarm und hielt sie fest. Er sah ihr, die ihm in diesem Moment so nah war, dass er ihren Atem spüren konnte, ins Gesicht, ohne eine Miene zu verziehen, und machte keine Anstalten, sie loszulassen. Das änderte sich, als Marina an ihrer freien Hand den Zeigefinger spitzte und ihn damit wie einen kleinen Buben, den man kitzeln und zum Lachen reizen will, in den unter dem Tarnanzug aufgewölbten Bauch pikste. Flögesheim fuhr zusammen, und diesen Moment nutzte Marina, ihren Arm zu befreien. Sie ging rasch weiter und schüttelte ihren Arm dabei, als sei er ihr eingeschlafen, und nach ein paar Schritten überkam sie ein Kichern. Sie blickte sich halb beschämt, halb belustigt über die Schulter um, und hätte sie Flögesheim, der durch die Glastür starr auf die Straße blickte, ins Gesicht sehen können, wäre sie vermutlich ziemlich erschrocken.

Kastenbauer hieß uns Platz nehmen. Er schwieg eine Weile, als wisse er nicht, wie er sich ausdrücken solle. Dann tat er den Mund auf und sprach. Während wir betäubt seinem Bericht über Adam Pfaffs Tod lauschten, stand er auf und begann zu gehen. Er fixierte dabei einen Punkt zwei Schritte vor sich, und als er am Ende des Raumes angelangt, war, hielt er kurz inne und stellte die Füße nebeneinander. Dann machte er kehrt und setzte seinen Marsch durchs Zimmer fort. Die Hände hielt der kleine schmale Mann hinter dem Rücken verschränkt, und ab und zu löste sich eine Hand zu einer Geste, die Vergeblichkeit ausdrücken sollte, und Hilflosigkeit. Am anderen Ende des Zimmers angelangt, blieb er erneut stehen, hob den Arm und rieb sich mit der Handfläche im Nacken, während der andere Arm schlaff an seiner Seite herunterhing. Dann breitete er beide Arme zu jener Geste aus, hielt sie eine Weile dort und ließ sie dann fallen.

# V

Mit einemmal merkte ich, dass Marina versuchte, meine Hand zu ergreifen. Ich hatte beide Hände in den Schoß gelegt, und sie hatte sich zu mir herübergebeugt, um sich eine davon zu nehmen und in der Hand zu halten und sie mit dem Daumen leise zu streicheln. Ich sah ihr ins Gesicht. Meine Schwester sah mich an aus ihren schönen schwarzen Augen, die in Tränen schwammen. Da wurde mir bewusst, dass sie mich für trostbedürftig hielt, für trostbedürftiger als sich selbst und Seb und meine Mutter. Noch bevor ich diesen Gedanken zu Ende gedacht hatte, lag meine Hand schon wieder in meinem Schoß und ballte sich zur Faust.

Kastenbauer hatte wieder hinter seinem Schreibtisch Platz genommen. Es sei ihm, begann er zu sprechen, durchaus bekannt, dass Adam Pfaffs Mörder vor einigen Jahren über längere Zeit als Gast unter unserem Dach gelebt habe. Ihm sei auch klar, dass Pascolinis Einfallsreichtum und sein Geschick, mit dem er bisher sämtliche Versuche, ihn zu fassen, vereitelt hätte, ihn in den Augen der Bevölkerung und möglicherweise auch in unseren Augen zu einer Art Helden oder jedenfalls zu einem Gegenstand von Sympathie und Bewunderung machten.

Er schwieg einen Moment und ließ seine ruhigen grauen Augen von einem zum anderen wandern. Adam Pfaff, so fuhr er fort, sei aber auch ein sympathischer junger Bursche gewesen. Der eine lebt, sagte er mit einem schwachen Lächeln. Der andere nicht.

Seb räusperte sich. Er wisse, sagte er mit leiser und beherrschter Stimme, jetzt nicht genau, worauf Kastenbauer hinauswolle. Da er hier aber gerade so interessant über Leben und Tod philosophierte, dürfe er ihn vielleicht an dieser Stelle an den Fall eines dritten, ebenfalls überaus sympathischen jungen Mannes erinnern, nämlich unseres Freundes

Ludwig Vanstraaten. Seb räusperte sich erneut und hielt dabei die Faust vor den Mund.

Kastenbauer neigte seinen schmalen Kopf und sah kurz zur Seite. Dann blickte er uns wieder an und lächelte halb. Dass sein Mann auf den Herrn Vanstraaten geschossen habe, sei natürlich völlig überzogen gewesen. Wegen eines Schneeballs. Das gehe selbstverständlich nicht. Er habe den Mann sofort in den Innendienst versetzt. Man könne sich in diesen Zeiten auf seine Mitarbeiter nicht immer hundertprozentig verlassen. Viele seien übernervös. Hätten Angst. Das sei irgendwie aber auch verständlich.

Kastenbauer seufzte auf. Im Übrigen bedaure niemand mehr als er, dass Ludwig Vanstraaten in diesem Moment nicht bei ihnen sein könne. Gerade er könnte ihm nämlich helfen. Und uns auch.

Er beugte sich über seinen Schreibtisch und sah uns eindringlich an. Ob wir eigentlich wüssten, was die Stunde geschlagen hat? Ob wir tatsächlich so blöd seien, den Duftinger für einen zu halten, der einfach aufgibt? Ob uns das Wörtchen »Haberfeldtreiben« etwas sage? Ob wir für Vorderried eine Feuerversicherung abgeschlossen hätten? Und genügend Waffen im Haus, uns zur Wehr setzen zu können, wenn die Haberer kommen mitten in der Nacht mit ihren rußgeschwärzten Gesichtern und ihren Fackeln und ihren von Pascolini und seinen Leuten über die Grenze geschmuggelten vollautomatischen Sturmgewehren? Und genügend Leute, um die Waffen zu bedienen und die Frauen und Mädchen – hier hielt er kurz inne und blickte von mir zu Marina zu meiner Mutter – schützen zu können vor Gewalt und Tod? Ob wir nicht auch der Meinung seien, dass es klug wäre, für diese Art von Schutz rechtzeitig vorzusorgen?

Also, sagte er, während wir stumm und bleich und mit aufgerissenen Augen dasaßen. Ob wir bitte dem Ludwig Vanstraaten Folgendes ausrichten könnten: Er solle nach seiner

Entlassung aus dem Krankenhaus nicht nach Vorderried zurückkehren. Sondern zu Kurt Duftinger. Dort den reuigen Sünder spielen, den verlorenen Sohn. Den Bekehrten und Rachsüchtigen, der es dem Sauhund Kastenbauer heimzahlen wolle. Den Tatendurstigen. Er solle seinen Bruder Gidi drängen, ihn mittun zu lassen bei der Bande des Matthias Pascolini. Währenddessen, fügte Kastenbauer hinzu, würde er persönlich für die Sicherheit Vorderrieds und seiner Bewohner garantieren. Und sobald Pascolini in seinen Händen sei, erstrecke sich diese Garantie auch auf den jungen Ludwig Vanstraaten.

Er wolle uns nicht drängen, sagte Kastenbauer. Wir sollten uns das Ganze gründlich überlegen. Allzu viel Zeit sollten wir uns allerdings nicht lassen, denn was der Habererbund vorhabe, wisse kein Mensch. Ob drei Tage ausreichten, ihm unseren Entschluss und den von Wig mitzuteilen?

## VI

Lasst uns einen Spaziergang machen, sagte meine Mutter, als wir den Tennisclub verließen. Sie stand mit geschlossenen Augen in der Sonne. Wie schön, seufzte sie mit hoher Stimme, als das milde Januarlicht ihre Wangen streichelte. Wir gingen durch lichtes Gehölz einen Pfad entlang, der ins Mühlbachtal führte. Seht mal, rief meine Mutter, da blühen schon die Leberblümchen! Und Anemonen! So früh im Jahr! Sie richtete an Seb die aufgeregte Frage, ob er jemals so früh die Leberblümchen und Anemonen habe blühen sehen, worauf dieser mit einem gutmütigen und bedrückten Brummen antwortete. Meine Mutter machte uns auf das Vogelgeschrei und die flaumigen Knospen an den Zweigen aufmerksam, und sie lächelte dabei auf eine Weise, die die Haut um ihre Augen und um den Mund in Runzeln warf.

Bald wird sie eine alte Frau sein, begriff ich. Alt und gebrechlich. Eine alte Frau mit Stock und Pillendose, mit zitternden, ausgedörrten, von weiß- und bläulichen Knotensträngen überzogenen Händen, voller versteinerter Gewohnheiten und verkieselter Ängste. Wird ihre von jahrzehntelangem Gebrauch rundgewaschenen Gedanken und Redewendungen in unsere Gespräche werfen, wird den Gesprächsgegenstand an ihren an Vorgängen des mittleren zwanzigsten Jahrhunderts ausgebildeten Begriffen und Kategorien messen, wird ärgerlich werden, wenn sich beides als inkongruent erweist, und da dies zwangsläufig immer öfter der Fall sein wird, wird diese Mischung aus Verunsicherung und Verdruss zu einer unschönen und würdelosen Gegenwartsverachtung verkrusten. Dann wird sie uns brauchen, dachte ich. Und je mehr sie uns braucht, desto weiter entschwindet die Tatsache, dass wir sie nicht mehr brauchen, in den Bereich des Verbotenen und Unmöglichen. Ich wäre gern immer weitergegangen, immer weiter und fort und hinaus aus dem Magnetfeld dieses Verbots, ich würde nicht so schnell ermüden, wusste ich, nicht bevor nicht Vorderried zu einem Punkt, zu einem Nichts zusammengeschrumpft und hinter dem Horizont versunken wäre. Aber der Horizont lag in meinem Rücken. Und dort lag auch Vorderried. Vor mir lag das Gebirge. Erneut ballte es mir die Hand zur Faust zusammen.

Wir wussten, dass es nicht sicher war, sich allzu weit vom Ort zu entfernen. Einige hundert Meter unterhalb des Teufelsschlupfs machten wir kehrt. Als wir uns Vorderried näherten, sagte meine Mutter leise zu Seb: Er müsse das nicht. Wenn er jetzt lieber zu seiner Frau zurückkehren wolle, dann sei das …

Seb schritt eine Weile mit gesenktem Kopf neben ihr her. Dann streckte er, ohne das Gesicht zu heben, die Hand aus, nahm die ihre und drückte sie an seine grimmig lächelnden Lippen.

Am Abend kam Seb zu mir. Er habe mit meiner Mutter gesprochen, sagte er. Sie sei zwar nicht einverstanden, aber sie wisse auch, dass es keine andere Möglichkeit gebe. Sie weine die ganze Zeit, es wäre vielleicht nett, wenn ich nachher zu ihr ginge.

Seb stand in der Tür, in Hemd und Hosenträgern. Er hatte keine Schuhe an, und in seinen Wollsocken bewegten sich nervös die Zehen. Das Haar stand wie Gefieder von seinem Hünenschädel ab. Kastenbauer, sagte er, von langen Pausen unterbrochen, habe mehr als einmal bewiesen, dass er ein Versager sei, mit dem die Haberer Katz und Maus spielen. Was er vorschlage, sei für Wig lebensgefährlich und für uns von zweifelhaftem Wert.

So, das sei schon einmal das eine.

Morgen, fuhr er nach einer Weile fort, werde er mit dem Zug ins Büro fahren. Von dort werde er Horst Bogenschütz anrufen und sich mit ihm treffen. Jeder wisse, dass die Haberer nichts tun, was Bogenschütz nicht will. Vielleicht, knurrte Seb, sei mit dem Mann zu reden. Mit dem Zug fahre ich deshalb, weil – und hier fuhr er mit der Hand in seine Hosentasche und zog seinen Autoschlüssel hervor –, weil den Wagen du nehmen wirst. Du fährst noch heute Abend ins Krankenhaus, klaubst dort den Wig auf, und ihr zwei schaut, dass ihr nach Norden kommt, so schnell wie möglich und ohne anzuhalten. Er habe soeben Hilmar Töntjes in Göttingen erreicht. Dort könnten wir vorläufig wohnen. Töntjes könne uns auch bei der Immatrikulation helfen.

Ich schwieg und blinzelte und wartete, dass sich meine wie eine Kompassnadel hin und her zitternden Gefühle in eine Richtung einpendelten.

Na los, sagte Seb. Pack deine Sachen. Er schluckte, und mit einem Geräusch, das sich nicht wie ein Schluchzen anhörte, aber eines war, wandte er sich ab.

## VII

Bogenschütz rief persönlich zurück. Er freue sich und fühle sich geehrt, krähte er vergnügt durchs Telefon und schlug ein Lokal in der Altstadt vor. Wann? Warum nicht gleich?

Bogenschütz war äußerst aufgeräumter Stimmung, patschte in seine dicken Hände und nahm sich die Speisekarte vor. Kaum hatte er sie aufgeschlagen, stieß er mit dem Finger aufs Papier und sagte mit einem an Seb gerichteten Zwinkern: Da. Das nehm ich. Er schnippte den Ober her: Einmal Haxe, und bitte einen Knödel extra. Seb bestellte Huhn.

Hören Sie, sagte Seb. Ich mag Sie nicht, und Sie mögen mich nicht. Bringen wir es also hinter uns.

Bogenschütz blinzelte und schob verwundert die Lippen vor. Seine Haxe wurde gerade serviert, und er begrüßte den dampfenden braunen Brocken aus Fett, Fleisch und Knochen mit hungrigem Geschmatz, während er eine Serviette über seinen ausladenden Leib breitete. Er habe, sagte er unterdessen zögerlich und schloss seinen Satz mit einem treuherzigen Blick in Sebs Gesicht ab, ehrlich gesagt noch nie darüber nachgedacht, ob er Seb möge. Und noch viel weniger, ob Seb ihn möge. Er sei aber der Meinung, sagte er und wischte sich mit der Serviette den Mund ab, dass es für sie beide nützlich sein könne, sich zu überlegen, ob und wie sie vielleicht ihre Kräfte bündeln könnten. Im Grunde seien sie doch beide dem gleichen Ziel verpflichtet, nämlich das Wohl des bayerischen Volkes zu mehren. Aber davon abgesehen, wäre er glücklich, wenn sie beide wenigstens vorübergehend so viel Wohlwollen füreinander aufbringen könnten, dass es für die kurze Dauer dieses Mittagessens reiche. Es schmecke dann viel besser. Er wünsche guten Appetit, das Huhn sehe sehr köstlich aus.

Seb schwieg verwirrt und verdrossen. Dem gleichen Ziel verpflichtet, vielleicht. Aber es komme auf die Mittel an.

Und?, fragte Bogenschütz lächelnd. Was ist mit den Mitteln? Seb schwieg erneut. Er sei für friedliche Mittel, sagte er.

Bogenschütz lehnte sich zurück und nickte, schwenkte seinen dicken Kopf, als hätte man ihm etwas ganz Außerordentliches präsentiert. Für friedliche Mittel? Er lachte und stach erneut die Gabel in das Schweinefleisch. Friedliche Mittel, was? Lachend säbelte er mit dem Messer durch die krachende Kruste. Ja, Mahatma, für friedliche Mittel bin ich auch, und das Nasenbein des armen Herrn Duftinger und die Schädelhaut meines hochgeschätzten Mitarbeiters Heß nicht minder.

Bogenschütz führte ein großes Stück Fleisch zum Mund und sagte kauend: Jetzt sag ich Ihnen mal was. Stellen Sie sich, sagte er und tippte mit der Gabel in Sebs Richtung, stellen Sie sich doch mal vor, Sie stehen in einer Schlange. Am Postschalter zum Beispiel. Und dann komme ich und stelle mich neben Sie. Ganz nah. Deutlich näher, als es die Scham erlaubt, die einen wie Sie, mein lieber Herr Rothkehl, die einen friedliebenden Menschen wie Sie unwillkürlich zurückweichen lässt, nicht wahr? Das ist ein ganz natürlicher Reflex, um den gebotenen Abstand zwischen zwei erwachsenen, einander fremden Personen, die sich, wie Sie so treffend gesagt haben, nicht besonders mögen, wieder herzustellen. Dieser Reflex lässt sich wohl, wenn es nötig ist, für eine Weile unterdrücken, aber nicht ohne beständige leichte, schweißtreibende Pein. Welche Ihnen zuzufügen mir überhaupt nichts ausmachen wird. Genau genommen stelle ich mich nicht eigentlich neben Sie, sondern um ein Winziges vor Sie, so dass ich, wenn Sie dem Drang zurückzuweichen nachgäben, nur für eine Sekunde nachgäben, sofort in die Schlange schlüpfen würde, und Sie, mein lieber Herr Rothkehl, unkorrigierbar in eine Position gezwungen wären, die Sie mit Ihrer Geduld, mit Ihrem höflichen Warten zum hilf- und wehrlosen Narren machte. So nah stelle ich mich neben Sie, dass unser beider Leiber sich berühren, an den Hüften, an den Schultern. So nah, dass Sie einen geringen, aber auf die Dauer nicht unanstrengenden Gegendruck ausüben müssen. Eine Versteifung im Kreuz, eine Verkrampfung im Oberschenkel, ein leichtes Stemmen mit beiden Beinen, das auf die Dauer zu schwer erträglichem Muskelschmerz führt.

Ich werde Ihrem Blick begegnen. Ihrem empörten Blick, mit dem Sie mich gerne wegschubsen würden, berührungsfrei und diskret. Mit breitem, lächelndem, entspanntem Gesicht werde ich Ihrem Blick begegnen. Ihr Drang nach Unauffälligkeit und Diskretion wird ringen mit dem Bedürfnis, Mitempörte und Unterstützer zu gewinnen unter den Umstehenden. Sie werden nichts sagen, geschweige denn schreien, jetzt jedenfalls noch nicht. Sie werden sich mit unartikulierten Lauten und Gesten Erleichterung verschaffen. Hörbar durch die Nase schnaufen. Den Kopf schütteln. Mit der offenen Hand auf mich deuten im Versuch, so zu tun, als sei ich etwas Bizarres und Scheußliches, über das man angewidert lacht, das einen aber nicht weiter aus der Ruhe bringt. Das Bizarre und Scheußliche werden aber Sie sein in den Augen der Umstehenden, so sie den Vorgang überhaupt bemerken. Ihr Schnaufen und Ihre aufgerissenen Augen werden allen verraten, wie sehr Sie doch in Wahrheit aus der Ruhe gebracht sind. Und das ist ein Zustand, den keiner der Umstehenden mit Ihnen teilen möchte.

Dann werde ich Ihnen einen kleinen Stoß versetzen. Mit der Hüfte. Gerade genug, um Sie aus der Balance zu bringen. Sie werden taumeln und haltsuchend um sich greifen und dabei Raum preisgeben, in den ich sofort vorstoße. In dem vorangegangenen stummen Drücken und Ringen werden Sie sich auf diesen Fall zumindest insoweit vorbereitet haben, als Sie Ihr Standbein fest auf den Boden gepflanzt halten. Der linke Fuß wird nicht von der Stelle rücken, mit dem rechten werden Sie tappen und scharren und Halt suchen. Doch das wird Ihnen nichts helfen, der linke Fuß, eben noch unverrückbares Standbein, wird auf verlorenem Posten stehen. Denn während Sie sich dort unten in den Boden stemmen und die Stellung halten, haben Sie oben, wo der Schwerpunkt ist, längst verloren: Denn oben bin jetzt ich. Und dann werden Sie der Drängende sein, der hinwill, wo schon jemand anders ist, und Sie werden mit Schultern und gesenktem Kopf auf mich eindringen, werden die Hände zu Hilfe nehmen, an mir zerren und schieben, werden sie zu Fäusten ballen, die vier Knöchelchen gelblich verfärbt, und Ihnen wird ein gepresster Fluch entfahren, der die Umstehenden erschreckt auffahren lässt, die Lippen verzerrt vor Anstrengung und Hass, die gesträubten Haare struppig abstehend. Die Augen werden nicht länger aufgerissen sein, sondern zu Schlitzen verengt, und wenn ich Ihnen dann mein breites, lächelndes, vollkommen entspanntes Gesicht zuwende, wird es blutig rot über Ihnen zusammenschlagen, werden Sie hinweggespült werden, wird es keines Entschlusses bedürfen, werden Sie gar nicht anders können, als hineinzuschlagen, mit der Faust und mit aller Kraft.

Bogenschütz lächelte. Dann wandte er sich wieder seiner inzwischen etwas kalt gewordenen Haxe zu, und während er sich über seinen Teller beugte und Messer und Gabel zur Hand nahm, zwinkerte er Seb mit dem linken Auge gutmütig zu. Schauen Sie, sagte er kauend, wenn ich Ihr Gegner bin, dann bestimme, ob Ihre Mittel friedlich bleiben oder nicht, ich. Er nickte halb bekräftigend, halb zur Zustimmung auffordernd und begann, mit einem nachdenklichen Seitenblick auf Seb, mit Zunge und Zahnstocher die Zwischenräume seiner Zähne zu reinigen. Ich bin aber eigentlich gar nicht Ihr Gegner, fuhr er fort. Insbesondere deshalb nicht, weil Sie mir einen Gefallen tun könnten.

Der wäre?, fragte Seb.

Er lege doch so großen Wert auf seine Verbundenheit mit der Familie Friedmann, sagte Bogenschütz. Nun, er habe einen guten Bekannten, der brauche Hilfe. Einen Unterschlupf für eine gewisse Zeit. Die Familie Friedmann habe da schon eine gewisse Erfahrung mit dem Mann, wenn er wisse, was er meine. Es müsse allerdings diesmal ein wenig diskreter zugehen, die Zeiten seien doch bedauerlicherweise ein ganzes Stück rauer geworden. Die Familie Friedmann, sagte Bogenschütz weiter, habe nämlich auch gewisse Erfahrung, die Polizei über den Aufenthalt des besagten Mannes ins Bild zu setzen. Es wäre schön, wenn das diesmal unterbliebe.

## VIII

Das Mädchen hielt den Jungen umfangen, den Schlafenden, den warmen, schweren, leise schnaufenden Leib. Wenn sie sich bewegte, vorsichtig, um nicht aus dem Bett zu fallen, dann regte er sich auch und schmatzte sacht. Und während er sich in ihre Umarmung einrollte, brummte er etwas im Aufseufzen, etwas, das so klang wie »ja … Unverschämtheit …«, einen verwischten Wortfetzen, und über seine Lider lief ein Zucken und über seine Lippen ein Lächeln. Und sie, die erst geglaubt hatte, er sei auch noch wach und habe ihr etwas sagen wollen, erkannte, woher dieser Wortfetzen hergeweht kam, und nahm ihn zu sich und steckte ihn zu ihren Schätzen, die sie aufbewahrte in ihrem Inneren. Und im Lauf der Nacht holte sie ihn immer wieder hervor und bestaunte ihn, innerlich lachend und glucksend, als habe sie das Dokument ihres Triumphes, ihres unwahrscheinlichen, unbeschreiblichen, unvorhersehbaren Glücks in Händen: Ja … Unverschämtheit …

Und ich betrachte mir die zwei. Ich vermute, dass es für

beide entsetzlich unbequem war in dem viel zu engen Klinikbett. Ich vermute, dass ich nicht viel schlief, weil ich stets befürchten musste, über die Bettkante zu rutschen. Dass Wigs Kopf und Schulter mir die Blutzufuhr im Oberarm abdrückten, so dass meine linke Hand langsam und unter stechendem Schmerz ertaubte. Dass mir sein Haar in der Nase kitzelte, durch die ich, an ihn gepresst, ohnehin Mühe hatte Luft zu bekommen. Dass es ständig irgendwo zog unter der viel zu schmalen Decke. Das alles vermute ich. Was ich dagegen ganz sicher weiß: Dass ich all diese Dinge nicht einmal bemerkte. Ich weiß auch, dass ich trotz aller Angst, die ich empfand, niemals wieder so einverstanden war. Mein ganzes Leben vorher nicht, und ganz bestimmt nicht nachher.

Was ich auch nicht bemerkte, war der Wagen, der eine gute Stunde vor Sonnenaufgang die Klinikauffahrt herabgerollt kam. Er fuhr ohne Licht, eine schwarze, leise über den Kies knirschende Kontur, und hielt vor dem Seiteneingang. Ihm entstiegen vier Männer. Zwei blieben draußen stehen, die anderen beiden traten ein, wobei der eine an Schultern und Oberarm vom anderen gestützt werden musste. Drinnen nahm sie der diensthabende Oberarzt in Empfang, ein kleiner Mann mit kurzrasiertem, an der Stirn stark ausgedünntem Haar und starkem bläulichen Bartschatten. Der Chirurg schimpfte heiser flüsternd auf die beiden Ankömmlinge ein: Ob sie denn vollkommen närrisch seien. Ob sie nicht vielleicht auch noch ein bisschen umeinanderhupen und -plärren wollten, oder Böller schmeißen, damit auch der deppertste Depp spannt, was los ist, und pfeilgerade zum Kastenbauer rennt. Ob da überhaupt irgendjemand sein Hirn eingeschaltet habe beim Habererbund, ihm akkurat jetzt so einen zu schicken, wo er ein paar Patienten im Haus habe, wo besser keiner fragt, wie genau die sich weh getan haben. Ob sie ihm vielleicht sagen könnten, was er dem

Kastenbauer erzählen solle, wenn der morgen nachschauen komme. Unterdessen hatte er begonnen, Hias mit einigen flüchtigen Bewegungen zu untersuchen, hatte ihm die Stirn befühlt und mit zwei Fingern am Hals unter den Kieferknochen den Puls überprüft und sich nachdenklich am unrasierten Kinn gekratzt. Er werde ihm eine Spritze geben, sagte der Arzt. Und dann sollten sie schauen, dass sie weiterkommen.

Das tat er, und als er danach wieder anfangen wollte zu schimpfen und sich aufzuregen, gab ihm Gidi mit der flachen Hand einen Klaps auf den Hinterkopf, etwas fester als für eine bloße Neckerei nötig, so dass der Arzt sich festhalten musste und ihm fast die randlose Brille von der Nase gerutscht wäre. Das brachte den Mediziner sofort zum Verstummen, er richtete sich auf, räusperte sich und rückte am Revers seinen Arztkittel zurecht, und mit Gidis Hilfe erhob sich der fiebernde Hias und schleppte sich zurück zu dem draußen wartenden Wagen, der ihn nach Vorderried bringen sollte. Dort sei, so hatte man es ihm gesagt, dank der Umsicht und der Beziehungen seines Freundes Bogenschütz ein sicherer Zufluchtsort für ihn vorbereitet. Kastenbauer mochte in jedem katholischen Haus das Unterste zuoberst kehren, so hatte man ihm gesagt, er würde ihn nicht finden. Dort sei er in Sicherheit.

Obwohl ich wach war währenddessen und sich all dies keine zwanzig Meter von meinem Aufenthaltsort abspielte, nur ein Stockwerk tiefer und drei oder vier Zimmer weiter, bekam ich in meinem glucksenden Glück davon, wie gesagt, nicht das Allergeringste mit.

# IX

Die Geschichte vom Tod des jungen Schwarz-Weiß-Milizionärs Adam Pfaff war für den Freiherrn von Ergoldsbach zweifellos der Gipfelpunkt seiner journalistischen Karriere. Nicht weniger als elf Mal lässt er in seinem umfangreichen Buch den Leser mehr oder minder ausführlich an seinem Triumph teilhaben. Dass er die Geschichte exklusiv hatte und alle anderen katholischen Zeitungen am nächsten Tag nachziehen mussten, erfährt der an Einblicken ins Nachrichtengeschäft interessierte Leser ebenso wie die Namen der Kollegen, die ihm am Tag des Erscheinens, der eine missgünstig grinsend, der andere voll scheuen Respekts, die Hand schüttelten. Dass der Freiherr seinen Zeitungsbericht auch stilistisch und inhaltlich für vollkommen hält, lässt sich aus der Tatsache schlussfolgern, dass er ihn vollständig in sein Buch übernommen hat, ohne auch nur ein Komma zu verändern.

Die Quelle seiner Informationen nennt er nicht beim Namen. Stattdessen ist von »Partikularistenkreisen« die Rede und vom »Umfeld des Habererbundes«, und einmal zitiert er einen »engen Freund und Weggefährten« Pascolinis mit dem »lachend« geäußerten Satz, der Hias sei ein »verrückter Hund«, der ein schmächtiges Milizionärs-Krisperl wie Adam Pfaff auch einfach mit der Schrotflinte hätte über den Haufen schießen können, aber so sei es halt »viel lustiger« gewesen.

In der Tat erregte sein Bericht ungeheures Aufsehen. Erstmals interessierte sich auch die Öffentlichkeit außerhalb Bayerns für die Abenteuer des unerschrockenen »Bayerischen Hiasl«. Die großen Zeitungen aus Frankfurt, Hamburg und Berlin entsandten Sonderberichterstatter, und selbst die International Herald Tribune schickte einen langbeinigen Briten, der mit seinem, in komischem Akzent vorgebrachten

Fragen an die misstrauischen und gegenüber Fremden zu Verschlossenheit neigenden Ettengruber genauso wenig Erfolg hatte wie vor ihm seine norddeutschen Kollegen. So sah sich die überregionale und ausländische Presse gezwungen, die sonst eher herablassend behandelten Kollegen mit regionalem Wirkungskreis auf leutselige Weise zu bitten, ihnen doch einfach einmal zu erklären, was hier überhaupt los sei. Vor allem der Freiherr von Ergoldsbach zeigte sich bereit, ihnen diesen Wunsch zu erfüllen, und das dankten sie ihm damit, dass sie ganze Passagen aus seinem Artikel abschrieben, gekennzeichnet als Zitat eines nicht näher umschriebenen »Experten« oder »Beobachters«.

Von Ergoldsbach bekamen sie auch die Telefonnummer von Horst Bogenschütz, der ebenfalls keine Mühen scheute, den Reportern aus dem Norden die politischen und gesellschaftlichen Hintergründe der Vorgänge in Ettengrub zu erhellen. Schon am nächsten Tag hatten die Berichterstatter zu ihrem gewohnten Selbstbewusstsein zurückgefunden und konnten ihrerseits mit würzigen Exklusivinformationen aufwarten: Der eine enthüllte in einem einfühlsamen Psychogramm Kastenbauers dessen latente Homosexualität. Der nächste beschrieb die Bedrängnis der Ettengruber Almbauern, deren Grund und Boden der Bankrotteur Scholten auf hinterlistige Weise an sich gebracht hatte, bis ihm der Bayerische Hias mit der Waffe in der Hand entgegentrat. Der dritte deckte in einer schockierenden, in atemlosem Präsens gehaltenen Reportage auf, dass der flüchtige Freiheitskämpfer als Bub von seinem evangelischen Stiefvater Otto Prokopetz sexuell missbraucht worden sei.

Dass Kastenbauer in all diesen Artikeln nicht gut wegkam, versteht sich von selbst. Die Rundfunkreporter mit ihren Kameras und Mikrofongalgen hielten sein Hauptquartier Tag und Nacht belagert, in der Hoffnung auf ein Bild oder ein paar Sätze des Milizenchefs. Doch Kastenbauer ließ sich draußen vor der Tür nicht blicken, und so sahen sich die Reporter gezwungen, vor ihrem Publikum ihre immergleichen Bilder von der unspektakulären Betonfassade des Clubhauses mit ihrer spiegelnden, von zwei mürrisch vor sich hin rauchenden Milizionären bewachten Eingangstür mit dem zunehmend sarkastischen Hinweis zu rechtfertigen, dass der Anführer der evangelischen Miliz Ettengrubs ein leisetreterischer und verschlagener Zeitgenosse sei. In diesem Urteil sahen sie sich auf bestürzende Weise bestätigt, als sich schließlich die Tür auftat und ein Dutzend schwer bewaffneter Milizionäre herauskam, Kameramänner, Tontechniker, Kabelträger und Reporter wie eine Schafherde zusammentrieb, mit vorgehaltener Waffe zum Mitkommen aufforderte und auf dem rings von fünf Meter hohem Maschendraht umgebenen und daher als provisorischer Käfig gut geeigneten Tennisplatz einsperrte. Kastenbauer wollte bei der folgenden Aktion keine Medien dabeihaben, daher hatte er den Befehl dazu gegeben.

## X

Er ließ zur Überraschung vieler kein einziges katholisches Haus durchsuchen. Die ortsbekannten Partikularisten blieben, zu ihrer eigenen Beunruhigung, ganz und gar unbehelligt. Und auch Kurt Duftinger, der noch in der Nacht die Frauen und Kinder seines Hausstandes in ein Kellergelass gesperrt hatte, wo sie zwar vor verirrten Kugeln sicher waren, im Falle eines Brandes aber sicherlich elend erstickt wären, auch Duftinger wartete mit seinen Söhnen, verborgen hinter den Fensterläden und die Schrotflinten schussbereit im Anschlag, stundenlang vergebens auf das Auftauchen der Schwarz-Weißen vor seinem Haus. Kastenbauer ließ sich stattdessen direkt nach Vorderried bringen, wo er an der Haustüre klingelte und, als ihm meine kreidebleiche Mutter öffnete, höflich den Hut vor ihr lüftete. Er sei sich bewusst, dass die Frist von drei Tagen noch nicht abgelaufen sei, sagte er. Aber offenbar hätten wir bereits eine Entscheidung getroffen. Ihm tue das leid. Er könne jetzt nichts mehr für uns tun.

Sie hatte hinter dem Haus im Garten gearbeitet. Es war später Vormittag. Sie hatten beide nicht viel geschlafen in dieser Nacht, Seb und meine Mutter. Sie hatten sich kurz nach Sonnenaufgang, als oben alles ruhig war, einen Kaffee gemacht. Das war vielleicht ein Fehler gewesen. Meine Mutter hatte sich anschließend hinzulegen versucht, die Vorhänge geschlossen gegen die über die kahlen Baumwipfel heraufbrennende Sonne und die kristallene Lebendigkeit des Vorfrühlingstags dort draußen. Aber die Müdigkeit pochte hinter ihrer Stirn und drückte gegen die Augen und hinderte sie daran, Ruhe zu finden, und so war sie wieder aufgestanden, hatte sich lauter alte Sachen angezogen und ein Paar hohe Gummistiefel, hatte aus dem Verschlag unter der Treppe den Bastkorb hervorgeholt, in dem ihre Arbeitshandschuhe lagen, erdverkrustet und hart, bis sie unter ihrem warmen Zugriff wieder weich und geschmeidig würden, und ihre Gartenschere, die so griffig in der Hand lag und deren stählernem Biss kein noch so verholzter Stängel widerstand. Mit diesem Werkzeug war sie draußen, wo die Vögel um ihr Leben schrien und das schrille Licht der Sonne ihr sofort einen Schweißfilm auf die Stirne trieb, dem großen Cornelkirschenstrauch zu Leibe gerückt, der mit seinen blind vorstoßenden Trieben den benachbarten Flieder hart bedrängte. Seb hatte sich drinnen auf dem Sofa niedergelassen. Sie konnte ihn durch die spiegelnde Terrassentür sehen, seinen zurückgelehnten, hünenhaften Leib, mit einer ungelesenen Zeitung auf dem Schoß und einem Sofakissen auf den Augen, schlaflos und stumm und ohne sich zu regen.

Die Männer, die auf Kastenbauers Geheiß ins Innere des

Hauses strömten, drückten meine Mutter beiseite. Einer blieb zu ihrer Bewachung bei ihr. Ein Teil der Mannschaft hatte rings ums Haus Aufstellung genommen. Aus dem Wohnzimmer hörte sie es poltern, dann Sebs lautes, männliches Organ, er fluchte und beschimpfte Kastenbauer, dann verstummte er. Aus dem Dämmer des Flurs winkte jemand dem Posten, der sie bewachte. Er gab ihr einen leichten Stoß in den Rücken, sie setzten sich in Bewegung. Als sie an der Treppe vorbeikamen, hörte sie es oben rumpeln. Hias war bereits gefesselt und geknebelt. Vier Mann trugen ihn oben, riefen sich gegenseitig zu, aufzupassen, hier herum, jetzt anheben, einer lachte lauthals, und dann schoben sie den sich windenden und wie eine Teppichrolle zusammengeschnürten Leib über das Geländer. Er schlug zwei Schritte von meiner Mutter entfernt auf, sie sah das Weiße in seinen aufgerissenen Augen. Sein Hinterkopf prallte auf der untersten Treppenstufe auf, sein Leib bog sich noch einmal durch, dann erschlaffte er. Die Männer kamen die Stufen herab. Einer bückte sich und packte Hias' Stiefel, daran zerrte er den leblosen Körper den Flur hinunter durch die Haustür ins lichtgleißende Freie.

Der Mann, der Hias nach draußen gezogen hatte, kam noch einmal wieder. Drei Stufen auf einmal nehmend, sprang er die Treppe hinauf. Heiner Flögesheim, der dumme blonde Heiner, dem wir und mehr als alle anderen meine Schwester Marina so sehr zugesetzt hatten, war noch nicht fertig mit der freundlichen, fröhlichen, spottlustigen Familie Friedmann aus Vorderried.

## XI

Hinter München wurde ich ruhiger. Wir hatten großes Glück gehabt, niemand hatte uns aufgehalten. Vor Ebersberg waren wir in eine Straßensperre geraten, aber die Polizisten hatten uns, nachdem ich Kastenbauers Visitenkarte vorgezeigt und Wig ihnen fröhlich einen »guten Tach!« gewünscht hatte, mit mildem Lächeln durchgewinkt.

Die Berge waren schon längst hinter dem Horizont versunken. Hinter uns lag flaches Land. Viele Kilometer weit friedliches, langweiliges, brettebenes Land. Vor uns auch. Auf der Autobahn war wenig Verkehr. Wig hatte das Radio auf einen Mittelwellensender eingestellt, der amerikanische Musik spielte. Die Kühlerhaube spiegelte die Sonne. Wig schwieg und sah aus dem Fenster. Er wirkte müde. Von den braunen Wiesen jenseits der Leitplanken flogen Krähen auf. Wir waren hier schon gar nicht mehr. Wir waren auf der Autobahn, auf dem Weg nach Norden. Die roten Dächer links und rechts, die kahlen Bäume, die Kirchtürme, die an uns vorbeizogen, lagen schon hinter uns, sobald sie in unser Gesichtsfeld traten. Wir hatten dieses Land schon so gut wie verlassen. Wir überquerten einen breiten Flusslauf, cremebraun angeschwollen vom Schmelzwasser aus den Bergen. Das war die Donau.

Ich begann leise zu pfeifen. Die Musik im Radio gefiel mir. Ein ungestümes, unbekümmertes Geschrammel, vom Knacken und Scharren der Mittelwellenfrequenz zusätzlich aufgeraut. Einfach, primitiv sogar eigentlich. Meine Mutter würde darauf bestehen, den Sender zu wechseln. Ich tappte mit den Fingern auf dem Lenkrad herum. In der Schule hatten sie mir nur Latein und Griechisch beigebracht. Ich würde Englisch lernen.

In die stillen Atemzüge neben mir hatte sich ein gurgelndes Geräusch gemischt. Wig war eingeschlafen. Sein Mund war leicht geöffnet, seine Unterlippe zitterte kaum merklich. Das kam von den Motorvibrationen. Sein Kopf war zur Seite weggesunken. An seinem Hals, über dem linken Schlüsselbein, war ein vernarbtes weißliches Mal. Es sah aus wie eine Art Stanzloch. Dort war die Kugel eingedrungen. Eine von fünf. Ich zwang mich, nicht länger hinzusehen. Ich musste auf den Verkehr achten.

Nürnberg. Ich war noch nie dort gewesen. Ich beschloss, trotzdem weiterzufahren. Keine Pause, bis wir jenseits der Landesgrenze sind. So hatten wir es besprochen.

Kurz hinter Würzburg erwachte Wig. Er lächelte schwach und gähnte. Wenn wir an Aschaffenburg vorbei sind, sagte er, rufen wir in Vorderried an. Was Marina jetzt wohl macht? Wir tauschten einen Blick. Ob er es ihr sagen werde?, fragte ich. Wig schwieg eine Weile. Dann sah er mich an und grinste. Nö, sagte er, streckte seine Hand aus und streichelte meine Wange.

Jeder Mensch, der eine Telefonzelle betritt, hinterlässt dort seine Spur. Ob er dort nur ein Taxi bestellt oder ob er eine Todesbotschaft empfängt, er verströmt dabei seinen Atem, unmerklich, kleine Wölkchen von Feuchtigkeit, sein Ohr schwitzt auf den Hörer, sein Mund besprüht die Sprechmuschel, seine Finger drücken öliges Sekret ins Papier des Telefonbuchs, oder er sondert einfach nur durch sein Dasein Geruchspartikel ab, eine Winzigkeit nur, weit unterhalb jeder Messbarkeitsschwelle, und über die Jahre trübt sich die Luft in dem Geviert aus Blech und Glas ein, die vielen tausend foliendünnen Anwesenheiten, jede für sich klar und durchsichtig wie der helle Tag, tönen sich, übereinandergelegt, ins immer Gelbstichigere. Ich atmete flach. Ich wollte das hier schnell hinter mich bringen.

Ich hob den Hörer ab und ließ zwei Münzen in den Schlitz fallen. Wig stand neben mir, dichter, als mir lieb war. Während ich die Wählscheibe drehte und dem Rattern im Hörer lauschte, formte sich in meinem Bauch ein zementharter Klumpen. Notruf kostenfrei möglich, las ich. Bitte 110 wählen. In der Leitung klickte es. Ein fernes Tuten erklang. Ich nahm den Hörer ans andere Ohr. Wig lächelte nervös.

Nach dem dreißigsten Tuten klickte es erneut, und ein Besetzt-Zeichen ertönte. Ich hängte auf. Wig war bleich geworden. Da nimmt niemand mehr ab, sagte ich.

## XII

Gegen Ende seiner Chronik verdient der eigentümlich enthusiastische Ton bemerkt zu werden, den der Freiherr von Ergoldsbach für die Schilderung des Todes seines Helden wählt. Gegen die Unterstellung, er empfinde angesichts des elenden Endes seines so innig verehrten »Bayerischen Hiasl« so etwas wie Freude oder Genugtuung, würde sich der wackere Chronist natürlich mit berechtigter Entrüstung verwahren. Und doch: Von Bedauern, von Klagen über die ausgebliebenen Heldentaten, die Hias hätte vollbringen können, hätte sein Leben gedauert, anstatt auf so brutale und widerwärtige Weise verkürzt zu werden, findet sich im Werk dieses ansonsten über alle Maßen spekulationsfreudigen Schriftstellers keine Spur. Im Gegenteil, man empfindet beim Lesen, dass es mit diesem Tod durchaus seine Richtigkeit habe. Man freut sich mit dem Verfasser, dass das erzählte Leben jetzt endlich Gestalt annimmt. All der wollige Konjunktiv und das faserige Futur, die Matthias Pascolinis Leben während seiner Dauer bepelzt hatten wie die Kälberlocken seinen Schädel, fallen in den Momenten seines Verlöschens büschelweise aus, und zurück bleibt ein Stück wunderschönes, regloses, marmornes, ganz und gar zu Ende erzähltes Präteritum.

In der Tat war bei seinem Begräbnis von Trauer, sofern damit Entsetzen über den Verlust an gelebter Zeit und Gegenwart des Gestorbenen gemeint sein soll, wenig zu spüren. Trauer ist gewöhnlich den Hinterbliebenen unbedeutender Toter vorbehalten. Das Leben und Sterben des Matthias Pascolini waren dagegen, darin waren sich der Freiherr und die von ihm und seinen Kollegen informierte Öffentlichkeit ganz und gar einig, bedeutend gewesen. Nur war noch nicht ganz klar und bedurfte deshalb angeregter Diskussionen, was es denn bedeutete und wofür es als Zeichen stehe: Ob für den unbezähmbaren Freiheitswillen und Kampfesmut des Heldenvolks der Bayern oder die igelhafte List der einfachen Leute im Angesicht von Not und Unterdrückung oder womöglich sogar, wie einige Enthusiasten auf katholischer wie auf evangelischer Seite in endzeitlichem Fieber zu predigen begannen, für die bevorstehende Wiederkehr Christi. Genau genommen widerstand auch unter den ganz säkular gesinnten Feuilletonisten und Essayisten, die sich vom Leben und Sterben des Matthias Pascolini fesseln ließen, kaum einer der Versuchung, seine Betrachtungen in apokalyptisches Zwielicht zu tauchen. Die tiefstehende Abendsonne leuchtet schöner als am Mittag und gefällt uns noch viel besser, wenn sie recht dramatisch unter gelblichen Unwetterwolken hervorgleißt, und wer sein Publikum bei Laune halten will, der spanne die Zeit zum Ende hin wie einen Flitzebogen, dann erntet er Applaus und von seelischer Erregung widerglänzende Augen.

Diese Art von Erregung hervorzurufen war auch der Leichenzug wie geschaffen, der Hias zwei Tage später zu seiner letzten Ruhestätte begleitete. Es handelte sich zweifellos um die größte, prächtigste und aufwendigste Prozession, die Ettengrub seit Menschengedenken erlebt hatte. Bogenschütz und seine Helfer hatten Übermenschliches geleistet. Vorneweg schritt mit finsteren Gesichtern eine Hundertschaft Gebirgsschützen, die Büchsenläufe auf der Schulter und die spitzen Filzhüte tief in die Gesichter gezogen. Dahinter folgten die freiwillige Feuerwehr in ihren schmucken blauroten Uniformen, Abordnungen der für Burschentum, Trachtenpflege, Theaterspielen und Sport zuständigen katholischen Vereine Ettengrubs sowie der gesamte Gemeinderat, soweit dem partikularistisch-altbayerischen Flügel angehörig, nebst Bürgermeister. Direkt vor dem Sarg schritt der Klerus in Gestalt des Weihbischofs – den Erzbischof zum Kommen zu bewegen hatte selbst Bogenschütz' Überzeugungsgabe nicht ausgereicht – mit einem halben Dutzend anderer kirchlicher Würdenträger. Zur Linken und zur Rechten des Sarges gingen die Mitglieder von Pascolinis Bande sowie Horst Bogenschütz selber. Hintendrein folgten nach der Zählung Ergoldsbachs nicht weniger als viereinhalbtausend Trauergäste aus allen Teilen Ober- und Niederbayerns.

All dies schildert der Freiherr von Ergoldsbach mit großer Liebe zum Detail. Er versäumt auch nicht, der Frage nachzusinnen, wer Kastenbauer Hias' Aufenthaltsort verraten haben könne. Die Antwort – das nämliche Mädchen, das Pascolini schon Jahre zuvor von der Polizei hatte aus dem Hinterrieder Kuhstall schleifen lassen – schien ihm aber offenbar so sehr auf der Hand zu liegen, dass er für die Beweisführung nicht mehr als einen lapidaren Satz aufwendet: Sie sei seit diesem Tag in Ettengrub nicht mehr gesehen worden. Keinerlei Beachtung schenkt er dagegen der doch auch nicht ganz fernliegenden Frage, wie sich denn Bogenschütz in den Besitz des Leichnams Pascolinis gebracht hatte. Auch die Tatsache, dass die schwarz-weiße Bürgermiliz den Leichenzug nicht nur geschehen ließ, sondern ihm sogar Begleitschutz gewährte, lässt der Freiherr ebenso unerwähnt wie unerklärt.

Der lebendige Hias hatte nie etwas gegen die sprudelnde Tatkraft seines Freundes Bogenschütz einzuwenden gehabt. Jetzt war er tot, und ihm konnte schon deshalb ganz egal sein, was Bogenschütz mit seinem Leichnam anstellte. Und das war nicht wenig. Er hatte vier prächtige Rappen kommen und mit schillernden Bändern schmücken lassen. Die zogen den lackschwarzen Katafalk, auf dem, eingefasst von vier spiegelnden Glasscheiben, der offene Sarg ruhte. Sie hatten dem Leichnam am Kopfende einen Keil untergeschoben, um ihn ein wenig schräg zu stellen. So spitzte, was einst seine Nase gewesen war, wachsbleich über den Sargrand hinaus. Er sah nicht friedlich aus und auch nicht, als ob er schlafe. Denn das tun Tote nicht: Sie sehen tot aus, jedenfalls solange sie trockenen Auges betrachtet werden und ohne flehendes Forschen nach einem Zeichen, dass womöglich doch alles gar nicht wahr und der Leichnam dort noch von einem kleinen bisschen Leben bewohnt sein möge. Keiner der Umstehenden forschte nach einem solchen Zeichen. Und so fuhr, was einst Hias gewesen war, dem bereits fertig ausgeschachteten Grab entgegen, gehüllt in papierne Seide, gebettet auf samtweich überzogenes Holz, luftdicht verschlossen hinter Glas und bewegt allein vom schaukelnden Schritt der Pferde und von ferne und scheu und mit gereckten Hälsen betrachtet von der stummen Menge, die undeutlich etwas Großes zu fühlen ahnte.

Im Gasthaus Teufelsschlupf:

Balbina Pascolini, geb. Schachermüller:
*Teufelsschlupfwirtin aus Ettengrub*
Anton Schachermüller: *Ihr Vorfahr*
Matthias Pascolini: *Ihr Mann*
Matthias »Hias« Pascolini: *Ihr Sohn*
Otto Prokopetz: *Ihr Hausknecht und Geliebter*
Eva »Zaiserl« Stadler: *Hias' Geliebte und Tochter der Bauern auf Hinterried*
Der Opelfahrer
Hrvoje »Krattler-Hansi« Krejcj: *Wirt des »Balkangrills Plitvice«*
Augustin »der rote Gustl« Zöhr: *Räuberhauptmann und andere Mitglieder der Pascolini-Bande*

In Vorderried:

Prof. Dr. Anton Friedmann
Edith Friedmann: *Seine Frau*
Camilla Friedmann
Marina Friedmann: *Ihre Töchter*
Adam Pfaff
Ludwig »Wig« Vanstraaten: *Freunde der Töchter*
PD Dr. habil. Sebastian »Seb« Rothkehl: *Ständiger Gast Edith Friedmanns*
Ehepaar Prof. Dr. Töntjes: *Gäste*
Ehepaar Gabler: *Bekannte*

Katholiken:

Freiherr von Ergoldsbach: *Chronist*

Kurt Duftinger: *Briefträger und Brauchtumspfleger*
Egid »Gidi« Duftinger: *Sein Sohn und Spießgeselle Pascolinis*
Zahlreiche weitere Familienmitglieder Duftingers
Horst Bogenschütz: *Politiker*
Johannes Heß: *Sein Gehilfe*
Jakob Böhm: *Förster und Wunderheiler*
Maria »die schiache Mirl« Sachs: *Sennerin auf der Staufalm*

Evangelische:
Heinz-Hubert Scholten: *Unternehmer*
Heiner Flögesheim: *Tennistrainer beim Sportclub Schwarz-Weiß Ettengrub*

Polizisten:
Eugen Kastenbauer: *Kreiskommissar*
Günther Zwerghuber: *Sein Gehilfe*